COLLECTION FICTION

W0243007

COLIN, Julia. *Avant la forêt*

© EDLM, 2023.

ISBN : 9782373057263
Dépôt légal : 1ère édition, août 2023

Couverture : Elena Vieillard
www.elenavieillard.fr

Les Éditions Aux forges de Vulcain
1 rue de la Montagne
77600 Bussy-Saint-Martin
www.auxforgesdevulcain.fr

Avant la forêt

Julia Colin

Les Éditions Aux forges de Vulcain

Quand l'homme rompt l'équilibre du monde, la forêt fait d'énormes sacrifices pour rétablir cet équilibre.

Nausicäa de la Vallée du Vent, Hayao Miyazaki

« Je crois que là où les adultes ont merdé c'est qu'ils ont fait confiance jusqu'au bout aux gouvernements. En tout cas, tant qu'ils voyaient des élections s'organiser et des écoles se faire construire, ils n'ont pas paniqué. Même aujourd'hui je ne sais toujours pas si c'était pour donner le change ou si vraiment ils n'ont rien vu venir, mais je me souviens de mon père qui disait : ça va aller, regarde, l'année prochaine tu iras dans un collège flambant neuf. Pourtant je le voyais bien aux infos que ça n'allait pas. Il y avait cette nouvelle maladie venue d'Amérique du sud qui ravageait les champs du monde entier, et la guerre entre la Chine et la Russie qui s'éternisait depuis des années, bloquant complètement l'importation de matières premières. En vrai c'était la merde, mais je crois qu'on a longtemps tous été dans le déni. On ne pouvait pas régresser. Pas nous, pas l'Occident. C'était l'Afrique, et peut-être un peu l'Asie, les pauvres. Nous, on était l'Europe, rien ne pouvait nous faire tomber. Pas même la pénurie des fruits, des légumes ou de viande qui venaient normalement du Brésil, du pétrole des Emirats ou des technologies de Chine. Je ne pense pas que vous ayez vécu ça ici, mais à Paris il y avait cette inertie absurde, comme si tout le monde était assommé ou endormi, même si les voisins partaient au compte-goutte, après une nuit supplémentaire sans sommeil, à tousser dans le mauvais air et à se demander s'ils pourraient trouver autre chose que des pâtes dans les supermarchés... »

Elie arrêta son récit, attendant une réponse de Saule, qui ne vint pas. Elle le regardait, sans bouger ni ciller, mais Elie vit briller au fond de ses yeux une lueur d'intérêt. Elle détourna un instant les yeux, le temps de jeter une buche dans le feu entre eux deux qui perdait en éclat, puis les replanta volontairement dans les siens : elle attendait la suite.

C'était la première fois depuis son arrivée que Saule portait une telle attention à Elie, pour une fois dénuée de tension et de colère, et il en était profondément heureux, malgré la peur et la fébrilité de cette nuit de garde où la mort rodait.

« Au tout début de l'été, sans rien me dire, mon père avait préparé notre départ : quelques valises de fringues, de la bouffe, et nos affaires de camping presque neuves que j'ai découvertes alignées dans le salon en rentrant du collège un soir. On a abandonné le reste de nos affaires dans l'appartement, sauf le violon de mon père, mais on l'a perdu dans la cohue à Lyon. Le peu que mes parents avaient emporté, on l'a perdu. Moi j'ai eu juste le droit de prendre ce qui rentrait dans mon Eastpack, alors j'ai pris mes cahiers de cours et mon ordi portable. C'est con, c'est le seul sac qui a survécu à notre exil. »

Elie eut un petit rire devant le regard scandalisé de Saule.

« Ouais, t'as raison, c'était vraiment stupide... aujourd'hui je ferai les choses différemment. »

Il déplia ses jambes qui commençaient à s'engourdir, et Saule en profita pour s'installer plus confortablement sur le rocher qui lui servait d'assise. Elle se préparait à un long récit, semblable à ceux qu'elle avait entendus en gardant le *checkpoint*, mais elle recevait cette histoire différemment, car celui qui la racontait appartenait désormais à sa Milice et n'avait pas été renvoyé sur les routes, retombant dans l'anonymat et l'oubli. Elie garda le silence pendant quelques secondes, puis reprit la parole, sa voix couvrant à peine les murmures des autres miliciens répartis entre les différents feux qui repoussaient la nuit, conscient lui aussi d'offrir à Saule un récit banal, qui avait pour seule originalité d'être le sien.

« En bas de notre immeuble il y avait Calme et ses parents qui nous attendaient. »

Saule tiqua en entendant son nom et son regard changea, mais Elie ne s'en rendit pas compte : il souriait, plongé des années en arrière dans ses souvenirs.

« Calme avait les cheveux courts à ce moment-là, très clairs. Ils ont tellement foncé ici... Elle était vraiment minuscule, à tel point qu'on lui donnait facilement deux ou trois ans de moins que moi, alors qu'on a le même âge. Elle sursautait au moindre bruit dans la rue, comme ses parents. Tout le monde était tout le temps sur le qui-vive à ce moment-là, c'est ça la grande différence avec ici. Ici, je n'ai jamais eu peur. Enfin, sauf pour ces derniers jours, mais c'est un peu différent...

– Oui, mais demain ça sera fini... »

Elie ne lui répondit pas, fuit son regard et reprit son récit.

« On est montés tous les six dans la même voiture. C'était interdit, et avec Calme ça nous paraissait incroyable de ne pas respecter la loi et de partir de Paris, mais on était heureux, parce qu'on n'en pouvait plus de cette vie grise, triste et anxiogène. On est partis très tard, et on roulait à côté de gens comme nous, dans des voitures surchargées de personnes et de bagages. On a roulé vers le sud jusqu'à n'avoir plus d'essence, parce que les stations qu'on croisait étaient vides, ou ne servaient que les médecins, les militaires, mais pas les gens comme nous. On ne le savait pas encore à cause de la propagande du gouvernement, mais les Emirats avaient décidé de couper totalement leurs exportations pour faire pression sur l'Onu qui les empêchaient d'annexer l'Iran, et le pays était complètement à sec. »

Saule eut un petit mouvement de sourcil interrogatif.

« Tu savais pas que c'était pour ça qu'on a plus eut d'essence ? »

Elle secoua la tête, et Elie haussa les épaules.

« Avec le réchauffement climatique, leur pays était devenu un enfer. Leurs réserves de pétrole baissaient drastiquement, et ils commençaient à penser à l'après, quand ils se retrouveraient à sec et vivraient dans un gigantesque désert... Du coup ils avaient des idées d'expansion. »

Il sourit devant le regard perdu de Saule.

« Bref, en vrai on s'en fout de ce qu'il s'est vraiment passé... Cette raison ou une autre... Toujours est-il que quand on a été vraiment sur la réserve, vers Dijon, ma mère a bifurqué dans l'espoir de trouver une station encore approvisionnée loin de l'autoroute, mais elles étaient vides elles aussi. On est tombés en panne à Comblanchien. Je me souviens : le nom m'avait fait marrer. On devait commencer par aller jusqu'à Marseille, chez le frère de ma mère, qui disait que là-bas la vie était plus... enfin que ça allait. Je sais plus trop pourquoi l'Italie s'en sortait mieux que nous, je crois qu'ils avaient eu une politique d'indépendance alimentaire beaucoup plus poussée que la nôtre et ils galéraient moins face à la pénurie brésilienne. Du coup la municipalité de Marseille avec négocié un approvisionnement en nourriture avec Gènes contre des « renforts » et de la logistique pour « aider » le maire italien à rester au pouvoir... Quand j'y pense c'était vraiment n'importe quoi. Tout le monde était au courant de ces magouilles mais personne ne faisait rien. Notre gouvernement était complètement corrompu, et puis les habitants de Marseille tant qu'ils avaient des pâtes et des matchs de foot ils cherchaient pas trop à comprendre... »

Saule préleva une branche du fagot près d'elle, et s'en servit pour triturer le feu. Des braises minuscules s'élevèrent, teintant son visage si sérieux d'un doux rouge. Elie s'y perdit, un instant, avant de reprendre son histoire quand elle leva les yeux vers lui, interrogative.

« On était coincés au milieu de nulle part, et on s'est demandés si on allait pas faire du stop pour remonter à Dijon et prendre un train, mais un couple est tombé en panne juste à côté nous et ils nous ont dit que les trains ne circulaient plus. »

Elie s'arrêta face au regard à nouveau perdu de Saule.

« Ca demandait trop d'énergie... Sans pétrole il ne nous restait que l'énergie nucléaire et les quelques panneaux solaires et parcs éoliens qui avaient survécu à leurs années sans entretient faute de subventions... Du coup le gouvernement gardait l'énergie pour recharger les batteries de ses tanks électriques. Il s'en foutait de transporter les gens. Il voulait d'ailleurs surtout pas qu'ils circulent, les gens, et qu'ils montent tous à la capitale pour renverser le pouvoir corrompu et inefficace.

– C'est marrant, je me suis jamais posé la question du pourquoi de l'arrêt des trains ou des avions. Je sais pas si c'est parce que de toute manière il n'y en a jamais eu ici ou si c'est parce qu'au fond ça ne m'intéressait pas trop...

– Je crois que c'est un peu dans la nature humaine de parfois ne pas trop se poser de questions... En tout cas, sans trains, les parents ont décidé qu'on allait voyager à pieds. Que si on marchait quinze kilomètres par jour ça prendrait un mois à peu près et que c'était pas la fin du monde. » Elie eu un petit rire involontaire à sa propre phrase. « Enfin, c'était un peu le début de la fin quand même...

– Parle pour toi ! Un jour je te raconterai comment on a vécu les choses ici. Rien à voir... ».

Elie prit le temps de regarder Saule, touché par sa fierté d'avoir toujours vécu dans cette enclave, loin des bouleversements mondiaux. Il se rendit compte que lui aussi aurait bien aimé grandir dans la vallée.

« Au début avec Calme on a trouvé ça super de marcher. Le temps était pas trop dégueulasse, et on passait par des endroits très beaux. Les premiers jours on croisait beaucoup de gens et de familles comme nous, on se disait bonjour, le monde était un peu devenu comme une grande colonie de vacances et on bivouaquait tous les soirs avec de nouvelles personnes. Nos peaux pâles de parisiens prenaient des couleurs, on se musclait à force de marcher, on respirait mieux, loin de la pollution... C'était étrange cet état presque euphorique dans lequel on était, complètement en décalage avec ce qui se passait. On se disait : « C'est super, marcher c'est bon pour la santé, regardez c'est magnifique ici on aurait jamais découvert ces lieux en voiture ! Et puis pour une fois, on était en action. Ca faisait trois ans au moins, depuis le début de la guerre sino-russe qu'on attendait qu'il se passe quelque chose. Que ça pète ici aussi en Europe avec le Maghreb, ou qu'on change radicalement de gouvernement, ou de mode de vivre face aux pénuries... Mais concrètement, on ne faisait rien. On attendait qu'on nous dise quoi faire. La séquestration du pétrole par les Emirats ça a au moins permis à beaucoup de gens de se mettre en mouvement. La plupart ne savaient pas où aller, mais on croisait beaucoup de familles qui avaient enfin décidé de tout larguer pour un avenir incertain mais qui, au moins, ne seraient plus dans l'attente. Pour la nôtre, ce qui l'a sauvée c'est d'avoir quitté l'autoroute bien avant que les milices ne s'en emparent. La violence est arrivée beaucoup plus tard pour nous, et quand j'y repense je me dis qu'on a eu une chance incroyable, même si on se rendait compte que l'ambiance, petit à petit, changeait. On entendait des rumeurs, à propos de villes tombées aux mains de pillards ou de groupuscules terroristes, qui profitaient du départ d'une partie des habitants pour prendre le contrôle de quartiers, ou de villes entières, afin d'y imposer leurs dogmes politiques, racistes ou religieux. On croisait des gens qui avaient fui ces villes et on pouvait lire la peur dans leurs yeux, même si nos parents essayaient de détourner notre attention dans ces moments-là. »

Elie sourit, un peu blasé.

« Mon père racontait des blagues nulles et ma mère y riait très fort. C'était maladroit, mais, la plupart du temps, ça marchait pas mal... Au bout d'un moment, par contre, on n'a plus rien eu à manger. Heureusement, les parents de Calme étaient vétérinaires, alors on s'est mis à aller de fermes en fermes pour échanger leurs services contre un peu de nourriture et le droit de planter notre tente dans leur cour. Parfois les paysans étaient sympas, on mangeait avec eux et on regardait la télé, avec les informations, même si on savait plus si on devait les croire ou pas. Le message du gouvernement, en boucle, était de rester chez soi, que la récession allait se calmer et que l'importation de nourriture allait reprendre. Par contre ils ne parlaient pas du blocage pétrolier, des violences dans les villes et des gens sur les routes. »

Elie s'étira et bailla. La fatigue des nuits sans sommeil commençait à le rattraper, mais les yeux brillants d'intérêt de Saule l'encouragèrent à reprendre la parole.

« Pourtant, on a dû faire face à un problème : le père de Calme s'est retrouvé à court d'insuline. On était incapables d'en trouver dans les pharmacies des campagnes dévalisées, alors on nous a dit d'aller à Lyon, où là-bas les infrastructures marchaient correctement et les magasins étaient régulièrement approvisionnés. Ça faisait déjà un mois qu'on marchait, on était bien loin des prévisions de mon père, et passer par Lyon nous faisait faire un détour, mais on y a quand même été. En périphérie les gens qu'on croisait nous disaient qu'il n'y avait rien à craindre dans la ville, que l'armée était présente, empêchant les émeutes liées aux pénuries. C'est vrai que l'ambiance était morose et qu'il y avait énormément de gens paumés comme nous dans les rues mais on était plutôt rassurés, des grosses voitures militaires faisaient des rondes en permanence. On a trouvé une pharmacie, mais avant d'y entrer on a entendu un bruit terrifiant qui a fait trembler la terre. Et puis tout de suite après, une série d'explosions et des cris, horribles... Je crois qu'ils ont fait sauter des bâtiments dans une rue toute proche de la nôtre, parce qu'on a été recouverts de poussière et que des pierres retombaient autour de nous. Ma mère s'en est prise une, elle avait le visage en sang, et on s'est mis à courir, dans un réflexe stupide, sans même trop savoir où on allait. Il y a eu d'autres explosions et on a débouché sur un boulevard gigantesque où il y avait des milliers de gens qui courraient. Je n'en avais jamais vu autant rassemblés au même endroit, même pendant les manifs anticorruption que je faisais avec mes parents à Paris. J'ai appris après qu'ils avaient fait péter une série circulaire d'immeubles pour créer cette panique générale, et vider la ville.

– Qui, ils ?

– Ils se faisaient appeler la Force de la Liberté, ou une connerie dans le genre. Vous n'en avez pas entendu parler à l'époque ? » Saule secoua la tête. « C'est fou, vous viviez déjà comme des ermites... Bref c'était une milice terroriste de suprématistes blancs, qui a tenté de chasser les militaires de la ville pour en prendre le contrôle. Ça a bien marché d'ailleurs, l'armée a mis presque un an à récupérer Lyon. »

Elie inspira profondément et ferma les yeux une seconde. Il reprit son récit, le regard soudain éteint.

« Le problème, c'est que, dans la panique, les parents de Calme avaient disparus. Je ne me souviens pas précisément du moment où c'est arrivé... Parce qu'en plus des immeubles qui s'effondraient, il y avait aussi des gens qui tiraient sur la foule. C'était horrible, j'étais terrifié, la peur me broyait le ventre et bloquait toutes mes pensées. Mon père a réussi à garder la tête froide, et quand il a vu que les parents de Calme n'étaient plus à côté de nous il a passé un bras autour de ses épaules et il ne l'a plus lâchée. Ma mère a fait pareil avec moi, et, je sais pas trop comment, on est sortis de la ville tous les quatre. C'est bizarre les êtres humains, on courrait comme des dératés, et puis tout d'un coup quand il n'y a plus eu de cris ou de gens qui couraient autour de nous on s'est arrêtés nets. Tout le monde avait perdu ses sacs, sauf moi, mais il n'y avait rien d'utile dedans. On est restés là des heures, espérant, à chaque personne qui venait vers nous, voir surgir les parents de Calme. On ne savait pas quoi faire, on entendait encore des tirs et des cris au loin, et je priais à chaque fois pour que ça ne soit pas eux. Calme pleurait, en silence, et ses larmes traçaient des rivières sur ses joues pleines de poussière. Quand la nuit est tombée mes parents ont décidé de s'éloigner de la ville. L'électricité avait été coupée et les lampadaires ne s'allumaient plus, les cris continuaient dans la nuit et je tremblais de peur. Des gros camions de l'armée passaient à côté de nous à toute vitesse, sans qu'on arrive à savoir s'ils fuyaient la ville ou montaient au combat. C'était le chaos. On a marché à la lumière de la lune sur ce qui avait dû être une sorte de périphérique, accompagnés par des centaines de familles dans le même état que nous, qui cherchaient leurs proches en montrant des photos sur leurs téléphones. Vers le matin on s'est postés à l'embranchement de l'autoroute qui allait vers le sud, en se disant que les parents de Calme auraient sûrement la même idée.

– Comment ils se sont connus ? »

Elie releva la tête, surprit d'avoir été interrompu.

« Qui ?

– Tes parents et ceux de Calme. Ils étaient cousins ou quelque chose comme ça ? »

Elie eut un petit rire.

« Non, mais c'est vrai qu'ils auraient pu. Ma mère et la sienne se connaissaient depuis l'enfance, elles étaient dans la même école primaire à Paris et sont restées amies toute leur vie. Elles ont rencontré mon père et celui de Calme en fac de math. Mon père y était en Erasmus, il est jamais reparti. Il avait rencontré celui de Calme le premier jour, en s'asseyant à côté de lui dans l'amphi. Puis les garçons et les filles se sont rencontrés, et ils sont tombés amoureux. Ça m'a toujours fait marrer cette histoire, on dirait une mauvaise sitcom. »

Saule le regarda, sans réagir.

« Une sitcom c'est… non laisse tomber en fait. Ça n'a pas d'importance. En tout cas nos parents étaient très proches, et le projet de descendre dans le sud c'était un projet commun. Alors on les a attendus sur la bretelle d'autoroute presque une semaine, sans rien manger à part des barres chocolatées et du pain rassis qu'on trouvait dans les voitures abandonnées sur l'autoroute. Parfois un camion de l'armée s'arrêtait pour distribuer des packs d'eau et des rations de survies, mais pas assez pour la foule gigantesque qu'on était, et les tensions augmentaient de jour en jour. Quand il y a eu deux morts pour une histoire de bouteille d'eau volée, mes parents ont décidé que c'était trop dangereux de rester là, et qu'il fallait qu'on reprenne la route comme on faisait avant Lyon. Calme a d'abord refusé, s'accrochant aux barrières de l'autoroute alors que mon père essayait de la convaincre de se remettre à marcher. Mais elle a fini, à force de pleurer, par ne plus avoir d'énergie, alors mon père l'a prise dans ses bras et il a marché une journée entière en la berçant, en lui disant que ses parents connaissaient notre destination, qu'on les retrouverait surement à Marseille, et que ce n'était plus sûr de rester là. Je ne sais pas comment il a fait pour la porter une journée entière. Elle était toute petite mais mon père n'a pas beaucoup de force. »

Il se tut quelques instants, essayant vainement de chasser ses souvenirs noirs.

« Le lendemain elle s'est remise à marcher, mais elle faisait une pause à chaque croisement qu'on traversait, se retournait, et semblait attendre ses parents. Ca cassait sérieusement le rythme de marche mais ni mes parents ni moi n'avons jamais rien dit. Je crois que ça a commencé là, toute l'attention qu'on lui donne aujourd'hui. Son regard, pendant cette journée horrible, était tellement, tellement loin dans la douleur que, sans même s'en parler les uns aux autres, on a tous décidé que notre priorité à partir de ce jour c'était de la protéger, et d'espérer qu'un jour elle refasse surface. Ça s'est imposé, comme ça, et c'est resté. »

Elie soupira, les yeux plongés dans le feu, brillants de fumée.

« En continuant la marche, notre autre préoccupation est devenue la nourriture : sans les parents de Calme, on n'avait plus grand-chose à troquer aux gens chez qui on demandait à manger. Les paysans n'étaient pas forcément égoïstes, mais la situation était très compliquée pour eux aussi. C'était l'année ou le thermomètre montait régulièrement à 50 degré, le peu d'agriculture qui nous restait avait cramé et tout le massif central avait été ravagé par des feux de forêt. Et puis l'automne est arrivé et il était tellement pluvieux qu'on pataugeait en permanence dans cinq centimètres d'eau. Les récoltes étaient catastrophiques, les élevages avaient été décimés par la chaleur et une nouvelle maladie, et le fourrage commençait déjà à manquer alors que l'hiver était encore loin. Sans leurs tourteaux de soja qui arrivait normalement du Brésil, les animaux étaient tous en train de crever de faim. On a quand même fini par arriver à Marseille, à bout de forces, et mon oncle est venu nous chercher à un *checkpoint*, monté quelques jours plus tôt pour réguler le flot de réfugiés qui, comme nous, arrivaient de Lyon. Il a dû payer une grosse somme d'argent pour notre passage à la Mafia, qui contrôlait désormais ouvertement la ville. Enfin il y avait toujours le maire et tout, mais il faisait ce que lui disaient de faire ses « conseillers », ce qui l'arrangeait bien. C'était plus facile pour lui de garder le poste, les avantages et les pots de vin, et de déléguer complètement la gestion des tensions entre les quartiers. »

Elie s'étira et changea à nouveau de position, s'avachissant un peu plus sur sa souche. Saule ne bougea pas, gardant sa posture irréprochable de cheffe.

« Ça nous a quand même fait bizarre de voir des hommes et des femmes armés tenir une barricade un peu pirate, sans qu'ils aient d'uniformes. C'est là, je crois, que mes parents et moi avons compris qu'il était en train de se passer quelque chose de grave en France. En partant de Paris on croyait que c'était pour que les choses aillent mieux, et que notre vie allait forcément s'arranger, que l'essence reviendrai, que le temps s'améliorerait, qu'on trouverait des médicaments pour les nouvelles épidémies. On avait dû intégrer la propagande du gouvernement sans s'en rendre compte en fait. Mais là, face à ces gars et ces filles portant des kalaches, à l'accent du sud et à la casquette Nike à l'envers j'ai réalisé que c'était fini la vie normale. Que ça n'allait pas « aller mieux », et que notre périple à pieds n'était pas juste une parenthèse, mais bien le point de départ de notre future vie incertaine... Mon oncle, lui, était horrifié de nous voir dans cet état de crasse, de peur et de fatigue, et nous a conduis chez lui à travers des rues tranquilles où l'on entendait des télévisions et des rires. Après ce qu'on venait de traverser, c'était complètement irréel. On est restés trois ans à Marseille. Calme faisait des allers retours au *checkpoint* tous les jours pour y attendre ses parents, elle y passait ses journées et refusait de venir au collège. Mes parents ont essayé de la convaincre d'y aller mais ça ne l'intéressait plus. De toute manière le collège ça servait plus à grand-chose. Le gouvernement était en panique totale avec les flambées de violence dans les villes et la pénuric qui devenait générale, alors l'éducation était loin d'être sa priorité. Rapidement d'ailleurs les profs ont arrêté d'être payés. L'Etat investissait tout l'argent qui lui restait dans l'armée pour récupérer les villes perdues et sécuriser les routes... C'est drôle au final, c'est quand même grâce au fait que le pays n'a jamais délocalisé ses usines d'armement que la guerre civile n'a pas éclaté ici, pas comme en Espagne ou en Angleterre. Les Français n'avaient presque rien à manger, mais l'armée avait suffisamment de matériel pour ne jamais se laisser complétement dépasser par la situation.

– Alors pourquoi ils ont laissé la Mafia prendre le pouvoir à Marseille ?

– Parce qu'en réalité ça faisait des années que la Mafia contrôlait la cité. C'était pas comme à Lyon où il suffisait d'abattre une centaine de fanatiques pour récupérer la ville, là il aurait fallu démanteler un réseau tentaculaire et vieux de plusieurs décennies, et le gouvernement n'avait vraiment pas le temps pour ça. Et puis le maire était officiellement toujours en place, la vie continuait normalement, même si ça voulait déjà plus dire grand-chose... C'était facile de détourner les yeux de la ville et de son réel fonctionnement. En attendant, les profs ont continué d'enseigner, même sans salaire. Un peu comme chez vous en fait : les parents leur donnaient un peu de nourriture, des vêtements, et ils étaient exemptés des impôts de protection. C'était pareil pour les éboueurs, les soignants, la poste... Bref, tout ceux que normalement l'Etat payait, ce sont les habitants et la Mafia qui ont pris la relève. Je crois que ça marchait pas trop mal. Je veux dire, en trois ans la situation s'est pas mal dégradée, mais on était au chaud l'hiver, on mangeait à notre faim même si c'était pas très varié et on n'avait pas peur. »

Un grand éclat de rire, provenant du brasero voisin, fit retomber sur le visage de Saule le masque de cheffe qui s'était estompé. Elle se retourna vers le groupe derrière elle.

« Oh, on baisse d'un ton à côté ! On monte la garde là, on est pas au bar du village ! »

Sammy lui répondit, toujours hilare d'une blague que ni Elie ni Saule n'avaient entendus.

« Ca te va bien de dire ça, ça fait deux heures que vous discutez sans lever les yeux du feu. Si les pillards attaquent vous les saoulerez de vos histoires ? »

Saule lui jeta un regard noir mais ne lui répondit pas. Elle s'assura quand même d'un coup d'œil que les sentinelles étaient en place, alertes, le long de la barrière et dans les miradors, indifférents aux bavardages derrières eux. Satisfaite, elle rapprocha son arme le long de son corps, posa sa main droite sur la crosse et relança Elie d'un simple geste. Il s'exécuta.

« Rétrospectivement, à Marseille, on était assez heureux, entre le soleil et la mer... il y avait juste Calme qui était triste tout le temps et qui restait toute la journée à l'entrée de la ville. Mais si ça s'était arrangé, je crois qu'on aurait pu vivre toute notre vie là-bas. En tout cas ça ressemblait à une vie, même si la situation se tendait de plus en plus. J'ai terminé le lycée et je voulais trouver du travail, mais sans l'aide de la Mafia c'était impossible, et mes parents refusaient que je me mette à leur rendre des services. Et puis Calme devenait... gênante. »

Saule eut un petit rire.

« Sans déconner... »

Elie ne put s'empêcher de sourire à son tour, ironique.

« Ouais... déjà... La Mafia commençait à ne pas trop apprécier qu'elle passe son temps au *check-point*, à tout observer. Elle était aux premières loges pour les exactions, les pots de vin et les chantages. Pas que ça soit très secret tout ces trafics, mais je crois qu'ils préféraient quand même faire leurs affaires tranquillement dans leur coin. On a reçu des menaces, mais elle continuait de sortir. Quand elle est revenue un soir avec l'arcade sourcilière explosée mes parents se sont effondrés. A ce moment-là on vivait aussi avec la compagne de mon oncle, qui venait tout juste d'accoucher. Elle devenait folle de voir Calme défier la Mafia, elle avait peur des représailles pour elle, pour son bébé... Elle lui criait dessus et Calme s'enfonçait de plus en plus loin dans le mutisme. L'ambiance, dans cet appart un peu petit pour sept, est devenue invivable. Moi aussi je recevais des menaces, et les gars du quartier me disaient que si je ne m'occupais pas mieux de ma sœur, c'était eux qui allaient s'en occuper. Avec mes parents, on s'est réunis et on s'est demandé quelles étaient nos solutions. Est-ce qu'on tentait de rester en ville, en déménageant pour s'éloigner de ma tante de plus en plus invivable, et en essayant de dénicher appartement pas trop pourri, parce qu'à ce moment-là il y avait des quartiers entiers sans eau courante et presque plus d'électricité, et de trouver une solution pour ne plus laisser Calme sortir, ou est-ce qu'on décidait de partir. Je me souviens avoir regardé Calme, qui ne nous écoutait pas et qui regardait par la fenêtre, toujours à attendre ses parents. Je me suis dit que si on restait là, elle allait devenir complètement folle ou se faire tuer. Ça faisait trois ans qu'elle les attendait. »

Elie marqua une pause, le visage sombre, les yeux dans le vague.

« Elle était de plus en plus perdue dans la tristesse, la mine toujours renfrognée, des petites rides sur le front à force de garder les sourcils froncés alors qu'elle n'avait pas dix-sept ans. Elle ne restait plus uniquement au *checkpoint*, elle arpentait aussi les camps de réfugiés, les quartiers insalubres, dangereux, pas régulés par la Mafia. Elle revenait de plus en plus souvent avec des traces de coups, une fois même de morsure, mais elle ne disait rien. J'ai essayé de l'imaginer dans quelques années. Mon père, ma mère, même moi j'arrivais à nous imaginer un avenir pas trop dégueulasse, un peu bancal et fade mais en relative sécurité. Mais nulle part, dans ce futur, je n'arrivais à y voir Calme. Jamais. Je savais qu'un jour ou l'autre elle finirait par se faire tuer. »

Il leva les yeux vers Saule, plus grave qu'il ne l'avait été jusqu'à présent.

« Calme, tu le sais maintenant, c'est plus que ma sœur. Je n'ai pas le souvenir d'avoir vécu sans elle. Nos parents étaient très amis, ils se voyaient tout le temps, et on a grandi ensemble, côte à côte, sans la jalousie ou la compétition qui peut exister entre frères et sœurs. Elle a toujours été très sensible, très timide, très peureuse, très... différente... J'étais un de ses seuls amis, et à l'école elle ne restait qu'avec moi, me suivant comme mon ombre. Parfois elle me faisait un peu peur, avec son regard si profond et si sérieux, même quand tout allait bien autour de nous. Elle avait des pensées et des réactions étranges, et j'avais souvent le sentiment d'être le seul à réellement la comprendre. Quand j'y pense, je crois que j'ai toujours eu la certitude qu'elle n'appartenait pas tout à fait au genre humain, comme si elle venait de très loin, dans le temps ou l'espace. Et ça me rendait malade de voir ce qu'elle était en train de devenir, une ombre parmi la crasse, sans qu'on ne réussisse à la rattacher, même un petit peu, à notre vie. Elle n'était pas stupide, elle savait très bien que ses parents, s'ils étaient en vie, nous auraient retrouvés depuis longtemps. Mais elle ne pouvait s'empêcher de les attendre, car faire face à leur absence ça voulait dire faire face à la vie qu'elle devait se construire dans ce monde, et ça elle en était incapable, parce que même quand ils étaient là c'était dur pour elle de vivre. Notre monde était devenu si moche, brutal et injuste, qu'elle savait qu'elle n'y trouverait pas sa place. A ce moment-là j'ai compris que si je voulais qu'elle vive, il fallait qu'on parte, loin des hommes et de leur violence, dans un endroit où elle pourrait se reconstruire, ré-émerger au monde. »

Il soupira.

« Calme, pendant toute notre discussion sur notre avenir, n'avait pas tourné la tête une seule fois vers nous. Alors je suis allé la voir, et j'ai planté mes yeux dans les siens, lui disant qu'on voulait partir de la ville pour mieux s'occuper d'elle, pour lui construire une maison isolée et tranquille, où elle ne serait menacée par personne. »

Elie s'arrêta net dans sa phrase et regarda Saule. Un petit silence se fit, qu'elle ne brisa pas, gardant un visage indéchiffrable. La tension entre eux, qui avait diminuée au cours de ces quelques heures, avait brutalement ressurgit. Elie finit par rire, amer.

« Ouais, une belle réussite là aussi... »

Saule ne réagit pas, le visage dur, et Elie reprit son récit.

« Enfin, contre toute attente, elle s'est levée sans un mot, a récupéré une pochette de sous son oreiller, et nous l'a apportée. Quand on était sur la route avec ses parents, elle la gardait tout le temps sous ses habits, et ne s'en séparait jamais, même pour se baigner dans les rivières. Je ne lui avais jamais demandé ce qu'elle y gardait si précieusement. Je me disais que c'était des photos, d'elle et sa famille, ou encore des petits cailloux et des feuilles, des grigris qu'elle collectionnait depuis l'enfance. »

Elie hésita un instant, pendant que Saule le regardait, impénétrable. Il finit par soupirer, las des mensonges, de la peur, de l'incertitude. Il planta ses yeux dans ceux de Saule, décidant de ne plus jamais les baisser.

« En fait, c'étaient les papiers d'identité de ses parents, et leur acte de propriété d'ici. C'était Calme qui gardait tout depuis leur départ de Paris, comme s'ils avaient anticipé qu'elle se retrouverait seule et qu'elle aurait besoin de cette maison perdue dans la vallée de Massat. Mes parents en connaissaient l'existence, parce que c'est là qu'on devait se rendre tous les six après avoir fait escale à Marseille. Mais ils pensaient que l'acte avait disparu dans la cohue de Lyon, avec Aude et Joseph, alors ils avaient abandonné le projet de venir jusqu'ici. »

Saule raffermit la prise sur son arme, et le silence retomba, long. Elie refusa de le briser et se fit violence pour ne pas détourner le regard de celui de la cheffe de la Milice.

L'installation de sa famille dans la vallée dépendait de ce mensonge, et, quand elle prit enfin la parole, il se rendit compte qu'il tremblait.

« Aude et Joseph, c'est le nom officiel que tes parents ont donné à mon père quand ils ont réclamé votre parcelle. Ils ont pris l'identité de ceux de Calme. Vous vous êtes appropriés leur identité. Putain Elie... Mon père avait raison de se méfier de vous. Dire que je me suis engueulée à plusieurs reprises avec lui à propos de vous. »

Elie ne répondit pas, mais il fut touché à l'idée que Saule ait pu le défendre auprès du maire.

« C'est quoi, le vrai prénom de tes parents ? Finit par demander Saule.

– Lucie et Andrew. »

Elle hocha la tête.

« Ca explique le léger accent de ton père... C'est plus logique que Joseph. »

Elie acquiesça pendant que Saule retombait dans son mutisme. Les éclats de rire provenant du braséro derrière eux semblaient happés par son silence et Elie, malgré son soulagement de s'être enfin débarrassé de son dernier secret, attendait sa sentence.

« Et du coup, vous êtes venus ici ? »

Il laissa passer un temps, surpris, puis reprit son récit, osant à peine croire que leur usurpation d'identité, qui leur aurait valu l'exclusion immédiate du village quelques semaines plus tôt, ne déclenche pas plus de réaction chez la fille du maire. Ses mains cessèrent de trembler.

« On est partis, à pied, comme trois ans plus tôt. Mais les routes avaient changé et tout était plus sale, plus triste, plus vide. Il y avait des restes de voitures partout, c'était hallucinant, parfois je me demandais qui avait abandonné une voiture dans un endroit aussi absurde, et pourquoi. Parce qu'elles n'étaient pas qu'en bord de route, il y en avait aussi dans les champs, en haut de talus, au milieu de maisons abandonnées... Ça donnait une ambiance très étrange, comme si c'étaient les carcasses d'animaux disparus depuis des siècles. On rencontrait quelques familles qui allaient elles aussi d'une ville à l'autre, comme nous, des vendeurs ambulants, et des militaires, beaucoup, aussi. Ils patrouillaient pour garder un semblant de contrôle dans les zones rurales, mais surtout pour s'assurer que les grandes exploitations agricoles ne soient pas attaquées. Elles arrivaient difficilement à sortir encore des trucs de terre avec les sols brulants en été, trempés et gelés le reste de l'année, et ravagés par les produits chimiques... Mais bon vu que l'Amérique du sud était rentrée en guerre quelques mois plus tôt contre les Etats-Unis qui voulaient justement leurs terres un peu moins épuisées que les leurs, il ne restait presque que les rutabagas et les patates nationales pour nous nourrir tous. La présence militaire nous rassurait, même si on devait souvent leur filer des pots de vin pour passer. On n'avait pas peur, mais c'était pas très joyeux non plus. Les gens qu'on croisait étaient fatigués, souvent tristes. L'ambiance était très différente de quand on avait abandonné notre voiture pour se rendre à Marseille à pied. A l'époque il y avait un côté inédit, un peu aventure. Là, voyager à pied c'était juste une contrainte. Certaines personnes que l'on croisait étaient sur la route depuis des mois, allant de la Bretagne à Nice, contraintes de rester quelques semaines dans des villes ou villages pour essayer de trouver un peu de travail contre de la nourriture, parfois emmenées de force dans des camps de réfugiés par l'armée quand ils ne payaient pas de pots de vins ou n'avaient aucune raison légale d'être sur la route, obligées de s'enfuir la nuit de ces camps-prison, en coupant des barbelés... »

Elie ne put s'empêcher de bailler à nouveau. La nuit était bien avancée, et déjà, à l'est, le ciel s'éclaircissait. Saule, sans un mot, lui tendit une gourde, et Elie la remercia en silence. Il but le liquide amer et tiède, au goût atroce de chicorée mal torréfiée. Après une grimace involontaire, il continua.

« Nous, avec notre acte de propriété, les militaires nous laissaient tranquilles, et on avait assez d'argent pour les arroser et trouver de quoi se nourrir... dans l'ensemble c'était même un chouette voyage. Calme s'était remise à parler après des années de silence presque total, et on passait des heures, sur la route, à discuter de la vie qui nous attendait ici. Mais, le soir, quand on se retrouvait à dormir à la belle étoile, elle se mettait à avoir très peur. Il y avait beaucoup de bêtes sauvages dans la nature, bien plus que lors de notre premier voyage, sûrement à cause de la quasi disparition des voitures, et elles faisaient des bruits effrayants la nuit. Calme pleurait de peur en entendant des fourrés bouger, même si c'était juste un lapin qui passait pas loin de nous... Elle n'arrivait jamais à nous expliquer précisément ce qui la terrifiait, mais elle ne dormait pas de la nuit et le lendemain elle marchait tout doucement, tombant de sommeil. Du coup on a essayé de ne planter notre tente que dans des zones habitées. »

Elie soupira.

« Enfin, qui avaient été habitées, parce que les villages s'étaient dépeuplés, les paysans étaient presque tous partis, leurs terres malades depuis des décennies, trop empoisonnées pour la culture ou l'élevage... On traversait des villages fantômes, où seules quelques familles étaient restées, vivant avec deux poules et une vache, allant à la chasse et à la cueillette. Mes parents, à force, sont devenus mutiques. Je les ai entendus discuter un soir, disant que les paysages et les gens leur faisaient penser à des images de documentaires qu'ils avaient vu sur des guerres horribles au Moyen Orient ou en Afrique, quand ils étaient jeunes. En restant à Marseille on ne s'était pas trop rendu compte de tout ça. Les journaux et la télé relayaient clairement de la propagande, ne parlant que de l'amélioration prochaine de la situation, du retour de la sécurité dans les grandes villes, et de la reprise du commerce international... Ils ne montraient jamais tout ce qu'on avait abandonné, ou détruit. Et puis tout le monde était tellement concentré sur son propre quotidien, sur comment soudoyer qui pour avoir quoi, qu'on se préoccupait pas trop de savoir comment allait le reste de la France. Mais là, en marchant tous les jours à travers des petites villes et des villages désertés par la population, partie en exode à la recherche d'une vie meilleure qu'elle ne trouverait pas, on se rendait compte de ce qu'était devenu notre pays, et c'était très triste. Ici, dans la montagne, vous avez les centrales hydrauliques, quelques panneaux solaires, et vous avez toujours su vous débrouiller avec peu. Mais les exploitations agricoles gigantesques, avec leurs terres polluées, leur électricité devenue fluctuante et le manque d'essence galéraient à nourrir tout le monde. Et de toute manière, presque tout ce qu'elles arrivaient encore à produire était réquisitionné par les militaires, qui gardaient la production pour eux ou qu'ils revendaient à prix d'or aux maires des villes les plus proches. »

Saule grimaça légèrement. La lumière du feu de camp adoucissait sa cicatrice et Elie la trouva vraiment jolie, avec ses cheveux ramassés dans un vague chignon au-dessus de sa nuque, ses traits fins et ses yeux en amande. Il se surprit à penser que, malgré la mort qui pouvait fondre sur eux à tout moment, il aurait aimé que cette nuit ne s'arrête jamais. Il voyait bien Sammy, debout derrière Saule à une dizaine de mètres d'eux, lui lancer des coups d'œil de temps en temps, mais il faisait tout pour les éviter, espérant que son ami ne se vexerait pas de ne pas l'inviter à les rejoindre. Il reprit la parole, espérant faire durer son récit jusqu'à l'aube sans que personne ne les rejoigne.

« En tout cas on a pu observer comment la région et la richesse changeaient en arrivant dans le coin. On revoyait des troupeaux dans les champs, des villages habités et alimentés en électricité, les gens étaient cordiaux, accueillant, et même les militaires nous contrôlaient moins. Je trouve ça hallucinant en fait, que pas plus de monde ne vienne s'installer ici. »

Saule, un instant, eut le regard fuyant avant de reprendre une attitude impassible.

« Tu le sais pourquoi : c'est parce qu'on les refoule au *checkpoint* et qu'on les envoie ailleurs. »

Elle eut un geste de la main vers les miradors, ou deux miliciens prenaient la relève de ceux qui y avaient passé les dernières heures.

« Et puis on te l'a déjà dit mais les hivers ici sont terribles et les maladies déciment la vallée. Il y a trois ans ça a été l'hécatombe, tout le monde a perdu au moins un proche, et des familles entières sont mortes à cause de notre enclavement. Heureusement que la mère de Sammy est là, mais une fois qu'elle a posé un diagnostic, il faut encore pouvoir trouver les médicaments. Quand c'est basique, ça va, mais dès que ce sont des maladies rares ou lourdes à traiter, c'est impossible de rester en bonne santé ici. Quand il y a une épidémie, le temps que les médicaments arrivent de Toulouse, il y a déjà des dizaines de morts. Et, dans tous les cas, ils n'envoient jamais assez de boites. Tu le sais que ça fait des années que la France vit sur ses réserves vu que la production venait principalement d'Inde. Alors si tu rajoutes l'isolement à la pénurie... Les gens le savent, vivre ici c'est bien manger et être en sécurité, mais c'est aussi potentiellement mourir vite et mal d'une maladie banale. »

Elie hésita, mais la soudaine intimité de cette nuit lui donna le courage de poser la question qui le taraudait depuis son arrivée au village.

« Ta mère est morte d'une de ces maladies ? »

Saule marqua un temps, et Elie vit pour la première fois la tristesse s'emparer ouvertement de ses traits.

« Non... Elle a été empoisonnée par l'eau. Il y avait une usine de papier plus à l'est, à Tarascon.

Pendant des décennies elle a rejeté des composants chimiques dans nos nappes phréatiques, qui ont provoqué une vague de cancers. Elle a fermé quand j'étais petite, mais elle a quand même laissé un certain nombre de bidons dégueulasses entreposés n'importe comment, et à force ça s'est aussi infiltré dans les sols. On a été contaminés en buvant l'eau, et on a tous été plus ou moins malades. Ma mère avait déjà une maladie de la thyroïde, du coup elle a été plus touchée que les autres, et elle est morte, avant même qu'on comprenne tout à fait ce qui se passait. Elle n'a pas été la seule, beaucoup de vieux et de vieilles au village sont morts eux aussi, pareil pour les vallées plus à l'est.

– Et vous n'avez rien fait pour arrêter la pollution ? »

Saule haussa les épaules, d'un geste las.

« Il n'y a rien à faire. L'entreprise en question a complètement disparu de la surface de la terre, bien avant que l'on ne se rende compte de l'empoisonnement. Une délégation du village s'est rendue à Tarascon pour voir comment on pouvait aider à stopper tout ça. Les vieux barils éventrés qui ont été trouvés ont été enfermés dans d'autres barils étanches, et les taux de pollution ont baissé. Aujourd'hui il en reste encore des traces, alors certain filtrent l'eau avec du charbon mais moi je trouve ça imbuvable. En fait on sait pas grand-chose, si ça se trouve le village continue de s'intoxiquer, mais plus doucement.... »

Le silence s'installa entre eux, chacun plongé dans ses souvenirs et ses pensées. Le feu crépitait faiblement, et Saule se leva pour aller chercher une bûche dans un tas en bordure de forêt. Laissé seul, Elie pris le temps de relâcher la tension qu'il avait accumulé. Il se passa la main sur son visage, fatigué, et rebut une gorgée de chicorée désormais tout à fait froide.

Les oiseaux diurnes se réveillaient, doucement, et même les gardes de faction au *checkpoint*, derrière lui, semblaient plus détendus. Les pillards avaient dû, comme ils l'avaient tous espérés, contourner le village pour se rendre en Espagne. Les habitants de Massat allaient peut-être survivre à cette nuit finalement.

Saule revint, lança la bûche dans le feu et sortit Elie de ses pensées.

« Tu en étais à votre arrivée dans la région.

– Ah oui. On a mis du temps à arriver dans la vallée. Ca serpente en permanence et la route est très encaissée. C'est étrange, quand tu y penses, cette vallée si large après ce défilé si étroit et cette rivière qui empêche de marcher en ligne droite. J'imagine que c'est pour ça, aussi, que c'est si préservé ici. Ça n'a jamais été facile d'accès. »

Saule sourit, fière.

« Oui, les montagnes nous ont toujours aidées à rester un peu... à l'écart. Pour le meilleur et pour le pire. »

Elie acquiesça et reprit la parole.

« En tout cas les falaises de part et d'autres de la route faisaient peur à Calme, qui redoutait un guet-apens ou quelque chose comme ça. Alors elle avançait tout doucement, hésitant à traverser les ponts, jusqu'à ce qu'on tombe sur votre barrage. »

MANGE FORÊT

C'était la fin d'après-midi. Elie, épuisé par le voyage, tenait fermement la main de Calme, terrorisée par le fusil que tenait le jeune homme devant eux. Grand, la peau dorée, les cheveux noirs et la moustache taillée impeccablement, l'homme armé les regardait sans animosité, mais parlait de la voix calme et claire de celui qui veut et va se faire entendre. Derrière lui se tenait une femme, armée elle aussi, nonchalamment appuyée sur une des deux tourelles de bois qui encadraient une grande barrière métallique hérissée de barbelés, coupant la vallée en deux. D'autres gardes armés surveillaient depuis les promontoires, prêtant peu d'intérêt à ce qui se passait à leurs pieds, regardant constamment au loin à travers des jumelles fatiguées.

« Vous venez d'où ?

– De Marseille. » C'était Andrew qui avait répondu, calmement lui aussi. Brun, la cinquantaine, pas très grand et frêle, il avait les cheveux mi-longs, une barbe de plusieurs jours, et les manches usées. Il se tenait pourtant droit, sûr de lui et de sa démarche.

« Vous n'avez pas l'accent pourtant.

– Non. Nous n'y sommes restés que trois ans. Avant on habitait Paris...

– Avant quoi ? » La femme qui accompagnait Andrew répondit pour son mari, d'un geste vague, fatigué : « Avant tout ça. » Agée elle aussi âgée d'une cinquantaine d'années, elle avait les cheveux bruns qui encadraient son visage fin en cascades de boucles et les yeux plein d'espoir. Le garde à la moustache la regarda un instant puis finit par acquiescer lentement à ses propos.

« On vient tous d'ailleurs à un moment ou un autre. »

A ces paroles, Calme se détendit légèrement. Elie pressa sa main, doucement, pour continuer de la rassurer.

« Par contre je ne peux vous laisser passer que si vous avez des choses à vendre ou à échanger, ou encore une invitation de quelqu'un du village. Si vous voulez vous rendre en Espagne vous pouvez, mais en prenant ce chemin-là, celui qui contourne le village. Il passe par un hameau où il y a une maison qui fait office d'auberge et qui laisse les voyageurs camper dans son jardin. Si vous voulez vous rendre à Tarascon c'est le même chemin, il bifurque avant de partir vers le col. » Il désigna un chemin de terre qui quittait la route principale, bordé sur son côté droit par des barbelés et un léger dénivelé, bien entretenu et visiblement régulièrement arpenté.

« On a un acte de propriété. »

Le jeune homme à la peau dorée se tourna tranquillement vers Elie, qui avait été incapable de retenir les paroles qui venaient de franchir ses lèvres. De la même corpulence que son père, il était difficile de lui donner un âge, visiblement encore un peu perdu entre la fin de l'adolescence et le début de l'âge adulte. Il avait les yeux noisette, le regard franc, les traits fins mais doux, et les cheveux bruns, en bataille, coupés un peu aléatoirement au niveau des oreilles. Il jeta un coup d'œil rapide à ses parents, car il avait été entendu plus tôt dans la journée que ce seraient eux qui expliqueraient leur situation à l'entrée du village, mais il avait senti l'angoisse de Calme, et il voulait en finir au plus vite avec ce suspens : soit le garde les laissait passer, soit ils feraient demi-tour. Quelle que soit la décision, Calme arrêterait d'avoir peur du fusil de cet homme, qui ne semblait pourtant pas prêt à s'en servir. Elie aperçut alors un rapide sourire un peu crispé de sa mère dans sa direction, lui faisant comprendre qu'elle avait, elle aussi, saisit l'inquiétude de de Calme, et qu'elle comprenait sa prise de parole.

« Un acte de propriété ? Dans la vallée ? Faites voir. »

La mère d'Elie acquiesça et tira alors doucement sur le haut de son tee-shirt pour l'ouvrir et en extraire une pochette, reliée à un cordon autour de son cou. Elle en sortit un papier soigneusement plié, protégé par une autre pochette plastique, étanche celle-ci. Délicatement, elle ouvrit le plastique, et tendit le papier à l'homme qui le saisit de sa main gauche, la droite restant nonchalamment posée sur son arme. La femme de faction avec lui se rapprocha et se mis à lire par-dessus son épaule, pendant que les autres gardes, perchés sur leurs miradors de bois, continuaient de regarder le chemin devant eux, impassibles.

« On dirait que ce papier à au moins cent ans... Il y a des mots qui n'existent plus non ? » La jeune femme acquiesça à ses propos avant de changer son arme de main afin saisir à son tour le papier.

« Bon... c'est pas parce que c'est vieux que ça vaut rien. Le mieux c'est que tu les escortes au village, Rabah, qu'ils voient le maire. Je pense que lui pourra valider ou non le papier. Elle leur sourit. De toute manière, ils n'ont pas l'air très méchants ». Rabah acquiesça.

« On va juste vous fouiller. Les armes sont interdites dans la vallée.

-Nous n'en avons pas. Mais, oui, bien sûr, vous pouvez nous fouiller » répondit la mère d'Elie, soulagée qu'on les laisse passer.

Après une fouille rapide, les deux gardes armés ouvrirent dans un grincement horrible la barrière métallique qui séparait leur vallée du reste du monde, et la famille se remit en route derrière le jeune homme à la peau dorée, après avoir hissé sur leurs épaules fatiguées leurs quelques sacs rapiécés. Elie aperçut du coin de l'œil la jeune femme du check point s'emparer d'un talkie et y donner quelques indications brèves, pendant qu'un des gardes descendait de son point d'observation pour remplacer Rabah. Le regard d'Elie s'attarda un instant sur les barbelés qui couraient depuis la barrière métallique pour finir par se perdre dans les premiers arbres qui bordaient la vallée, avant d'emboiter le pas au reste de sa famille, une légère angoisse dans le creux de son ventre.

La vallée, devant eux, s'évasait doucement. Petit à petit la perspective revint, et il leur fut possible de voir les sommets des Pyrénées s'élever de plus en plus haut, les uns derrière les autres. Au bout de quelques minutes ils marchaient dans une plaine, laissant derrière eux avec un soulagement non feint le défilé encaissé et lugubre qui les avait mené jusqu'au barrage. Ils traversèrent ce que Rabah leur décrit comme le village de Librat, constitué seulement de quelques maisons, mais toutes bien entretenues, bordées de champs et de pâturages. « C'est joli, murmura Calme. J'espère que Massat ça sera aussi beau.

– Ah oui c'est aussi beau. Plus encore même. Mais c'est plus grand, c'est pas vraiment un village, plutôt une petite ville. Dans le bourg on est presque un millier, et avec toutes les maisons éparpillées dans la vallée et sur le versant de la montagne on a atteint deux mille habitants au dernier recensement. » Calme, à l'intervention de Rabah, rougit et regarda ses pieds. Elle ne tremblait plus de peur, avançant désormais au milieu de champs en fleurs baignés par une douce lumière de fin de jour, mais Elie, qui tenait toujours sa main, sentait sa fébrilité. Elle jetait de temps en temps son regard inquiet vers le pic des trois seigneurs qui dominait la vallée, au sommet légèrement enneigé malgré la chaleur écrasante de ce mois d'aout.

« Tout va bien, lui murmura-t-il. Tout va bien se passer, j'en suis sûr. » Elle acquiesça, décidée à y croire, et elle ramena les mèches de ses cheveux blonds derrières ses oreilles, dans un geste volontaire pour mieux voir le paysage autour d'elle. Ses grands yeux verts illuminaient son visage fatigué, contrastant étrangement avec sa bouche fine aux lèvres pincées. Il se dégageait d'elle une fragilité enfantine, due à sa taille et à ses gestes hésitants, mais il était difficile de lui donner un âge, ses beaux yeux clairs se voilant souvent de la gravité de quelqu'un qui avait déjà trop vécu. Elle ne lâchait pas la main d'Elie, légèrement plus grand qu'elle, marchant du même pas, et laissait flotter son regard aux mêmes endroits.

Ils cheminèrent encore plusieurs dizaines de minutes, en silence, croisant les habitants de la vallée qui s'interrompaient dans leurs quotidiens pour les observer passer. Les regards étaient doucement curieux, parfois désintéressés, mais jamais hostiles et, petit à petit, Elie et sa famille baissèrent les barrières qu'ils avaient dressé pendant leurs longues semaines sur la route. Leurs épaules se détendirent, leur respiration se fit plus profonde. Leur trajet pour venir jusqu'ici, pourtant sans problème notable, les avaient plongé dans un état d'alerte permanent, avec la peur perpétuelle et justifiée de tomber au détour d'un chemin sur des militaires véreux, des errants agressifs ou tout simplement des pillards. Cette attitude était pourtant difficilement tenable dans cette si jolie vallée, où les enfants traversaient la route en riant, les oiseaux chantaient l'arrivée du soir, et où un vieil homme les salua en étendant du linge au fond de son jardin, près de la route. Rapidement d'ailleurs le père d'Elie se mit à sourire, contaminant sa femme, du sourire simple de se savoir en sécurité. L'idée que le maire ne les laisse pas s'installer ne semblait même pas les atteindre. Ils étaient enfin arrivés.

Presque une heure après avoir franchi le check point, la famille passa le panneau rouillé et difficilement lisible annonçant le village de « Massat ». Ils continuèrent tout droit, toujours guidés par Rabah, dans une rue étroite, bordée de très hautes maisons, toutes habitées. Ils débouchèrent enfin sur la place du village, où une partie de la population était rassemblée au cœur d'un marché sur le point de remballer. Des hommes et des femmes étaient assis sur des bancs, une bouteille de bière artisanale à la main, écoutant une crieuse publique qui annonçait les nouvelles de la vallée. Elie s'arrêta doucement, fasciné par l'ambiance intemporelle, un peu désuète, si différente des villages fantômes traversés au cours de ces dernières semaines et sans commune mesure avec la morosité ambiante de Marseille. Il avait l'impression de se trouver dans un monde parallèle, proche du sien mais légèrement en décalage, comme si cette ville avait tout simplement oublié de suivre la marche du temps.

Il contemplait avec stupeur une vieille femme qui vendait des sabots de bois, et qui, en attendant les clients, sculptait un bâton de marche d'arabesques et de créatures merveilleuses. Plus loin, une rémouleuse aiguisait les couteaux ou les outils de travail des passants, discutant tranquillement par-dessus son épaule avec un barbier ambulant, rasant et coupant les cheveux des villageois au centre de la place. Seules les lignes électriques qui courraient au-dessus de leurs têtes rappelaient à Elie et sa famille qu'ils n'étaient pas tombés dans une faille temporelle. « Ce village n'a jamais vécu l'effondrement, murmura Elie pour lui-même. Il a juste arrêté d'évoluer il y a plus de cinquante ans... ». Même les carcasses de voitures, inévitables désormais dans toute agglomération, témoignaient d'une autre époque à travers des modèles qu'Elie n'avait jamais vu de sa vie, si ce n'est dans les vieux films que ses parents lui faisaient parfois voir, enfant.

Il se rendit compte au bout de quelques minutes que Calme lui avait lâché la main et s'était avancée vers une marchande de lapins. Un sourire naissait sur son visage, un de ceux qu'Elie n'avait pas vu chez elle depuis des années, depuis le jour où ses parents avaient disparu dans le mouvement de foule à Lyon. Calme, pour la première fois en trois ans, rayonnait. Elle l'attira à elle : « Regarde, Elie, des lapins ! Vivants ! Ils me rappellent Bug, tu te souviens, mon lapin gris de quand j'étais petite ? ». Elie lui sourit, surprit de voir son amie si heureuse. « Tu crois qu'on pourrait en acheter un ?

– Ce ne sont pas des lapins domestiques Calme, ils sont fait pour être mangés…

– Je sais bien, mais si on fait un élevage, on pourrait décider d'en garder un ? Elie réfléchit un instant.

– Ah oui, c'est une idée… mais il faut d'abord voir à quoi ressemble notre terrain avant de se lancer dans une multinationale de lapins… » Il releva la tête, observant autour de lui la vie si simple du marché, souhaitant déjà y tenir lui aussi un stand toutes les semaines, de lapins ou de légumes, de tout ce que voudrait Calme, pour lui cela n'avait pas d'importance. Il fut interrompu dans sa rêverie par sa mère qui les appela à travers une partie de la place.

« Les jeunes, vous venez ? La mairie va fermer et on va devoir passer la nuit en dehors du village si vous trainez trop. » Elie acquiesça et saisit la main de Calme, qui le suivit à regret, après un dernier regard vers les animaux parqués dans leurs cages.

Rabah, en bordure de la place, les attendait tranquillement, se roulant délicatement une cigarette dans du papier épais. Il répondit spontanément à leurs questions muettes. « Le marché a lieu deux fois par semaine. Les gens de la vallée et parfois d'un peu plus loin viennent y vendre ou troquer leurs marchandises. On a mis en place un système de prélèvement, où chaque marchand, pour vendre ses produits, doit donner vingt pour cent de sa marchandise ou de ses recettes à la municipalité. » Il désigna alors du menton une jeune femme en uniforme, accompagnée de trois autres jeunes gens habillés de la même manière, qui finissait de noter quelque chose sur un carnet. Un des jeunes hommes rangeait justement des pots de miel dans une petite carriole en bois qu'un homme d'une soixantaine d'années venait de leur remettre.

« Elle c'est Saule, la fille du maire. C'est elle qui s'occupe de la Milice ». Elie prit le temps de l'observer. Grande, souple, elle avait les cheveux noirs, attachés dans un chignon brouillon qui lui faisait tomber des mèches sur le visage. Elle avait une cicatrice sur la joue gauche, qui descendait jusque sous son menton et durcissait son visage, appuyant ses traits fins. Ses yeux, en amande, lui donnaient un air sérieux et légèrement asiatique. Elle faisait de grands gestes, énergiques, et parlait fort, avec confiance. L'assurance qu'elle dégageait impressionna Elie, qui était incapable de détacher son regard de la jeune femme. Calme finit par le tirer par la main pour le remettre en route, au moment où le regard de Saule passait tranquillement sur lui. Il ressentit alors un petit frisson, quelque part entre l'excitation à l'idée de vivre dans la même ville que cette jeune femme fascinante, et la peur qu'elle le méprise pour sa petite taille et son inexpérience totale du le monde rural.

« Vous êtes donc dirigés par une Milice ? demanda, à nouveau inquiet, le père d'Elie. Rabah eut un petit sourire en coin, difficilement interprétable.

– On l'appelle la Milice, mais ça n'a pas grand-chose à voir avec une milice autoritaire, il n'y a que les garde du check point qui sont armés. C'est un groupe de jeunes enrôlés volontairement qui s'occupent de réguler les activités du village. Ils notent et priorisent ce qui a besoin d'être réparé, qui a besoin d'aide et pour quoi, qui a donné ou non ses impôts en nature… C'est pas vraiment officiel, on est bien un village sous l'autorité de l'Etat, et nos institutions publiques fonctionnent plus ou moins normalement. Mais comme il nous paraît un peu théorique cet Etat depuis quelques années, on a décidé de… prendre les choses en main. Il laissa passer un temps puis se retourna vers la famille, en souriant. L'uniforme c'est justement pour que tout le monde identifie les membres, et qu'il n'y ait pas d'exactions cachées au nom de la Milice. Ne vous inquiétez pas, vous n'êtes plus à Marseille. »

Ils suivirent Rabah à travers des ruelles étroites et parfaitement entretenues pour arriver devant la mairie de Massat, installée dans un vieux bâtiment aux colonnes jaunes et à l'influence ostensiblement espagnole. Ils pénétrèrent dans l'édifice, passèrent devant un jeune homme en train de classer des dossiers qui leva à peine la tête à leur entrée, et montèrent au premier étage, où la porte d'un bureau était grande ouverte. Le maire, un homme rond au visage fatigué, regarda les nouveaux arrivants avec une légère lassitude. Rabah lui adressa la parole, en toute simplicité.

« Salut Eric. Camille a dû te prévenir par talkie : cette famille s'est présentée au check point. Ils viennent de Marseille, et ils ont un acte de propriété. » Le maire prit le temps de les détailler avant de prendre la parole.

« Vous êtes propriétaire d'une maison ici ? » La mère d'Elie lui sourit, et essaya de lui répondre sans trop trahir son angoisse de ne pas être prise au sérieux.

« Oui, elle a appartenu à ma mère. Son grand-père avait vécu ici, il y a longtemps. Le terrain n'a jamais été vendu.

– Faites voir ? »

La mère d'Elie lui tendit solennellement l'acte de propriété, que le maire prit sans trop d'égards à son ancienneté. Il s'assit, chaussa de vieilles lunettes au verre droit fendu, et commença à lire. Le silence, dans la pièce, s'épaissit.

« Bon. Pour moi ça à l'air authentique mais il va falloir le faire certifier par le notaire. Il est établi au nom de Pierre Demoulin, votre arrière-grand-père du coup ?

– Non, Pierre c'était mon grand-père, il a hérité du terrain à la mort de son père. » Le maire haussa les épaules, visiblement peu intéressé par sa généalogie.

« On va aller aux archives voir si le terrain a été vendu depuis sans que vous ne le sachiez, pendant que Sven vous accompagnera chez la notaire... Vous avez un moyen de prouver votre lien de parenté avec ce Pierre Demoulin ?

– J'ai le livret de famille de ma mère, son nom apparait dessus. » Elle tendit un petit carnet en papier, un peu fatigué lui aussi. Le maire le feuilleta rapidement et lui rendit.

– Vous allez montrer ça à notre notaire, il n'y a qu'elle qui peut authentifier un document comme celui-là. J'en profiterai pour consulter le cadastre voire si le terrain a été vendu... Mais, honnêtement, je ne pense pas. Enfin ce qui est sûr, c'est que personne n'y habite ou n'y a habité depuis des décennies. Par contre vous avez votre propre livret de famille ? » Lucie secoua doucement la tête et le maire reste un long moment silencieux, son regard passant lentement sur le petit groupe pour finir par s'attarder sur Calme.

« On ne laisse que les familles nucléaires s'installer, notre équilibre démographique est trop précaire pour accepter des gens étrangers aux cellules familiales officielles. » Calme se tétanisa, mais Elie et ses parents firent comme si de rien n'était. Ses cheveux diaphanes, ses grands yeux bleus et son visage rond attiraient d'autant plus le regard qu'ils contrastaient avec le physique de la famille brune, aux yeux foncés et aux traits fin. La mère d'Elie s'avança alors légèrement pour la dérober aux yeux du maire.

« Malheureusement nous avons perdu une grande partie de nos affaires dans un mouvement de foule il y a trois ans à Lyon. Le livret de famille de ma mère était chez mon frère, à Marseille, où nous avons vécu quelques années. Mais le nôtre a disparu. » Elle sourit au maire et Elie fut surpris de ne découvrir dans son visage aucune trace de mensonge. Pourtant sa mère n'avait jamais été bonne menteuse. A croire que mentir pour éviter de perdre au poker ou pour assurer un avenir à sa famille ne sollicitait pas chez elle les mêmes ressources.

« Mais je vous assure que cet homme est mon compagnon, et que ces enfants sont les miens. » Le maire la regarda un instant, puis finit par secouer la tête. « Vous verrez ça avec la notaire, il faut qu'elle puisse le certifier, tout comme votre acte de propriété. Venez, suivez-moi. »

Le petit groupe emboita le pas au maire, et redescendit l'escalier. Ils arrivèrent devant le jeune homme qui triait des papiers à leur entrée.

« Sven, désolé, on va allonger un peu la journée, ces messieurs dames ont un acte de propriété pour un bout de terrain, tout en haut du village, et il faut qu'on vérifie que la parcelle n'ai pas été vendue entre temps... » Le jeune homme, grand et blond, soupira, un peu blasé. Le maire lui répondit d'un regard sévère. Il se tourna alors vers Rabah. « Tu veux bien les accompagner chez Elisha? Il faut qu'elle authentifie leur papier. » Le jeune homme acquiesça, et le maire, sans un mot de plus, remonta dans les étages. Le clocher du village sonna six heures et Rabah retira son béret noir avec un petit sourire, puis passa la main dans ses cheveux pour leur redonner du gonflant. « Fin de journée pour moi ! Bon, suivez-moi, c'est juste à côté. Faut qu'on se dépêche, notre notaire ne fait pas vraiment d'heures supplémentaires, elle a ses chèvres à traire ». Andrew et Lucie, un peu surpris, lui emboitèrent le pas, mais Elie, devant l'air soudain épuisé de Calme, s'arrêta devant la mairie. « On vous attend là. » Les parents acquiescèrent, un peu distraits, préoccupés par leur entretien à venir.

Dehors, l'après-midi achevait de mourir aux cris des martinets qui s'interpellaient de toits en toits. Un dernier rayon de soleil tiède tombait juste à côté de l'entrée, et Calme et Elie s'y installèrent, à même le sol, se décalant toutes les minutes pour suivre sa trajectoire et laisser sa douceur calmer leurs angoisses. Ils entendaient, un peu étouffés par les ruelles autour d'eux, les bruits du marché que l'on terminait de remballer, les au revoir des gens, les rires après une bonne journée de vente, et même le son caractéristique d'une bouteille de vin débouchée avec vigueur. Elie eut brutalement envie de rejoindre la foule, d'appartenir lui aussi à cette communauté, qui paraissait un peu rude mais bienveillante et solidaire. Il voulait effacer ses années moroses à Marseille, à manger des pâtes chinoises insipides et à errer dans des ruelles sales et encombrées, ses soirées à regarder Calme mutique, pensant à ses parents disparus, et ses journées entières perdues dans un lycée où on leur apprenait encore inutilement la géopolitique des années 2020.

Il était sur le point se lever pour retourner sur la place et s'y défaire définitivement de la tristesse de ses dernières années, mais Calme lui saisit la main. Il se tourna vers elle et lui sourit le plus sincèrement du monde. Elie n'avait jamais ressenti, de sa vie, de lassitude face à l'attention qu'il devait donner à son amie d'enfance. Il s'installa plus confortablement contre le mur de la mairie et commença à rassurer Calme lui en murmurant à l'oreille, lui assurant que personne ne mettrait jamais en doute qu'elle était sa sœur, ni que ses parents s'appelaient désormais Avril et Denis. Que, quoi qu'il arrive, ils ne seraient jamais séparés.

Les parents d'Elie revinrent rapidement, sans Rabah, mais toujours visiblement nerveux. Son père tripotait sans cesse les courroies de son sac à dos, qu'il aurait plutôt dû, au vu de sa fatigue, reposer au sol, pendant que sa mère se rongeait inconsciemment les ongles. «Alors ? » demanda Elie après un petit temps de silence. « Alors l'acte de propriété a été validé pas la notaire, mais il y a cette histoire de livret de famille qu'on va devoir régler rapidement. Lucie baissa la voix. Après, la notaire nous a dit que le maire ne pouvait pas vraiment nous mettre dehors dès lors que le terrain était effectivement à mon... nom... Mais qu'on pouvait nous... poser des problèmes.

– Des problèmes ?

– On n'a pas tout saisit, reprit Andrew, à voix basse lui aussi. Mais elle a sous-entendu que l'on ne nous accepterait jamais dans le système de troc et de points du village si on ne respectait pas ses règles, et que sans ça on était sûrs de ne pas passer l'hiver... » Ses mots moururent sur ses lèvres quand il vit la panique et la peur qu'il avait réveillé dans les yeux de Calme. Lucie prit la parole à son tour à mi-voix et tenta de la rassurer.

« Mon frère va nous faire venir un faux livret de famille de Marseille, tout simplement, en se basant sur celui d'Avril qu'on lui a laissé, et en te faisant rajouter, Elie. On s'y était un peu préparés. Ça prendra un peu de temps et pas mal de pots de vins mais ce n'est pas grave... Même si je n'ai aucune idée de comment on va réussir à communiquer avec lui... Il faudra peut-être que je retourne à Marseille...» Et sa phrase se noya à son tour dans son inquiétude.

Après un petit moment de silence elle murmura un « Ca va aller » qu'elle sembla plus s'adresser à elle-même qu'aux autres, pour finalement se reprendre. « Bon on va commencer par vérifier que la Mairie n'aie pas préempté notre terrain... » Elle s'accroupit à côté de Calme et lui retira une petite brindille qu'elle avait dans les cheveux. « Comment vous trouvez le village ? Ça vous plait ? ». Elie eut un petit sourire, faussement ironique. « Calme a vu des lapins et veut se lancer dans l'élevage. » Calme acquiesça et une lueur de détermination émergea de sa peur.

« Oui, pourquoi pas, ça peut-être une bonne idée, acquiesça Lucie. Surtout que tes parents t'ont beaucoup appris sur le soin des animaux... » Le maire sortit à ce moment-là et Elie donna un coup de coude paniqué à sa mère, qui se mordit les lèvres devant son imprudence. Eric ne sembla heureusement pas avoir entendu leur conversation, occupé à lire un papier jauni et fin. Toute la famille se tut, attendant, angoissée, sa prise de parole.

« C'est bon on a retrouvé le terrain sur le cadastre. Aucune trace de vente, pas de préemption, il est à vous. » Elie poussa un cri de victoire et sa mère alla serrer spontanément la main du maire, qui se garda de réagir à leur effusion de joie. « Vous êtes allés voir Elisha ? Qu'est-ce qu'elle vous a dit ? ». Lucie aborda alors un faux sourire confiant et franc, qui impressionna à nouveau Elie. « Elle a certifié notre acte de propriété et le livret de famille de ma mère ». Elle sortit de sa poche un papier avec l'en-tête du notaire, que le maire parcourut rapidement. « D'accord, c'est bon donc. Par contre il va vous falloir rapidement refaire votre livret de famille à vous, ou vous procurer vos actes de naissances. Si vous voulez vous intégrer au village, il va falloir nous prouver que vous êtes de la même famille. L'équilibre entre nos ressources et notre population est très fragile, et nous avons besoin que tout le monde respecte les règles qui nous assurent le minimum de nourriture et de bois de chauffage tout au long de l'année.

– Je comprends, et nous allons entamer très rapidement les démarches pour se les procurer, votre notaire nous a assuré que cela serait un peu long mais que c'était une démarche courante et facile, surtout à Marseille. » Elie, surpris, croisa le regard de sa mère et comprit qu'elle mentait encore. Le maire lui aussi marqua un temps d'arrêt, hésitant devant l'aplomb de Lucie. Il était bien placé pour savoir que l'administration s'était en grande partie effondrée, après que les fonctionnaires aient majoritairement abandonnés leurs postes faute de salaires, mais Marseille était loin et gérée par la Mafia, et il semblait concevoir que les choses pouvaient y être différentes. Elie se doutait que Lucie misait sur le manque d'informations et d'intérêt du maire sur le reste de la France pour le convaincre de la faisabilité de leur démarche. Elle ne lui laissa par ailleurs pas le temps de réfléchir à ce qu'elle venait de dire et continua son discours persuasif : « Il faut par ailleurs que vous sachiez que nous souhaitons juste un endroit où vivre en sécurité, et nous sommes prêts à participer activement à la vie en collectivité et à nous y intégrer au mieux. » Le maire acquiesça légèrement à ses propos, mais son visage resta fermé.

« Je n'en doute pas. Mais tout le monde recherche ça, aujourd'hui, et on ne peut pas se permettre d'accueillir des groupes de quinze personnes sous prétexte qu'elles ont un acte de propriété pour un studio dans le village. Après on se retrouve avec des gens sans ressources, qui mangent nos réserves, et qui empêchent ceux qui travaillent dur depuis des générations de vivre correctement. » Elie sentait une étrange colère monter en lui, ne reconnaissant pas sa famille dans cette description délibérément exagérée, mais il se retint de réagir, calquant sur son visage le faux sourire compréhensif qu'abordaient ses parents. « Mais il est déjà tard, j'ai encore beaucoup de choses à faire, et il faut encore que Sven vous accompagne pour vous montrer votre terrain. Je vous laisse trois mois pour mettre au clair votre situation et...

–Laissez-nous en quatre ! »

Le maire s'arrêta et regarda durement Elie, qui venait de lui couper la parole. Il soutint son regard. « Nous allons avoir beaucoup à faire pour nous installer, nous intégrer, et participer activement à la création de ressources pour le village. Un mois supplémentaire nous laissera plus de temps pour préparer l'hiver et ne pas être des poids. Le maire soupira.

-Si vous voulez, mais ça sera pire pour vous de vous faire expulser en plein milieu de l'hiver... Enfin on aura le temps d'en reparler d'ici là... En attendant, je vais faire les présentations officielles avant de vous laisser aux bons soins de Sven. Je suis Eric, le maire du village, et Sven est mon adjoint.

- Enchantée. Je suis Avril, la mère d'Elie et Calme, et mon compagnon s'appelle Denis.

- Eh bien, bienvenue Avril, Denis, Elie et Calme. On va vous laisser prendre possession de votre parcelle. N'hésitez pas à venir me voir dans les prochains jours si vous avez des questions. On vous expliquera au fur et à mesure comment fonctionne le village. Et ne tardez pas à lancer vos démarches. Vous êtes les mieux placés pour savoir que le trajet pour Marseille prend du temps à pieds...

-Nous n'y manquerons pas. »

Le maire amorça un retour vers la mairie, avant de se retourner. « Une dernière chose : je ne veux pas vous gâcher votre bonheur, mais votre terrain est inoccupé depuis plus de cinquante ans. Ne vous attendez pas à trouver une maison avec tout le confort. Voire une maison tout court. L'électricité n'y arrive plus, et je ne suis pas sûr que le terrain soit relié au système d'eau courante. Lucie acquiesça avec un petit sourire vaillant.

– On s'en doutait un peu.

– Vous savez cultiver ou élever des animaux ? La famille se regarda un instant sans rien dire, avant qu'Andrew ne prenne la parole.

– Non, malheureusement, nous sommes de purs citadins. Mais nous arriverons à apprendre et à nous adapter, j'en suis sûr. Et Calme a toujours eu un don un peu... surnaturel avec les animaux. » Le maire soupira, fit demi-tour, et Elie le vit secouer doucement la tête, comme pour les condamner. Il tourna alors le regard vers le reste de sa famille, et plus particulièrement Calme, inquiet qu'elle eut pu elle aussi apercevoir ce geste sentencieux. Il fut soulagé de la découvrir en pleine conversation avec ses parents, épuisés émotionnellement, perdus entre la joie, l'excitation et l'appréhension de la découverte de leur terrain. Sven se mit en route sans même vérifier que les quatre personnes derrière lui lui emboitaient le pas, et la famille le suivit docilement.

C'était le milieu de l'été, mais la lumière déclina rapidement après que le soleil fut passé derrière le mont qui dominait le village. La chaleur, étouffante, disparut avec lui pour laisser place progressivement à la douceur des soirées en montagne. Le petit groupe remonta quelques ruelles arpentées par les habitants qui rentraient tranquillement chez eux après le jour de marché, les joues rougies par le soleil de l'été et les yeux un peu plus brillants après le verre de vin ou de bière qu'ils avaient bu en récompense d'une journée bien gagnée. Certains quittaient le village pour rejoindre les hameaux ou les maisons isolées disséminées dans la vallée, et la famille emboita le pas à trois adultes qui poussaient devant eux des brouettes chargées de bouteilles vides dépareillées et de grappes de raisins mûrs, s'écrasant doucereusement dans de vieux paniers fatigués. Avec un regret inavoué, ils dépassèrent le petit groupe qui bifurqua du chemin principal pour rejoindre un hameau de quelques maisons surplombant le village, et continuèrent leur route le long d'une rivière bordée par la forêt. Elie sentit Calme se tendre imperceptiblement au fur et à mesure qu'ils s'éloignaient des maisons, de plus en plus petites et éparses, pour continuer de progresser le long des bois.

Après trente minutes de marche dans les dernières lueurs du jour, Sven s'arrêta devant une sente qui s'écartait du chemin pour s'enfoncer plus profondément sous les arbres. Il hésita un instant, relisant l'extrait du cadastre qu'il avait pris à la mairie, regardant derrière lui pour mesurer au jugé la distance qu'ils avaient parcourus depuis la dernière maison, désormais invisible, mangée du regard par la forêt. Il soupira, visiblement agacé de cette situation, et jeta un coup d'œil à cette famille fatiguée sous ses nombreux sacs et ses vêtements abimés, trop légers pour la nuit qui les attendait dans ces hauteurs. Il finit par secouer la tête. « Je crois que c'est ici. »

Il eut un peu pitié de ces quatre personnes, souriantes malgré la fatigue et l'ampleur de la tâche qui les attendait et dont ils n'avaient pas conscience. « Je vais y aller seul si vous voulez, ça vous évitera un aller-retour inutile avec vos sacs si ce n'est pas le bon terrain... »

Les quatre membres se regardèrent, et secouèrent légèrement la tête. « On vient avec vous. Ce n'est pas grave si ce n'est pas le bon sentier. » Au bout de cinq minutes à serpenter dans des sous-bois touffus le petit groupe déboucha dans une zone légèrement moins arborée, en pente, où un reste de maison achevait de mourir enseveli sous les ronces et la végétation. A leur arrivée un grand rapace, effrayé, s'envola de la parcelle à travers une trouée dans les arbres qui laissait voir l'arrivée de la nuit, faisant sursauter Calme. Sven tourna sa tête à droite et à gauche, chercha vaguement une indication sur la devanture effondrée de la maison qui aurait confirmé les indications du cadastre, et finit par hausser les épaules.

« Je pense que c'est là. » Il observa la famille, hésitante, perdue sur l'attitude à avoir en découvrant une ruine envahie par les plantes après un périple de plusieurs centaines de kilomètres à pied. Elie finit par rompre le silence.

« On est enfin arrivés... Son père lui sourit.

– Oui. Je pense que ce soir nous allons camper, il commence à faire trop sombre pour faire quoi que ce soit. Il se tourna vers Sven. Merci beaucoup. Nous n'avons plus qu'à nous installer. J'espère que le retour ne va pas être trop long pour vous et que vous arriverez avant la nuit. Sven secoua la tête.

– Je ne pense pas, mais ce n'est pas grave, j'ai une lampe solaire. Il hésita un instant. J'espère que ça va aller. N'hésitez pas à descendre au village si vous avez besoin de quelque chose. A bientôt. » Et il rebroussa le chemin sans plus de cérémonie. Lucie inspira.

« Bon. C'est un peu le bazar ici mais c'est pas grave, c'est chez nous. Avril m'avait dit que ta grand-mère, Calme, voulait passer sa retraite ici, mais qu'elle est partie trop tôt. C'était une femme intelligente et sensible, et si elle voulait vieillir ici, c'est que c'est un bel endroit pour y vivre. » Andrew commençait à déballer les affaires. « Elie, si tu veux bien faire un feu ? ». Elie s'activa, sortant de la torpeur qui l'aidait à bloquer tout sentiment de déception. Son père déballait déjà les toiles qui leur servaient de tentes, réfléchissant à quels arbres y attacher les différents éléments. Lucie fouillait dans les sacs à la recherche de leur nourriture du soir. Tous, du coin de l'œil, évitaient soigneusement de regarder Calme qui était restée immobile et silencieuse, contemplant la forêt de plus en plus noire qui encerclait totalement la maison.

« Il n'y a que des arbres », murmura-t-elle, des larmes roulant soudainement le long de ses joues. A ces mots, le découragement tomba enfin sur les épaules de la famille comme une chape de plomb.

La phrase de Calme m'avait enlevé le peu d'enthousiasme que j'essayais de garder de façade. La nuit était tout à fait tombée et même moi, qui n'avais pas peur du noir, je la trouvais effrayante. Je n'y connais rien en forêt, mais celle-ci me paraissait ancienne et un peu en colère d'avoir été dérangée. Mes parents ont fait comme si de rien n'était, et se sont réfugiés dans leurs rôles d'adultes. Ils ont installé le campement, préparé le repas avec ce qu'il nous restait de mangeable, et ma mère a commencé à nous raconter des histoires de quand elle était petite et qu'elle partait en colonie à la montagne, ses randonnées à la recherche d'aigles et de vautours qu'ils ne voyaient jamais, certainement déjà rayés de la surface de la terre à cette époque. Nous avons fait semblant d'être joyeux pour repousser l'angoisse de Calme qui nous envahissait petit à petit, et mon père a fini par lui installer son lit à nos pieds, près du feu, pour qu'elle s'endorme au milieu de nos paroles et non pas dans le silence des bois. Je la regardais dormir, ses larmes séchées sur son visage encore trop enfantin pour ses seize ans révolus, et je n'arrivais pas à comprendre la personne qu'elle était devenue au fil de ces semaines de marche. Quand nous étions à Marseille elle arpentait les camps de réfugiés, connaissait les responsables mafieux du quartier par leurs prénoms, ne se laissait jamais doubler dans les queues de ravitaillement, et réclamait son dû avec l'assurance qui tranchait étrangement avec sa silhouette si frêle. Elle restait mutique en famille, non par timidité, mais pour retrancher en elle-même la douleur inguérissable de la perte de ses parents.

Pourtant, depuis que l'on marchait, loin des villes, elle redevenait une enfant, terrorisée au moindre craquement dans les sous-bois, sursautant pour un rien, m'agrippant le bras quand nous passions devant des chiens errants pourtant endormis au soleil. Elle restait à côté de moi, tout le temps, dormant contre mon dos, me tenant parfois la main pendant notre marche, lorsque nous nous perdions un peu, ou que nous traversions une région retournée à un état presque sauvage, le regard en alerte, toujours tournés vers les bois les plus proches, comme si à tout moment un monstre pouvait en sortir. Je ne retrouvais plus en elle la jeune fille acharnée qui retournait tous les jours au check point pour attendre ses parents, malgré les interdictions des miens et les menaces et les coups de la Mafia. J'avais l'impression d'avoir avec moi une toute petite fille, une poupée de chiffon.

C'était pour elle que nous avions entamé ce voyage, pour qu'elle puisse sortir de l'obsession qui la tuait à petit feu à Marseille, et qui la mettait en danger de mort à force de défier l'autorité de la ville. Pour elle que nous étions partis loin de mon oncle et de notre vie un peu triste mais plus sûre, qui était celle désormais de la grande majorité des gens.

Et pourtant je ne lui en voulais pas. Personne, dans ma famille, ne lui en voulait jamais. Je sentais mes parents, comme moi, plus apeurés à l'idée qu'elle ne soit jamais heureuse, nulle part, qu'en colère d'avoir fait tout ce chemin pour rien. Ils parlaient à mi-voix, tentaient de se rassurer l'un l'autre, faisant la liste des priorités : acheter des cisailles, une pioche, débroussailler la maison, le plus vite possible. Réparer le toit, les murs, s'assurer du bon fonctionnement de la cheminée, couper du bois de chauffage. Peut-être même commencer par ça, pour qu'il sèche un peu avant l'hiver. Réfléchir à quoi consacrer l'activité de la famille par la suite. Acheter, dans tous les cas, des lapins pour Calme. Voir si ma mère ne pouvait pas avoir recours à sa formation d'informaticienne pour travailler à la mairie, même de temps en temps, s'il leur restait un ordinateur. S'intégrer au village, le plus vite possible, pour retrouver une vie sociale, peut-être envoyer Elie et Calme au lycée, s'il y en avait un... et surtout, surtout, trouver un moyen de contacter mon oncle à Marseille pour régler cette histoire de papiers.

Je les ai laissé parler, énumérer la liste sans fin de tout ce qu'il restait à faire pour nous sentir chez nous, et qui me paraissait insurmontable. Je me suis couché dos à dos avec Calme, à même la terre battue, et me suis recouvert du sac de couchage rapiécé qui me suivait depuis ce qu'il me paraissait être une éternité. Je me suis endormi rapidement, bercé par les conversations des adultes.

La forêt bruisse. Je l'entends murmurer. Elle se demande qui je suis.

Les voix, ici, sont trop fortes, elles m'empêchent de penser.

Calme se réveilla la première, au chant mélodieux d'un oiseau qui cette fois ne l'effraya pas. Elie, toujours dans son dos, respirait calmement pendant que Lucie et Andrew, de l'autre côté du feu, se réveillaient doucement. Calme avait pour eux un amour profond, serein, sans doutes. Ils n'étaient pas ses parents, mais ils étaient les personnes au monde, après Elie, qui lui voulaient le plus de bien. Elle n'éprouvait que de la gratitude envers eux, mais aussi, parfois, au fond d'elle-même, de la haine, celle d'avoir survécus là où ses parents à elle avaient disparus pour toujours. Elle taisait cette haine dont elle avait honte, l'étouffant au plus profond d'elle-même, ne la laissant jamais remonter, ni par un regard, ni par une phrase assassine. Elle refusait en bloc cette noirceur en elle.

Elle s'éloigna de quelques mètres pour aller se soulager sous les arbres, observant les insectes vaquant à leurs occupations sous ses pieds. Elle retourna au campement et attrapa le sourire de Lucie, d'une sincérité qui lui fit monter les larmes aux yeux. « Tu as bien dormi Calme ? ». Elle acquiesça. Lucie se leva, s'étira dans un rayon de soleil, et contempla la ruine qui allait désormais structurer leurs vies.

« Il va y avoir beaucoup à faire dans les prochains mois. Mais nous allons tout faire pour que cette ruine devienne notre maison, et qu'on s'y sente bien, d'accord ? ». Calme ne lui répondit pas, attendant en silence la suite de la conversation. Elle laissait son regard errer autour d'elle et se rendit compte que dans la lueur du jour la parcelle lui faisait moins peur. « Il va falloir que tu nous dises ce que tu veux faire, comment tu veux nous aider, et ce dont tu as besoin. Parce qu'avec Andrew notre priorité c'est de construire un foyer où toi et Elie vous puissiez vous sentir bien. » Lucie marqua une autre pause, attendant un assentiment de Calme qui ne vint pas. Elle reprit. « Si jamais, dans quelques mois cela ne te convient toujours pas, et bien nous essaieront de trouver une solution, d'accord ? On pourra toujours revendre le terrain, et trouver une maison dans une ville ou un village, où tu voudras. Mais en attendant, est-ce que tu veux bien nous aider à essayer à reconstruire la maison et à vivre ici, même si pour le moment la nature autour de nous t'angoisse ? » Calme réfléchit, un instant, et regarda la forêt sombre qui bordait leur parcelle. En entendant un grognement elle baissa les yeux et découvrit Elie à moitié éveillé, qui s'étirait à son tour, les yeux toujours fermés, un air tranquille sur le visage qui semblait dire qu'il avait bien dormi. Qu'il était bien.

« Oui. », murmura-t-elle. Et Elie ouvrit les yeux pour lui faire un grand sourire.

La journée passa vite, et ils n'eurent même pas le temps de descendre au village pour acheter des outils ou de la nourriture. Ils attaquèrent la nature comme ils purent, commençant par dégager les arbres tombés et pourris sur la parcelle, essayant aussi d'en définir les limites. Le terrain, avant que la forêt environnante ne leur oppose un mur d'arbres presque impossible à franchir, leur paru grand, propice à la construction de bâtiments supplémentaires ou à la création d'un vaste potager. Il était orienté ouest, légèrement en pente, et la terre paraissait meuble et riche. Dans son exploration du terrain Elie trouva les restes d'un verger, encerclé de ronces, et ce n'est qu'au prix d'une partie de sa chemise et de son pantalon qu'il parvint à en franchir l'enceinte et à revenir avec des pommes acides et des abricots durs. Sa famille accueilli pourtant sa trouvaille avec enthousiasme.

Quand le soleil commença à décliner, ils étaient sales, rompus, et la maison ne donnait pas l'impression d'avoir été dégagée d'un centimètre de sa gangue de verdure. Pourtant leur épuisement était doux et serein, comme si s'activer, même sans rien faire de très probant, leur avait donné l'impression de s'approprier un peu plus ce terrain hostile. Ils n'eurent même pas la force, le soir même, de remonter le sentier pour aller chercher de l'eau plus bas, vers le village, où ils pensaient avoir vu une fontaine. Ils se couchèrent la gorge sèche, conscients que dès le lendemain il leur faudrait se rendre à Massat pour acheter de quoi vivre.

Calme, épuisée d'avoir fini de faire s'effondrer un mur de la maison trop enchevêtré de lierre pour pouvoir être réparé, s'endormit avant même que la nuit ne tombe tout à fait sur la forêt. Les parents et Elie se regardèrent, soulagés qu'elle n'ait pas manifesté la moindre peur ni angoisse de la journée. Se disant que, peut-être, vivre ici allait être possible.

Le lendemain Elie fut mandaté pour aller chercher de l'eau, et se renseigner sur le prix des quelques outils indispensables au débroussaillage de la maison. Le reste de la famille s'occuperait de dégager le mur écroulé, d'en nettoyer grossièrement les pierres pour pouvoir les réutiliser pas la suite et de lister plus précisément les matériaux nécessaires à la réhabilitation de la maison. La mère d'Elie avait fait la veille un décompte précis de leurs ressources, détaillant les liasses de billets qui leurs restaient suite à la vente depuis Marseille de leur appartement parisien. Ils en avaient tiré un prix insignifiant par rapport à sa valeur initiale, le vendant directement à la Mafia de leur secteur avant d'entamer leur voyage, mais la somme restait, ils l'espéraient, importante pour un village aussi enclavé. Ils avaient aussi quelques objets qu'ils espéraient de valeur : une montre, quelques bijoux que Lucie avait sur elle depuis son départ de Paris, et deux téléphones portables fonctionnant avec des cartes prépayées. Leurs ressources étaient maigres mais non inexistantes, et ils pensaient que les euros, dans ce coin, valaient plus qu'à Marseille. Elie suivit donc le trajet inverse qu'ils avaient effectué deux jours plus tôt et se rendit compte de la distance qui les séparait du village. Amener des poutres ou des tuiles jusqu'à leur terrain allait demander l'emprunt ou la location d'un âne avec une charrette, et donc le réaménagement du sentier qui menait jusqu'à leur maison, envahi de pierres et de branches tombées au fur et à mesure des années. À chaque nécessité s'en rajoutait une en amont, puis une autre, et le jour où ils pourraient dormir dans une maison avec quatre murs, un toit et une cheminée en mangeant les produits de leur exploitation lui parut très lointain.

Il aperçut depuis le chemin quelques personnes réparties dans les champs, menant des animaux plus haut dans les pâturages ou fauchant de petites parcelles de blé mûr. Il envia leur vie qu'il imaginait routinière, rythmée par les saisons et non pas par l'urgence de se construire un foyer avant l'arrivée de la neige. Plongé dans ses pensées il arriva au village sans s'en trop s'en apercevoir et se retrouva sur la place principale, un peu hésitant quant à l'endroit où se rendre ensuite. Il observa autour de lui les bâtiments de quelques étages, fatigués mais bien entretenus, le café communal dont il n'arrivait pas à savoir s'il était ouvert ou fermé, et l'église du village, qui donnait elle aussi sur la place, et dont les portes, grandes ouvertes, laissaient voir un aménagement intérieur qui n'avait plus rien à voir avec la fonction originelle de l'édifice. Quelques personnes traversaient la place, d'un pas pressé, un outil sur l'épaule ou un panier rempli au bout du bras. L'ambiance joyeuse du marché de l'avant-veille avait disparu. Elie n'arrivait pas à se décider à aborder un des villageois, se rendant tous visiblement quelque part, et refusant plus ou moins volontairement le contact visuel qu'il essayait timidement d'instaurer.

Un peu perdu, il finit par se décider à retourner vers la mairie dont il se souvenait vaguement l'emplacement quand il tomba sur la jeune femme en uniforme aperçue le jour de son arrivée qui arpentait les rues du village avec trois autres personnes.

Elle s'arrêta devant lui, et il rougit, troublé par son regard à mi-chemin entre la curiosité et une ironie mordante. « Qui es-tu ? », lui demanda-t-elle, un peu hautaine, comme si Elie lui avait fait un affront en marchant sur des terres lui appartenant. Il hésita un instant.

« Je m'appelle Elie. Je viens de m'installer sur une parcelle à une demi-heure de marche au-dessus du village. Nous sommes arrivés il y a deux jours avec mes parents. » Un petit silence s'installa. Il reprit : « Nous avions un acte de propriété. » Il sentit alors imperceptiblement le groupe se détendre. La jeune femme le regarda avec attention.

« Ah oui, mon père m'a parlé de vous. Vous vous êtes installés sur un terrain en bordure de forêt, inoccupé depuis très longtemps c'est ça ? Elie acquiesça et il vit plusieurs membres du groupe grimacer.

– Avec l'humidité qu'il y a plus haut dans les sous-bois, votre parcelle doit être une véritable jungle. Il y avait encore une maison dessus ?

– Vaguement. Il reste trois murs et demi et une partie du toit. Mais pour l'instant on ne peut même pas rentrer dedans, il y a trop de ronces et de plantes. C'est pour ça que je suis venu au village. Nous avons besoin d'outils pour dégager la maison et voir dans quel état elle est vraiment. La jeune femme le regarda un instant.

– Vous voulez acheter ou emprunter des outils ?

– Je pense qu'on préférerait les acheter. On va en avoir besoin longtemps. On a un peu d'argent. » Il vit les moues des jeunes gens derrière la jeune femme et comprit avec inquiétude que leurs euros ne seraient pas très utiles ici. Son impression fut vite confirmée.

« L'argent, on s'en sert très peu à Massat. Je ne suis pas sûre que quelqu'un veuille bien vous vendre ses outils contre des billets. Vous pouvez quand même acheter de quoi manger à la coopérative de la mairie, eux ils acceptent les euros, enfin sous certaines conditions. Vous avez quoi à troquer sinon ? Elie se remémora l'inventaire de sa mère.

- Une monte, des bijoux, des téléphones...

- Les bijoux c'est pareil, c'est pas très utile dans le coin. Par contre la montre et les téléphones ça peut intéresser du monde. On va faire passer le mot et si des habitants sont à la recherche de ces objets ils viendront directement vous voir chez vous. En attendant je vais te montrer où est la coopérative, suis moi. Elle se dirigea vers un coin de la place, puis se retourna. Je m'appelle Saule. C'est moi qui dirige la Milice. Si tu as besoin de quelque chose, tu nous demandes, et nous on pourra te dire si c'est possible ou non ». Elle reprit sa marche et Elie dut courir pour se mettre à sa hauteur.

« J'ai besoin d'eau aussi. On a pas trouvé de source près de chez nous. Saule réfléchit, tout en marchant.

- Oui, la rivière passe plus bas. Il y a peut-être un vieux système d'eau courante chez vous, mais en attendant de voir s'il existe, il vous faudra aller jusqu'au ruisseau. Tu y accéderas en prenant sur ta droite au croisement à la sortie du village. Beaucoup de gens du coin boivent de cette eau. Vous devriez la faire bouillir quand même, pour être sûrs. Ici au village, il y a quelques fontaines où vous pourrez vous servir, l'eau est mieux filtrée, mais ça vous fait descendre encore plus bas. » Elie acquiesça tout en s'efforçant de garder le rythme du groupe, surprit de sa difficulté à les suivre, malgré son périple de plusieurs semaines. Ils s'arrêtèrent après une poignée de minutes devant un hangar, où quelques personnes isolées en rentraient ou en sortaient les bras chargés d'un sac ou d'un panier rempli de légumes.

« Voilà, c'est la coopérative. Ils t'expliqueront tout. Et si personne ne vient pour vous échanger des outils, vous pourrez toujours en emprunter ici, contre du temps de travail ou des produits bruts.

– Pour l'instant on a besoin de tous travailler sur le terrain, on avancera trop lentement si on commence à travailler pour le village. Mais merci de l'information. »

Saule eut un petit sourire ironique, et Elie sut qu'il avait dit une bêtise. Se refusant de rougir à nouveau devant la jeune femme, il tourna volontairement la tête et s'enfonça dans le hangar plongé dans la demi-pénombre.

Une demi-douzaine de planches montées sur des tréteaux y faisaient office de tables et quelques habitants s'y tenaient derrière, notant sur de vieux cahiers les transactions qui venaient d'être effectuées. Une vieille dame expliqua à Elie que toutes les ventes reposaient sur un système de points, et qu'un point avait une valeur variable, indexée sur le kilo du légume le plus courant de la saison. En ce moment, un point valait un kilo de patates ou de pommes. Elie voulu alors échanger une partie de ce qui leur restait d'euros en point, mais la responsable l'arrêta très rapidement.

« On ne peut tout te changer d'un coup, sinon ça perturbe l'équilibre monétaire de la vallée. Les euros que récupère le village ne servent que dans des transactions extérieures, avec St Girons par exemple, et ces échanges sont rares. On se fixe un montant maximum à atteindre par semaine, et ce montant ne peut pas venir d'une seule famille, ça ne serait pas juste. » Elie ne put s'empêcher de penser que ce qui n'était pas juste c'était qu'ils avaient de quoi payer leur nourriture mais qu'on leur refusait. Il ne dit rien, mais il grimaça intérieurement quand elle répéta les propos de Saule. « Tu peux essayer de les écouler en transaction directe auprès des habitants du village, mais je ne suis pas sûre que tu trouves quelqu'un que ça intéresse. » Il laissa passer un petit temps, se demandant s'il était victime de la mise à l'écart volontaire dont leur avaient parlé la notaire et le maire, ou si cette défiance en la monnaie était vraiment une attitude commune aux villageois. Il finit par balayer ses inquiétudes et tendit sa poignée d'euros à la vieille dame. Il ne put cacher son soulagement quand il vit qu'il avait échangé suffisamment de points pour nourrir sa famille sur plusieurs jours. Ses parents avaient eu raison : les euros avaient une valeur bien plus élevée qu'à Marseille. Il se chargea donc d'un kilo de pommes de terre, de deux grands paquets de pâtes artisanales, d'un kilo de courgettes et de deux grosses miches de pain. Leurs repas n'allaient pas être très raffinés, mais à l'idée de croquer dans une patate chaude son estomac se mit à gargouiller.

Il aborda ensuite la question de leur recherche d'outils, et la responsable lui indiqua un mur où les gens laissaient des annonces, pour proposer des services ou en demander, et faire des offres de troc. Il saisit le vieux bic fatigué attaché par une ficelle au tableau de liège et écrivit la sienne sur un vieux bout de papier chiffonné, disant qu'il échangeait des euros, mais aussi un téléphone portable ou une montre contre une binette, une pioche, une cisaille et une brouette. Il n'avait aucune idée de la valeur d'un téléphone, mais il se dit qu'au pire, si quelqu'un était un peu intéressé, il se présenterait chez eux pour négocier. Il eut un peu plus de mal à décrire le chemin pour se rendre sur leur parcelle, ne connaissant le nom d'aucune personne dans leur voisinage, ni même celui de la route qui y menait, et finit par laisser une note disant que Sven, de la mairie, saurait leur indiquer plus précisément le chemin de leur maison.

En partant du village, il remplit leurs deux outres à une fontaine, et soupira en se disant qu'il lui faudrait surement effectuer un aller-retour supplémentaire avant la fin de la journée s'ils voulaient avoir de l'eau pour le repas du soir.

Le chemin du retour lui parut plus long qu'à l'aller. Il était chargé, affamé, et le soleil cognait déjà alors qu'il ne devait pas encore être dix heures du matin. Arrivé près de la sente qui menait chez eux, il sourit en apercevant Calme qui venait dans sa direction. Il se dit que si elle avait été capable de remonter le sentier des sous-bois toute seule, c'était qu'elle avait déjà moins peur que deux jours plus tôt. Elle lui sourit aussi, attrapa sans un mot les deux outres d'eau et les sachets de pâtes, et Elie lui raconta sa matinée au village. Il lui tut la rencontre avec Saule, tout en se demandant bien pourquoi, mais ils arrivèrent à la maison avant qu'il n'ait le temps d'analyser sa dissimulation, et il refit le même récit à ses parents. La famille fut soulagée de voir qu'il rapportait de la nourriture en suffisance, et que leur pécule allait les soutenir les premiers mois, même si cela allait être compliqué d'écouler les euros. Elie prit alors la mesure de leur inquiétude. Ils n'avaient, en réalité, aucune idée de l'endroit où ils s'installaient, ni même de la bienveillance ou de l'animosité des villageois à leur égard. Le maire n'avait pas été rassurant, et peut-être que ses parents se posaient même la question de leur survie immédiate. Il se sentit un instant naïf, et comprit, en adoptant leur point de vue, que leur installation allait être longue et compliquée, peut-être plus qu'il n'en avait lui-même pris conscience le matin même.

Calme le tira de ses pensées en proposant de fabriquer un signe à l'entrée de leur sente pour que lorsqu'un troqueur intéressé chercherait à les rencontrer il puisse les trouver plus facilement. Ils mangèrent rapidement des patates et du pain, croquant dans les pommes acides du verger en guise de dessert, puis Calme partit pour rejoindre le chemin principal, emportant avec elle un morceau d'ardoise cassée du toit effondré.

Quand je marche sous les arbres j'entends leurs feuilles qui parlent et qui tombent. J'ai l'impression qu'elles murmurent mon nom... J'ai écrit nos prénoms sur l'ardoise, avec un caillou blanc, et je l'ai fixée sur un arbre avec une flèche dans notre direction. Pourtant, je ne sais pas si je veux que des gens viennent avec des outils. Quand on coupe des plantes, je les entends pleurer.

Calme est revenue avec un air concentré sur le visage, comme si ce qu'elle venait de faire avait requis toute son attention. Elle a refusé de couper le lierre qui enserrait les pierres de la maison avec le petit sécateur dérisoire que nous avions acheté en prévision à Marseille, mais elle a continué d'entasser les pierres du mur écroulé, les triant en fonction de leur taille et de leur état. Elle a aussi aidé à nettoyer la parcelle en trainant les branches mortes et en déplaçant les cailloux qui avaient dévalé la pente lors de tempête ou de glissements de terrain. Je ne l'ai pas vu se plaindre une seule fois malgré les grosses pierres qu'elle transportait, et les branches qui griffaient sa peau. Elle s'est occupée du repas du soir, après avoir fait un aller-retour seule à la rivière pour aller remplir à nouveau les outres d'eau, pendant que l'on terminait de dégager les murs des plantes grimpantes qui recouvraient la maison. Avec un sécateur et des opinels, cela prend des heures.

À un moment, un pan de mur qui nous paraissait solide s'est écroulé après que j'ai tiré sur une plante qui s'y était accrochée... Du coup mon père s'est mis à douter du bien fondé de notre entreprise, se demandant si les plantes incrustées dans la pierre ne permettaient tout simplement pas à la maison de rester debout.

J'ai essayé de rentrer dans la ruine par le mur écroulé dégagé par Calme, mais on dirait que toutes les ronces de la forêt se sont enfermées à l'intérieur. La porte d'entrée et les châssis des fenêtres semblent s'être fondus avec elles pour créer une habitation hybride, mi-humaine mi-sylvestre. Je me demande s'il ne serait pas plus simple de laisser cette maison à la forêt, et d'en construire une autre un peu plus bas.

Autour du feu, ce soir, pourtant, nous étions satisfaits de notre journée de travail. C'est une nouvelle sensation qui grandit doucement en moi, celle de pouvoir agir physiquement sur le monde qui m'entoure. A part marcher, attendre, et aller au lycée pour apprendre des trucs inutiles, je n'ai pas fait grand-chose ces dernières années. Là je suis étrangement heureux d'avoir les mains sales et striées de coupures.

Nous nous sommes mis à parler plus fort quand la nuit est tombée, essayant de repousser au maximum le sentiment d'angoisse qui semble s'abattre sur Calme avec le noir de la forêt. Je ne sais pas si nous avons totalement réussi, mais elle n'a pas pleuré ni dit qu'elle avait peur. J'interprète déjà ça comme une victoire.

La nuit, je sens les racines sous nos corps endormis grandir. J'ai peur qu'elles ne m'ensevelissent. J'entends des animaux qui se rapprochent. Peut-être viennent-ils pour nous dévorer...

Au petit matin, alors qu'Elie relançait à peine le feu, une femme se présenta sur leur parcelle, une grande cisaille sur les épaules. Visiblement surprise de voir la famille encore endormie, elle demanda à Elie qui s'était levé à son approche si c'était bien eux qui cherchaient des outils contre une montre. La famille, peu réveillée, se regarda un instant, perdue quant à savoir si la valeur d'échange était juste, mais, après un instant d'hésitation, la mère d'Elie finit par hausser les épaules et détacha la montre qu'elle portait au poignet. La jeune femme la saisit, et Lucie lui expliqua qu'elle n'avait pas besoin de piles pour fonctionner, qu'elle se rechargeait aux simples mouvements de l'avant-bras. Leur acheteuse ouvrit alors de grands yeux, comme face à un trésor, et hésita un instant avant de désigner sa cisaille.

« Du coup ce que je vous propose n'est pas équitable... je comprends pourquoi votre offre était si élevée. J'ai aussi une pioche et une brouette à la maison, mais j'en aurais besoin dans un mois quand je devrais retirer les souches des arbres coupés cet été. Mais, en attendant, je vous les prête si vous voulez. »

La famille accepta, à l'unisson. Andrew se leva et s'excusa de n'avoir rien à proposer à boire à la visiteuse, tout en tendant sa main pour se présenter, lui et sa famille. Il ne buta pas sur son faux prénom et sur celui de sa femme, au grand soulagement d'Elie qui avait toujours considéré son père un peu trop distrait pour emprunter l'identité de quelqu'un d'autre. La jeune femme accepta sa poignée de main, et se présenta à son tour sous le nom de Claire. Elle eut un petit geste suite à l'excuse d'Andrew : ce n'était pas grave, elle n'avait pas le temps de s'attarder. Avant d'emboiter le pas à Elie qui s'était proposé de l'accompagner, elle jeta un coup d'œil à la maison effondrée, pour finir par secouer légèrement la tête. Elie vit son regard qui doucha son enthousiasme à l'idée d'avoir désormais une cisaille et une brouette pour dégager leur maison. Leur acquisition lui parut soudain dérisoire.

Le trajet se fit en silence, Claire marchait vite elle aussi et Elie s'efforçait de maintenir son allure. Elle redescendit vers le village, mais bifurqua sur la droite avant d'y parvenir. Ils passèrent par-dessus le ruisseau où ils pouvaient remplir leurs outres, et Elie s'en voulut de ne pas les avoir prises avec lui. Il était encore loin d'avoir les réflexes d'anticipations de leurs besoins pour optimiser leurs trajets. Il fut soulagé de voir Claire s'arrêter rapidement devant une maison qui bordait le chemin, bien entretenue et fleurie. Ils poussèrent un portail fait de branches tressées, et elle l'amena sans un mot dans un entrepôt rempli de matériel agricole vétuste mais fonctionnel. Elle lui déposa une pioche dans une brouette qu'elle dégagea de sous un ballot de paille, et son regard s'arrêta sur les mains d'Elie, striées de coupures de ronces. Elle hésita un instant avant de lui tendre deux paires de gants de travail, dépareillés et rafistolés, mais sans trous.

« Fais attention que ça ne s'infecte pas tes coupures. Vous êtes tous à jour contre le tétanos ? Elie acquiesça.

– Oui oui, à Marseille il y avait des campagnes de vaccination, on a tous eu une injection avant de partir... ça dure dix ou quinze ans je ne sais plus...

– C'est une manière horrible de mourir... Elie la regarda, interdit. Ça arrive ici de temps en temps. Les gens font pas trop attention aux dates des rappels... et pour espérer se faire vacciner il faut aller à St Girons. Beaucoup d'entre nous n'avons pas le temps de faire ça. » Elle regarda l'heure à sa nouvelle montre, après un sourire furtif de jeune propriétaire. « D'ailleurs il faut que j'aille m'occuper de mes bêtes. Bon courage pour votre installation. » Elie lui sourit, souleva maladroitement l'arrière de la brouette et entama le trajet pour rentrer chez lui.

Ses parents s'extasièrent un peu naïvement devant les deux paires de gants offertes, persuadés que tout irait beaucoup plus vite désormais. Avec les nouveaux outils il y eut en effet une accélération du débroussaillage de la maison, mais chaque pied de ronces arraché révélait un autre problème : le plancher défoncé et rongé, qu'il allait falloir remplacer, ou des racines profondes, qui allaient se faire une joie de faire repartir de nouvelles pousses plus vigoureuses en quelques semaines, voire en quelques jours. La pioche se révéla d'une grande utilité pour mettre à jour les souches et les arracher, mais la manier était éreintant, et ils se couchèrent exténués, n'osant se regarder dans les yeux pour éviter de voir la fatigue et le désespoir qui commençait à marquer les visages.

Calme, heureusement, montrait des signes d'adaptation. Quand elle était trop fatiguée pour charrier des branches ou des pierres, elle arpentait le terrain, grave, et revenait avec des trouvailles comestibles qui agrémentaient leurs repas monotones. Elie avait découpé un chemin dans les ronces suffisamment grand pour qu'elle puisse se rendre aux quelques arbres fruitiers qu'il avait découvert à leur arrivée, et elle y dénicha des framboisiers et des groseilliers, étouffés par la végétation, mais porteurs de quelques fruits. Elle se mit alors à s'occuper du verger, dégageant les arbres et arbustes pour qu'ils aient plus de lumière. Elle empêcha Elie de couper toutes les ronces, lui assurant que dans quelques semaines elles donneraient beaucoup de mûres, et qu'ils pourraient faire de la confiture et la vendre au marché. Elie fut surpris de son anticipation. Il ne pensait pas que Calme ait déjà vu des mûres sauvages de toute sa vie.

Si je coupe les branches qui étouffent les plantes, je les entends pleurer, mais j'entends aussi les groseilliers mieux respirer et leur sève se gorger de soleil. Il existe un équilibre, je crois. Et je commence à le comprendre...

Au bout d'une semaine ils purent installer leurs tentes dans les restes de la maison écroulée, et faire leur feu au centre du foyer de l'ancienne cheminée qui tenait encore vaillamment debout. Ils avaient démonté la partie du toit effondrée, et s'étaient rendu compte que la poutre principale était vermoulue en son centre. Ils l'avaient renforcée avec des poutrelles qu'ils avaient plantés en étais de part et d'autre de la portion qui était encore en place, et si cela suffisait à les rassurer, ils avaient bien conscience que ce rafistolage ne supporterait pas le poids de nouvelles traverses et de tuiles, sans compter les plusieurs mètres de neige annoncés. Il leur faudrait donc retirer toutes les tuiles et la toiture encore existante pour remplacer la poutre principale, ce qui retarderait forcément la rénovation de la bâtisse.

Pourtant leur première nuit dans leur maison fut joyeuse, et ils firent semblant de ne pas entendre le vent qui sifflait en s'engouffrant dans toutes les ouvertures. Quand ils s'allongèrent tous ensemble devant les braises du feu, Elie se sentit un peu plus chez lui. Mais l'humidité qui s'élevait du plancher pourri sous la bâche sur laquelle il s'était allongé et les courants d'airs froids qui s'infiltraient par la porte béante lui rappelèrent que tôt ou tard l'hiver arriverait et qu'ils mourraient de froid sans un abri correctement fermé...

Cette nuit une énorme bête s'est approchée de la maison. Je l'ai entendu fouiller les ronciers coupés dont nous avions fait un tas contre le mur de la porte. Je l'entendais respirer fort, grogner, et fouir bruyamment dans la terre. Calme, dans mon dos, s'est recroquevillée brutalement et je l'ai sentie se mettre à trembler. Je me suis retourné, très doucement, et je l'ai enlacé, lui murmurant à l'oreille des paroles rassurantes, que la bête allait s'en aller, qu'elle voulait juste voir nos travaux, que demain on construirait une barrière avec des branchages tout autour de la maison pour qu'elle ne puisse pas revenir... La bête a fini par partir après ce qui m'a semblé être une éternité, et je crois que je me suis endormi en parlant. Calme pourtant n'a pas arrêté de trembler et de pleurer, terrorisée.

Un monstre qui me demande qui je suis rode autour de la maison. Il ne comprend pas pourquoi je ne suis pas avec eux, loin, dans la forêt. Il dit que je dois venir avec lui. Je ne veux pas quitter ma famille. J'ai peur qu'il ne m'emporte et leur fasse du mal. Sa voix est roque et gluante, elle me terrifie.

Au petit matin, je me suis réveillé et j'ai découvert Calme, déjà debout, mutique, près du feu. Mes parents s'activaient autour d'elle comme si de rien n'était, mais j'ai compris, en voyant leurs regards inquiets, qu'ils avaient entendus ses pleurs dans la nuit. Ils nous ont d'ailleurs annoncé ce matin qu'ils allaient se rendre au village, dans un premier temps pour faire le plein de nourriture, mais aussi et surtout pour se renseigner sur la possibilité d'acheter une poutre et des tuiles, des portes et des fenêtres. Ils avaient fait un calcul, et c'est avec un sourire un peu crispé qu'ils nous ont annoncé que nous ne devions pas nous inquiéter tout de suite pour la nourriture si la coopérative acceptait régulièrement nos euros, mais qu'il serait bien de demander conseil sur des graines ou des plants à acheter qui pourraient encore produire des légumes avant l'hiver. J'ai proposé de les accompagner, arguant que je pourrais les guider jusqu'à la coopérative, voulant surtout secrètement passer une demi-journée loin de notre maison à moitié effondrée qui me devenait difficile à contempler sans avoir des bouffées d'angoisse.

Non ! Ne pars pas !

J'ai presque douloureusement tourné la tête vers Calme, qui m'a paru soudain sur le point de pleurer, et ses grandes cernes violacées ont douché mon enthousiasme. Elle dormait debout et ce n'était que sa peur de rester seule qui la maintenait éveillée. Alors que je m'apprêtais à dire à mes parents que je renonçais à les accompagner pour veiller sur elle, mon père m'a devancé.

« Partez seuls tous les deux. Je vais rester avec Calme, elle doit se reposer. »

J'allais protester quand je me suis rendu compte que lui aussi était au bord de l'épuisement. Sa barbe mal taillée était parsemée de petites pelades, et ses cernes noires mangeaient son regard si doux. Il eut une petite quinte de toux, et je remarquais de minuscules gouttes de transpiration à la lisière de ses cheveux, qui viraient depuis quelques jours au poivre et sel. J'étais tellement focalisé sur Calme que je n'avais même pas réalisé que mon père était malade.

J'ai senti tout le soulagement de Calme à cette annonce, et cela m'a suffit à me sentir un peu mieux. Ma mère m'a posé la main sur l'épaule, et leur a promis de revenir vite. Calme a même souri, disant qu'elle n'en doutait pas. Je me suis retourné avant de remonter le long de la sente à la suite de ma mère, et je l'ai vu se diriger vaillamment vers le verger, la cisaille et les gants à la main, laissant mon père s'occuper de mettre de l'ordre dans notre campement.

Quand je leur explique que je dois les couper pour laisser respirer les autres, elles m'écoutent parfois, et se retirent d'elles-mêmes. Je n'ai plus peur de leur faire mal. Je suis plus forte que leurs supplications. Je le sais, je crée l'harmonie et l'équilibre. Les plantes ne sont pas comme les bêtes. Elles ne me font plus peur.

Nous sommes parvenus au village au milieu du marché, et l'ambiance m'a rappelé le jour de notre arrivée. J'y ai retrouvé les mêmes vendeurs que la dernière fois, avec quelques variantes. La marchande de lapins était au même endroit, et je lui en ai demandé le prix d'un. Elle m'a demandé ce que j'avais en échange, et je lui ai dit que j'avais des euros, mais elle secoué la tête. Je me suis passé en mémoire tous les objets que j'avais pu trimbaler jusqu'ici dans mon sac à dos, et j'ai pensé à un beau cahier, neuf, avec de grandes pages blanches, que j'avais pris au cas où je puisse retourner en cours ici. Elle m'a dit que cela ne l'intéressait pas, mais m'a rassuré en disant que c'était une bonne monnaie d'échange, et qu'il fallait que je trouve quelqu'un qui aime dessiner ou écrire pour en tirer un bon troc. Elle m'a par contre proposé de travailler pour elle deux jours contre un lapin, pour l'aider à moissonner et rentrer le fourrage qui allait les nourrir tout l'hiver. Je lui ai dit que je réfléchirai à sa proposition, mais que pour le moment mes parents avaient trop besoin de moi. Elle a hoché la tête, habituée je pense, au dilemme entre l'argent et le temps.

J'ai guidé ma mère jusqu'à la coopérative, où nous avons acheté de quoi manger pour une grosse semaine avec le reste des points que j'avais échangés la dernière fois. Nous avons pris le strict minimum, privilégiant les kilos de légumes à un point aux paquets de pâtes, plus chers. Ma mère a commencé à discuter avec la gérante de la question des poutres, des fenêtres et des tuiles, et je me suis éloigné pour regarder le panneau des petites annonces où j'avais posté la mienne il y avait, me semblait-il déjà, une éternité. J'avais l'impression que certaines se trouvaient là depuis des années, voire des décennies, proposant en échange des objets et des services qui avaient disparus depuis longtemps. Comme cette dame, qui offrait des cours de piano contre des cours d'informatique, ou ce garagiste, qui cherchait une cuve à fuel pour remplacer la sienne. Je me rends de plus en plus compte que le fonctionnement de ce village n'a rien à voir avec l'effondrement et la récession de ces dernières années. Bien avant que notre monde occidental ne se casse la gueule, les habitants de Massat vivaient déjà entre eux de manière autonome, loin de la marche économique forcenée et suicidaire du monde. C'était peut-être pour ça que la vallée était si prospère. Pour eux, tout ce récent bordel, ça n'avait pas changé grand-chose...

Je ne l'ai pas vu entrer, mais quand elle a salué tout le monde à la cantonade j'ai reconnu sa voix. Saule et son petit groupe se sont dispersés dans le hangar, se renseignant auprès des clients pour savoir si leur problème était résolu, quand est-ce qu'ils comptaient payer le service en échange, et s'ils avaient besoin d'autre chose. Les discussions étaient cordiales, et un homme qui était en retard sur une livraison de pommes à la commune s'est simplement excusé, disant qu'il n'avait pas eu le temps mais allait pouvoir s'en occuper dans la semaine, et la discussion a été close.

La gérante, toujours en discussion avec ma mère, a alors alpagué Saule, qui les a rejoint. Elles étaient de l'autre côté du hangar et je n'arrivais pas à entendre ce qui se disait, mais après qu'elles m'aient regardé deux ou trois fois j'ai pris mon courage à deux mains et je me suis dirigé vers le petit groupe. J'ai réussi à saluer Saule de manière presque décontractée, mais j'ai rapidement vu que ma mère était gênée.

« Il y a plusieurs solutions pour notre toit, a-t-elle commencé par me résumer. Soit nous trouvons un arbre sur notre parcelle qui ferait office de poutre principale, nous empruntons une scie et nous nous débrouillons pour en faire une poutre, mais ça ne sera que du provisoire, parce que le bois ne sera pas sec, et au printemps il nous faudra tout recommencer si on ne veut pas que la charpente nous tombe sur la tête... » J'ai acquiescé, l'encourageant à continuer.

« Soit on se procure une poutre chez la charpentière. La maison n'est pas trop grande, ce n'est pas une demande hors du commun, et elle en a surement en réserve. Mais se pose la question du paiement et de l'acheminement. Il nous faudrait emprunter au moins deux ânes, et avoir l'aide d'une dizaine de personnes pour la mettre en place. Sans parler des outils dont nous allons avoir besoin pour scier et dégager la précédente.

– Dans un cas comme dans l'autre, on aura besoin d'aide. Parce que même si on scie un arbre nous-même de noter terrain pour en faire une poutre, il faudra toujours l'acheminer jusqu'à la maison et la hisser en haut des murs. »

Ma mère acquiesça pendant que dans ma tête toutes ces micros étapes s'emboitaient, formant un rouage qui me semblait infini. Elle me fixait, en silence et en attente, comme si du haut de mes dix-huit ans je pouvais prendre une décision rationnelle. Je me suis rendu compte à ce moment-là à quel point mes parents étaient perdus dans ce nouveau monde dont ils ne maitrisaient pas les codes, et dans cette vie qu'ils n'avaient jamais imaginé vivre un jour, parisiens purs et durs, trouvant très aventureux d'aller camper une semaine le long de la Loire. Ils avaient remplis leur rôle de parents comme ils le pouvaient jusqu'à aujourd'hui, nous protégeant des dangers de la route, nous trouvant un refuge à Marseille, m'envoyant au lycée, et s'occupant de Calme du mieux possible alors qu'elle se coupait de plus en plus du monde et se mettait en danger. Mais ils avaient atteints leurs limites, et je ne voyais à présent dans le regard de ma mère qu'un appel à l'aide. Pour la première fois, je me suis senti réellement adulte, et quand j'ai pris la parole, calmement, j'ai vu qu'elle me considérait désormais comme tel. Deux sentiments ambivalents se sont alors répandus doucement en moi : la fierté et l'angoisse.

« Je pense qu'il faut abandonner l'idée de scier nous même un arbre. Personne dans la famille n'a jamais fait ça, ça va nous prendre des jours et on ne sera même pas sûrs d'avoir fait le bon choix d'essence ou d'épaisseur. Notre priorité c'est un toit, pour qu'on soit à l'abri et qu'on puisse se consacrer à une activité qui nous soit profitable, à nous et à la communauté. » J'ai vu du coin de l'œil Saule hocher la tête, et j'ai senti mon angoisse se calmer. Avoir l'aval de quelqu'un de si confiant et ancré dans le fonctionnement du village n'a fait qu'amplifier ma fierté pourtant un peu honteuse, basée sur la découverte nouvelle de l'ascendance que je pouvais avoir sur ma mère. « Il faut aller voir la charpentière tout de suite, qu'elle monte avec nous voir notre parcelle, qu'elle prenne des mesures, et qu'elle nous dise si elle a une poutre pour nous, et comment elle accepterait d'être payée. Et voir avec Saule ce que cela nous couterait d'avoir recours à la Milice pour l'acheminer jusque chez nous et de la monter à la place de l'ancienne. »

J'avais parlé d'une traite et avais fini ma tirade volontaire en me tournant vers elle, en priant pour ne pas rougir. Elle me regardait, tranquillement, un petit sourire sur le visage, que j'ai trouvé légèrement moqueur. « On échange ta poutre contre ton corps. » Je suis devenu écarlate, et toute ma soi-disant confiance en moi construite en quelques phrases un peu vaniteuses s'est écroulée par terre. Je me suis senti très con.

« Ce que vous demandez, c'est de l'aide d'une petite dizaine de personnes pour une journée, voire plus certainement deux, cela déprendra de la facilité du remplacement de la poutre. Plus deux ânes et une charrette. » J'ai acquiescé, en même temps que ma mère, tout en essayant de faire retomber la rougeur de mes joues. « En terme d'échange, cela correspond à au moins trois semaines de travail individuel au sein de la Milice. Et encore, je vous fais un prix au rabais parce que je sais à quel point vous avez besoin d'Elie pour terminer de défricher votre parcelle, reconstruire votre maison et commencer votre élevage. » À mon regard interrogateur, Saule a secoué la tête. « Il est trop tard dans la saison pour vous lancer dans le maraichage. Vous pouvez encore planter quelques patates mais ça ne représentera qu'une production familiale. Il va vous falloir trouver autre chose pour vivre. » Ma mère m'a regardé, cherchant mon approbation, et nous avons hochés la tête de concert, comme deux élèves sages qui apprennent une leçon. « Est-ce que cela vous va ? Qu'Elie travaille désormais pour nous, pendant trois semaines à partir de demain, et en échange on vous aide à monter et remplacer votre poutre ? ». Ma mère continuait de me fixer, attendant mon assentiment, que j'ai donné immédiatement.

« Comme je viens de dire, notre toit est notre priorité. Si travailler trois semaines pour vous nous rapproche de cet objectif, alors j'accepte sans hésiter. » L'idée que ma famille allait commencer à avoir un semblant de maison me remplissait d'un soulagement indicible. « Par contre, reprit Saule, cela n'inclut pas le prix de la poutre. Je vous amène chez la charpentière, on verra ce qu'elle en dit ». Elle fit rapidement un geste à la gérante, appela le reste de sa troupe, toujours éparpillée dans le hangar, et se dirigea vers la sortie, sans même s'assurer que nous la suivions, comme cela semblait être la mode dans la vallée. Quand j'ai cherché le regard de ma mère et que j'ai croisé celui de la gérante, j'y ai lu avec soulagement son approbation quant à mes décisions. Je me suis pourtant senti soudain très triste. En acceptant le marché je savais que cela aller m'empêcher d'être au quotidien avec mes parents, de les aider dans la réparation du toit, et de m'assurer que Calme apprenne à ne plus avoir peur de la forêt. A la pensée de passer mes journées sans elle, mon cœur se serra. Et à l'idée de devoir lui annoncer en rentrant ce soir, je me suis surpris à prier pour que la journée ne s'arrête jamais.

Contre toute attente la charpentière accepta des euros en échange de la poutre : elle avait justement besoin de nouveaux outils qu'elle devait acheter à Saint Girons et l'argent circulait beaucoup plus là-bas. Les économies familiales en prirent un coup, et Elie se demanda s'ils allaient avoir suffisamment de réserves pour se payer les poutrelles qui supporteraient les traverses et par la suite les tuiles, sans parler de la nourriture et des matériaux de base pour se lancer dans l'élevage d'animaux, mais il chassa rapidement ces inquiétudes de son esprit, refoulant ainsi ses angoisses. Ils pourraient surement récupérer quelques traverses de la charpente existante, et au pire, prélever dans les arbres de leur parcelle le bois manquant. Dans tous les cas, ils allaient avoir besoin d'une scie. Prune, la charpentière, une femme d'une quarantaine d'année aux yeux très doux, les accompagna pour prendre les mesures nécessaires avant le choix et la livraison de leur poutre. Saule ne les accompagna pas, mais elle donna rendez-vous à Elie le lendemain matin, à sept heures, sur la place du village, pour commencer sa journée de travail au sein de la Milice. Elie grimaça involontairement à l'annonce de l'heure et Saule fronça les sourcils devant sa réaction. Il maudit intérieurement de laisser ses émotions fleurir si facilement sur son visage, et il s'empressa d'emboîter le pas à Prune après un rapide au revoir à sa future cheffe.

Quand la charpentière découvrit le terrain partiellement débroussaillé elle ne put s'empêcher de secouer la tête. « Vous avez bien travaillé pour dégager la maison, mais le plus simple serait encore de prendre une ou deux chèvres. Il y en a en location, au même titre que les ânes et la charrette, auprès de la coopérative du village. Si Elie accepte de travailler plus longtemps pour la Milice, en quelques semaines votre parcelle sera totalement nettoyée et vous pourrez passer plus de temps sur la réfection de votre maison. » Elie regarda ses parents et leur sourit, un peu contrit. En entendant une voix inconnue, Calme s'était discrètement rapprochée du petit groupe, et elle les observait sans oser tout à fait s'avancer. Quand Prune commença à prendre les mesures, et à montrer aux parents d'Elie quel bois, selon elle, était sain et pouvait être gardé pour la prochaine toiture, Elie se dirigea vers Calme, qui regardait en direction de la maison en ruine.

« C'est super Calme, on a trouvé un arrangement. On va avoir une poutre, dès demain ou après-demain, et peut-être même des chèvres pour manger les ronces et les arbustes qui nous empêchent de circuler chez nous. On va aussi surement se lancer dans l'élevage, et j'ai vu la vendeuse de lapins ce matin. J'ai voulu lui en acheter un pour toi, mais je n'avais rien à troquer qui l'intéressait. Si je travaille deux jours pour elle par contre, elle m'en donnera un. Ça vaut peut-être le coup non ?

– Non, car tu serais loin de moi. » Elie la regarda, interdit. Il s'était préparé à une telle réaction de Calme, mais pas au point qu'elle refuse qu'il s'éloigne pour si peu de temps. La discussion qui allait suivre allait être difficile. Il inspira un grand coup.

« Calme, si nous allons avoir de l'aide pour monter la poutre, c'est parce que j'ai accepté de travailler trois semaines pour la Milice du village. Tu sais, ceux qu'on a vus le premier jour, en uniformes ? Calme se retourna vers Elie, le regard dur, les traits figés.

– Tu vas partir trois semaines ?

– Je ne vais pas partir Calme, je reviendrai tous les soirs. Je crois que j'ai même droit à un jour de pause par semaine. Je n'ai pas eu le choix tu sais.

– Je ne veux pas que tu partes. Sans toi la forêt me fait peur. Elie secoua la tête, lui sourit, tentant de la rassurer.

– Calme, je suis obligé. Si tu veux qu'on ait un toit, et puis plus tard une porte et des fenêtres, il faut quc je travaille pour la Milice. Cette nuit, quand il y a eu l'animal qui s'est promené près de la maison tu étais terrifiée et tu n'as pas dormi de la nuit. Plus vite nous aurons une maison solide et fermée, plus vite tu te sentiras en sécurité.

– Je ne suis en sécurité qu'avec toi. » Elie soupira, découragé. Le raisonnement de Calme n'avait aucune logique, et c'était le même qui l'avait fait se rendre tous les jours au check point à l'entrée de Marseille attendre l'arrivée de ses parents, qui, et tous le savaient, n'avaient jamais quitté Lyon.

« Tu es en sécurité ici Calme. Sur notre terrain rien ne peut nous arriver. En journée nous faisons trop de bruit pour que les bêtes viennent jusqu'ici, et la nuit nous avons le feu, la pioche et les cisailles. Et tous les soirs, je serai là. » Calme resta silencieuse pendant un long moment.

« Pourquoi ce n'est pas ta mère ou ton père qui prend ta place ? finit-elle par demander.

– Je ne sais pas, Saule a demandé à ce que ce soit moi. Il n'y a que des jeunes dans la Milice, c'est peut-être pour ça.

– Tu vas devenir comme eux ? Confisquer la nourriture aux gens, menacer ceux qui refusent ?

– Calme, arrête. Ça ne fonctionne pas du tout comme ça, tout le monde donne pour pouvoir recevoir, personne n'est forcé à faire quoi que ce soit.

– Tu es forcé de partir. Tu vas finir comme les milices qui nous terrorisaient sur la route, ou les mafieux qui me frappaient. »

Calme repartit sans laisser à Elie le temps de répondre que sa réaction était exagérée, qu'il n'était forcé à rien et que jamais il ne deviendrait violent. Il fut tenté un instant de courir à sa suite pour essayer de la raisonner mais il s'arrêta dans son geste. Il savait très bien que cela ne servirait à rien. Il fallait juste qu'elle digère l'information, et qu'il lui fasse miroiter tous les bénéfices qu'apporterait sa contribution à la vie du village, même si cela voulait dire passer la majeure partie de leurs journées loin l'un de l'autre. Il se dit surtout qu'il fallait que dès le lendemain soir il ramène les deux chèvres, que les animaux, c'était sûr, distrairaient Calme de son absence et adouciraient sa peine.

Il rejoignit ses parents qui discutaient toujours avec Prune. Elle faisait un tour des différentes essences de bois de leur parcelle et s'intéressa à un vieux chêne, tout en bas de leur propriété. S'ils acceptaient de lui céder, elle leur offrirait les tenons et les mortaises manquantes à la réfection totale de leur toit, ainsi que les encadrements des fenêtres. Elie vit ses parents sur le point d'accepter, mais il sentit qu'il était encore possible de négocier.

« Et vous nous donnerez aussi une table et des chaises. » Il vit alors un petit sourire de connivence naitre sur le visage de Prune. « Et une étagère » s'empressa-t-il de rajouter. La charpentière sourit alors franchement.

« C'est d'accord. Mais vous les monterez tout seuls jusqu'ici. Et ils seront en pin, pas en chêne. » Elie acquiesça. Du moment qu'ils pouvaient manger autour d'une table et poser leurs quelques bien au-dessus du sol...

Quand Prune lui serra la main pour sceller le contrat, il s'en voulu quand même de ne pas avoir demandé plus. Pourtant il lut dans les yeux de ses parents la fierté, mais aussi et à nouveau cette forme discrète de peur, celle de ne jamais réussir à s'adapter à leur environnement. Une fois Prune repartie, leur annonçant qu'elle reviendrait demain pour aider à l'ajustement de la poutre et abattre le chêne, la famille se regarda, et un doux sentiment de soulagement glissa sur leurs épaules.

« Vous imaginez, leur déclara Elie, dans quelques semaines on aura un toit et plus une mauvaise herbe sur le terrain.

– Il ne manquera plus qu'un plancher, des vitres, une porte, et des lits. », lui répondit son père, mais son visage n'exprimait que de l'optimisme, atténuant légèrement la fatigue et la maladie de ses traits. Elie secoua la tête, désolé.

« J'aurais dû demander des lits à Prune plutôt qu'une table. Sa mère lui sourit.

– Non, non tu as bien fait. Manger tous autour d'une table, sur des chaises, comme une famille, c'est plus important que de dormir dans des lits. De toute manière on est habitués à nos sacs de couchage, quelques semaines de plus ou de moins... »

Elie acquiesça, toujours un peu songeur, puis il prit son courage à deux mains et se dirigea vers le verger où Calme avait disparu, en espérant que ces nouvelles adouciraient son humeur. Quand il traversa le passage taillé entre les ronciers il fut surprit de la découvrir en train de caresser le tronc d'un pommier en lui parlant tout bas. Il s'approcha doucement d'elle, essayant d'entendre ce qu'elle murmurait à l'arbre, mais elle sentit rapidement sa présence et se tourna vers lui, le visage toujours un peu renfrogné.

« Tu parles aux arbres maintenant ?, lui demanda Elie avec un petit sourire destiné à détendre l'atmosphère.

– Oui, lui répondit Calme, très sérieuse. Pour qu'ils nous donnent le plus de pommes possibles avant l'hiver. »

Devant son assurance, Elie ne sut pas quoi répondre. Au bout d'un long temps en silence, Calme reprit la parole.

« D'ailleurs tu me déranges. J'ai besoin de toute ma concentration pour arriver à leur parler, retourne vers la maison s'il te plait. »

Elie ouvrit grand les yeux, et, sans réussir à se décider s'il était offusqué de s'être fait si allégrement envoyé paître ou très amusé par la nouvelle lubie de Calme, il rejoignit ses parents.

« Vous saviez que Calme parle aux arbres ? » Elie vit son père hocher doucement la tête et sa mère lui sourire, amusée elle aussi.

« Oui, mais ce n'est pas récent. Tu te souviens, quand vous étiez partis en colo enfant ? Dans les Pyrénées d'ailleurs, mais plus loin, vers la Méditerranée ? » Elie acquiesça malgré ses souvenirs un peu vagues. « Et bien les moniteurs, à la fin, avaient raconté ça à Denis et Avril. Qu'ils retrouvaient parfois Calme au milieu de la nuit en train de faire des câlins aux arbres. Ca les avait bien fait rire à l'époque... nous aussi d'ailleurs... Tu ne t'en souviens pas du tout ?

– Non... on avait quel âge ?

– Oh, je sais plus, six, sept ans, pas plus. A Paris ça lui arrivait encore, dans les parcs, d'être en grande discussion avec les pauvres arbres qui s'entêtaient encore à pousser dans la pollution... Avec les années ça a progressivement disparu. Avril et Denis ne s'en étaient jamais vraiment préoccupés... Tout le monde trouvait ça très mignon.

– Oui mais elle n'a plus sept ans... Il faut peut-être lui dire qu'elle est trop grande pour ça non ? Ca lui a repris quand ?

– Ecoute Elie, il y en a qui croient en dieu, notre Calme discute avec les arbres, je ne vois pas en quoi c'est un problème. Tant qu'elle continue de nous parler, de manger, de sourire et de s'impliquer dans la construction de la maison, il n'y a aucune raison de s'inquiéter. Chacun gère ses angoisses comme il peut, et les psychologues ne courent pas la vallée. Alors si ça lui permet d'évacuer des peurs, de se rassurer, ou si ça lui fait plaisir, tu seras gentil de la laisser tranquille et de ne pas l'emmerder avec ça. »

Elie haussa les épaules, un peu vexé de se faire rabrouer comme un enfant pour la deuxième fois en quelques minutes, lui qui s'était senti si adulte fasse à Prune un peu plus tôt. Sa mère eut un petit rire, amusée par son air boudeur, et ils s'attelèrent tous les trois à dégager la sente des grosses pierres et des branches tombées en travers afin que les ânes puissent passer avec la charrette dans les jours à venir.

C'était un travail long et fastidieux, mais ils parvinrent à nettoyer le sentier jusqu'au chemin principal avant la tombée de la nuit. Quand ils redescendirent sur leur parcelle Elie se rendit compte avec une pointe de culpabilité qu'il n'avait pas pensé à Calme de tout l'après-midi, et il espéra qu'elle n'avait pas eu peur, toute seule sur leur terrain. Pourtant ils la retrouvèrent autour d'un feu qu'elle était en train d'allumer, le visage détendu, et elle sourit aux parents d'Elie. « J'ai trouvé des plantes, plus bas, dans la forêt. En les faisant cuire avec les pommes de terre ça leur donnera du goût. J'ai plein de groseilles et de framboises aussi, il y en a beaucoup juste au bout du jardin. Il me faudrait un panier, parce que je les mets dans un tissu et elles s'écrasent. Andrew la regarda, un peu surprit.

– On va trouver des paniers, tu as raison Calme, nous en avons besoin pour récolter les fruits du verger. A l'automne on devrait trouver des champignons et des châtaignes aussi. Mais les plantes que tu as ramassées tu es sûre qu'elles sont comestibles ? » Calme acquiesça, sereine, et Andrew se pencha pour en prélever une et la sentir. « Ah oui, c'est du fenouil. C'est une super trouvaille. Je pense que si on en fait sécher au soleil et qu'on le broie on pourrait en avoir tout l'hiver. Calme sourit, fière.

– J'essaierai demain. Il faudrait que j'aie de grands plateaux pour les étendre au soleil… » Elle s'arrêta de parler un instant, comme si elle écoutait quelqu'un. « Mais pour le moment je vais simplement essayer de trouver une grande pierre plate au soleil. » Elie lui répondit, soulagé de voir que Calme s'investissait de plus en plus dans leur quotidien, balayant définitivement l'inquiétude qu'il avait eu en la voyant en pleine discussion avec le pommier.

« Je demanderai à Saule demain si on peut acheter des paniers. Et je suis sûr qu'il existe des plateaux exprès pour faire sécher des plantes. »Calme lui jeta un petit coup d'œil mais ne répondit pas. Pourtant, intérieurement, Elie ne put s'empêcher de sourire à son tour. Elle était visiblement toujours en colère contre lui, mais ça ne durerait pas, il le savait. Il fallait absolument qu'il revienne avec les chèvres le lendemain. Il se coucha plus léger qu'il ne l'avait été depuis leur arrivée, presque confiant dans la capacité de sa famille à se créer un avenir. Calme, allongée à ses côtés, gardait les yeux grands ouverts, écoutant la forêt.

Elie se réveilla au petit matin, au son strident de la montre de son père, une vieille Casio solaire, qu'ils refusaient tous pour l'instant à mettre en troc. Pourtant, en la contemplant, encore un peu endormi, il en vint à se dire qu'au vu de la valeur d'échange de celle de sa mère, ils allaient devoir y réfléchir sérieusement. Il continua de se réveiller en petit-déjeunant d'une patate encore tiède d'avoir passé la nuit dans les braises et de quelques fruits trouvés par Calme la veille.

La bouche pleine de framboises, il la regarda dormir, et il pensa à sa soudaine capacité à trouver autant de fruits et de plantes dans un milieu naturel qu'elle ne connaissait pas dix jours auparavant. Il essaya de se souvenir de son séjour en colonie dont lui avait parlé sa mère, mais ne remontèrent à la surface de sa mémoire que des bribes de feu de camps et de chamallows grillés, et il n'y voyait Calme nulle part...

Tout à ses pensées, il partit sans un bruit dans les sous-bois encore noirs de la nuit, guidé par le faisceau tremblotant d'une vieille lampe dynamo qu'ils n'échangeraient, celle-là, pour rien au monde. Il avait pris son sac à dos avec lui où il avait entassé quelques biens qu'il pensait pouvoir troquer à la coopérative en échange de la location des deux chèvres.

Il s'arrêta à l'entrée du village qui était déjà éveillé, bu à une des fontaines, et se dirigea directement vers la menuiserie, voir si la poutre allait être transportable le jour même. Il croisa de nombreuses personnes en route vers les champs, les étables ou les divers travaux qui les occupaient du matin jusqu'au soir. Le rythme de vie était très différent de celui de Marseille, où la ville n'émergeait que vers huit heures pour se calmer aux alentours de dix heures le soir. Ici, tout le monde semblait se lever bien avant six heures le matin, et Elie, qui pensait arriver dans un village encore endormi, fut surpris de voir que l'activité battait son plein. Il se dit qu'ils dormaient peut-être un peu trop avec ses parents, et que, malgré la fatigue accumulée par leur long voyage à pieds, il était temps qu'ils se remettent dans un rythme un peu plus soutenu avant l'inactivité forcée de l'hiver.

Il trouva d'ailleurs Prune dans son atelier, déjà bien éveillée, en train de graisser les maillons d'une tronçonneuse. Elle dut lire la surprise dans le regard du jeune homme, et répondit à sa question muette avec un grand sourire.

« Tu croyais que j'allais scier un chêne à la main ? Elle explosa de rire. On a peut-être l'air arriérés dans le coin, mais on a quand même l'électricité et quelques reliques technologiques bien utiles...

– Oui, j'ai vu les lampadaires solaires dans le village...

– Ah oui, mais ça c'est anecdotique, la plupart des maisons sont équipées en panneaux mais ça suffit à peine pour les besoins vitaux d'un foyer... Ce qui nous sauve c'est qu'on bénéficie de l'électricité produite par deux centrales hydrauliques qui fonctionnent encore vaillamment. Bon les gars et les filles chargés de la maintenance ne sont pas tout jeunes et auraient bien besoin d'apprentis pour les soulager, et il y a parfois des coupures en plein été quand les rivières tombent à sec, mais elles assurent largement nos besoins un peu plus gourmands en électricité... Principalement l'électroménager qui nous permet de transformer notre nourriture en provisions non périssables, nos mixeurs pour les soupes, nos machines pour stériliser les bocaux.... Tu veux un café ?

Elie acquiesça, une joie non dissimulée sur le visage.

– Ne t'enthousiasme pas trop, c'est de la chicorée ein. Le café ça fait des années qu'on en a plus. » Elle lui servit une tasse, tout en continuant ses explications.

« Par contre, pour les machines à laver le linge ou recharger grosses machines agricoles il faut aller dans le bâtiment jaune collé à la coopérative. C'est comme pour tout, t'as un système de troc et de points pour t'en servir. Mais on centralise tout, c'est plus économe en énergie. Du coup on lave pas du tout notre linge sale en famille, mais plutôt entre voisins. » Prune rit à sa propre blague pendant qu'Elie buvait sa première gorgée de chicorée, qu'il savoura comme un trésor.

« Ta tronçonneuse marche sur batterie aussi ? La charpentière secoua la tête.

– Non, les batteries lithium se sont trop épuisées au fil des ans et elles ne se chargent plus. C'est une bonne vieille tronçonneuse thermique, mais j'utilise de l'huile transformée que j'achète en contrebande à des espagnols. C'est cher et ça l'encrasse énormément mais je ne pourrais pas travailler sans elle. Tu verras aussi quelques vieilles mobylettes dans la vallée : certains arrivent encore à les faire fonctionner avec de l'alcool de patates. Pour aller jusqu'à Saint Girons c'est top, tu mets que deux heures, mais bon faut être capable de réparer un moteur au milieu de nulle part, vu qu'elles tombent en panne en permanence. Et puis l'hiver, sous la neige, t'oublies... »

Elie hocha la tête, impressionné par les ressources de la vallée. A Marseille, quand il y avait des coupures de courant, les habitants ne pouvaient rien faire d'autre que d'attendre qu'il ne soit rétabli. Quelques foyers avaient des panneaux solaires, mais ils étaient devenus l'objet de tant de convoitises qu'il fallait les surveiller en permanence pour qu'ils ne se fassent pas voler, et la Mafia, parfois, les réquisitionnait sans préavis. Prune le sorti de ses souvenirs en reprenant la parole. « Bref grâce à tout ça, j'ai pu travailler votre poutre hier soir, et elle est prête. »

Elle passa la main sur la pièce de bois qui traversait son atelier de part en part, presque amoureusement. Elie s'en approcha, et posa lui aussi sa main dessus, demandant superstitieusement à la poutre de les protéger, lui et sa famille. Il se sentait un peu bête de faire cette demande à un grand bout de bois mort, mais il se disait, que, dans cette vallée, les croyances païennes avaient certainement plus de fondement qu'ailleurs.

« Vous pouvez venir la chercher quand vous voulez avec la Milice. » Elie la remercia et se dirigea à moitié en courant vers la place du village, tout excité à l'idée qu'en fin de journée, peut-être, ils auraient monté la poutre jusqu'à chez eux.

Il y trouva Saule et une dizaine de jeunes aux âges variables, entre quatorze et vingt-deux ou vingt-trois ans. La cheffe de la Milice paraissait être la plus âgée du groupe, mais il était difficile à Elie de lui donner un âge précis. La cicatrice qui courrait sur sa joue la vieillissait, lui donnant un air dur, et il se surprit à penser qu'elle était peut-être plus proche de son âge à lui que ce qu'il avait d'abord pensé. Elle l'accueillit d'un demi-sourire un peu moqueur qui ne semblait jamais trop quitter ses lèvres.

« Une panne de réveil Elie ? Il secoua la tête.

– Je suis passé voir Prune. Notre poutre est prête à être montée chez moi. Saule haussa un sourcil.

– Déjà ? C'est une bonne nouvelle. Prune a dû y travailler dessus toute la nuit. On va essayer de s'en occuper cet après-midi, mais nous avions déjà beaucoup de choses prévues ce matin. Ta demande n'est arrivée qu'hier, on ne peut pas tout arrêter pour vos beaux yeux. » Le sourire d'Elie mourut sur son visage et Saule, un instant, sembla légèrement touchée par sa déception.

« Ne t'inquiète pas, vous aurez bientôt un toit. Tiens, voilà déjà un uniforme. Je ne sais pas trop s'il va être à ta taille, mais c'est important que tu le portes quand tu travailles pour nous. Comme ça les gens du village savent qu'ils peuvent s'adresser à toi s'ils ont un problème. » Elle lui tendit une veste et un pantalon kaki, avec des bordures bleues foncées.

Elie regarda à droite et à gauche, à la recherche d'un lieu pour se changer, et se dirigea vers un passage couvert qui donnait à l'arrière du café de la place, désert en cette matinée laborieuse. Il changea de pantalon, apprécia un instant la solidité de la toile du nouveau, et enfila la veste, qui lui parut un peu grande. Quand il revint, il entendit Saule terminer de décrire les activités de la journée, et il emboita le pas au groupe qui se mit en route, après que Saule eut détaillé d'un regard aiguisé son changement d'habits. La Milice se scinda rapidement en deux, et Elie, un peu hésitant, resta dans le groupe de Saule, qui ne réagit pas. Un jeune homme s'approcha alors de lui, et il lui évoqua Rabah, l'homme armé qui les avait escortés jusqu'à la mairie.

« Salut. Je m'appelle Sammy. Tu vas voir, c'est simple ce qu'on a à faire aujourd'hui. Mais si tu as la moindre question, n'hésite pas. » Elie acquiesça, soudain tout heureux que quelqu'un lui adresse spontanément la parole. Le groupe dégageait ambiance de solennité et de sérieux qui forçait le respect, et il appréhendait l'accueil qui allait lui être réservé. Il prit l'invitation de Sammy à la lettre.

« Toi aussi ta famille a besoin d'aide alors tu travailles pour la Milice ? Sammy secoua la tête.

– Non non, je suis là comme ça, pour me rendre utile. Quand mes parents ont trop besoin de moi, je reste avec eux, mais je passe la majorité de mes journées ici. Y'a pas de lycée à Massat, l'école s'arrête au collège. Du coup si tu veux continuer les études, il faut aller jusqu'à St Girons, et c'est à une journée de marche, donc t'es obligé d'y vivre. Dans la Milice j'ai mes amis, on se rend utiles et on nous fournit le repas. A moins d'avoir une grosse exploitation familiale qui a besoin de toi au quotidien, tous les jeunes y participent. Ça te laisse aussi le temps de réfléchir à ce que tu veux faire plus tard, et d'apprendre tout ce qui peut être important à savoir. Je sais changer le fer d'un cheval et chasser, mais aussi réparer la plomberie et construire une grange. C'est plutôt pratique. » Elie acquiesça, plus que d'accord avec Sammy. Ses dernières années passées à apprendre des programmes scolaires totalement obsolètes lui paraissaient encore une fois, et en contraste, parfaitement inutiles...

Saule donna quelques directives et à nouveau le groupe se scinda. Elie resta avec Sammy, et ils passèrent les heures suivantes à aider un couple âgé à démonter leurs volets, en partie pourris. Un fois au sol, le couple allait pouvoir s'occuper tranquillement de les poncer, renforcer les parties abimées et les revernir avant que l'automne pluvieux ne les achèvent définitivement.

Sammy lui expliqua que les hivers à Massat étaient très froids et humides, que le village était parfois ensevelit sous plusieurs mètres de neige, et qu'il fallait absolument effectuer toutes les réparations possibles avant qu'il n'arrive, pour être sûr de passer les mois les plus durs au sec et au chaud. Son discours, qui se voulait informatif, acheva pourtant d'angoisser Elie quant à l'avenir de sa famille sans toit ni fenêtres.

Ils passèrent l'heure d'après à la coopérative, à ranger le bois de chauffage que les bucherons apportaient comme forme d'impôt participatif. Ils recevaient, en échange, des points pour acheter des légumes et des céréales, et Elie envia le jour où ils pourraient, eux aussi, entrer concrètement dans ce système de troc, sans dépendre du bon vouloir de la coopérative à accepter leurs euros. Vers midi, fourbus et affamés, ils rejoignirent le reste de la Milice pour déjeuner sur la place. Deux membres avaient préparé le repas du midi, et ils s'installèrent dans l'église qui gardait un peu de fraicheur, loin du soleil ravageur de cette fin du mois d'aout. Le repas était simple, constitué de légumes frais, de pain, d'œufs durs et de fromage, mais Elie n'avait pas dégusté un menu aussi varié depuis des semaines. Il essaya de cacher sa joie sincère de croquer dans un concombre juteux, mais son air de contentement extrême le trahit quand il englouti son morceau de fromage sur du pain frais. Il ne se souvenait pas en avoir déjà gouté un aussi bon : les quelques fromages qu'ils arrivaient à se procurer à Marseille venaient toujours de supermarchés, et avaient tous plus ou moins les mêmes goûts fades. Il eut l'impression de se souvenir, vaguement, d'un été passé dans le sud quand il avait une dizaine d'années, et où, à la fin de chaque repas, ses parents sortaient un énorme plateau de fromages, dans lequel il piochait avidement. Ses souvenirs en amenèrent d'autres, doux et simples, et il eut soudain une nostalgie violente pour un monde en paix, où il n'était pas uniquement question de survie mais aussi de plaisir.

Sammy le regardait depuis quelques instants, intrigué par l'air vague et triste qu'avait pris Elie, et il lui donna une petite bourrade pour le ramener à la réalité. Il lui proposa un verre de vin qu'Elie refusa d'un mouvement de tête, mais il s'efforça de donner le change à son compagnon en lui souriant. « Je n'aime pas le vin... Je préfère la bière. » Sammy acquiesça.

« On en a aussi, mais pas pour les repas du midi, plus pour les fêtes. D'ailleurs, c'est pas vraiment du vin ça, je dirai que c'est plutôt du vinaigre qui n'a pas pris... » Et il s'esclaffa tout seul de sa blague, entrainant Elie avec lui.

Saule vint alors vers eux, et il essaya de retrouver son sérieux. « Pour ta poutre, ça va être impossible de s'en occuper aujourd'hui, les ânes vont être réquisitionnés pour remonter la moisson d'une famille plus bas. Leur grange est éloignée de leurs champs, et on annonce un mauvais temps dans les jours à venir, ils risquent de tout perdre. » Elie hocha la tête, réussissant cette fois à mieux cacher sa déception. « On s'en occupera demain matin ».

Il inspira alors un grand coup, essayant de ne pas trop trahir son espoir dans sa voix. « On m'a parlé de chèvres appartenant à la coopérative. Qu'il était peut-être possible de les emprunter pour les faire débroussailler notre parcelle. Est-ce que tu penses que cela serait envisageable ? En échange de plusieurs jours supplémentaires de participation au sein de la Milice ?

– Oui, aucun problème. Elles sont chez tes parents en ce moment Sammy non ?

– Ouais. Elles servent à tondre le gazon du jardin là, c'est loin d'être vital. On ira voir ma mère en fin de journée et je pense que ça ne posera aucun souci de les ramener chez vous ce soir. Au pire tu viendras m'aider à tondre avec la vieille tondeuse de mes parents dimanche.

– Avec plaisir ! Calme va être si contente! Elle adore les animaux, elle n'attend qu'une chose c'est qu'on puisse se lancer dans l'élevage de lapins... Sammy se tourna vers lui avec un regain d'intérêt.

– Calme c'est ta sœur ? Elie hésita une fraction de seconde puis acquiesça. Elle a quel âge ? Elle ne veut pas venir dans la Milice, on manque un peu de filles, elles partent toutes étudier à St Girons... » Sammy eut un sourire complice qui ne lui fut pas rendu.

– Elle a presque un an de moins que moi, bientôt dix-sept ans. J'aimerais bien qu'elle vienne, mais elle a peur de la Milice. Enfin, en tout cas des uniformes. Il nous est... arrivé des choses assez dures sur la route, et à Marseille. Elle est devenue craintive. Il ne faut pas la brusquer. » Sammy devint soudain grave son attitude changea.

– Je comprends. Désolé je faisais une blague stupide. C'est juste qu'on est tellement entre nous que c'est toujours agréable de rencontrer de nouvelles personnes. Saule les coupa dans leur discussion.

– N'empêche qu'à l'automne on va avoir vraiment besoin de plus de bras. Et si vous souhaitez vous lancer dans l'élevage, vous allez avoir besoin de ressources. J'imagine qu'on vous l'a déjà dit, mais si vous voulez vous en sortir, il va falloir donner un peu plus de votre personne, surtout qu'officiellement il vous manque des papiers pour que tout soit légal... »

Elie encaissa la tirade de Saule sans rien dire. Il hésitait encore sur la réponse appropriée, persuadé qu'il devait tenter de défendre leur légitimité à s'installer dans la vallée et assoir le mensonge familial, mais Saule reprit la parole avant qu'il ne se décide. « Par ailleurs, l'élevage de lapins ce n'est peut-être pas la meilleure idée, on a déjà deux familles qui ont du mal à en vivre... Il faudra y réfléchir. »

Elie choisit de rester définitivement mutique, déstabilisé par la place que Saule semblait pouvoir prendre dans l'organisation de la vie du village, ainsi que celle de la vie de sa propre famille. Il n'osa même pas protester pour lui dire que si Calme voulait des lapins, alors ils lui achèteraient des lapins même si ce n'était pas pour en vivre, de peur que Saule ne lui interdise aussi.

L'après-midi fut donc dédié à un nombre certain d'allers-retours avec les ânes du village pour mettre à l'abri la moisson d'un couple, plus bas dans la vallée. Elie se rendit compte qu'il éprouvait un sentiment de grande satisfaction à les aider, malgré sa déception de ne pas remonter la poutre sur leur parcelle le jour même. Il comprit l'engagement de Sammy dans la Milice uniquement pour passer le temps : voir le soulagement du couple sur leur visage quand l'intégralité de leur récolte fut mise à l'abri valait largement une journée de labeur. Il redevint pourtant sombre en pensant que le mauvais temps à venir allait être difficile à supporter dans leur maison à moitié effondrée, protégée par quelques carrés de plastique. Il demanda d'ailleurs à Saule des bâches supplémentaires et à sa grande surprise elle accepta, sans contrepartie, avec juste la promesse de les ramener une fois qu'ils n'en auraient plus besoin. Elle lui fit un mot pour qu'il puisse les récupérer à la coopérative à la fin de la journée.

Sammy l'accompagna, puis l'emmena vers chez lui. En chemin ils rencontrèrent Rabah, qui rentrait de sa journée de garde à l'entrée du village, et qui s'avéra être le frère de Sammy. Il n'avait pas son arme avec lui et avait délaissé son béret et sa veste kaki, et avec eux son air sérieux et solennel qu'il avait quand Elie l'avait rencontré la première fois. Le contraste était saisissant, et il accueilli Elie avec un petit sourire. Leur maison était en bordure de village, très moderne par rapport à ses voisines en vieilles pierres. Sammy était bavard, et se lança spontanément dans l'histoire de sa famille.

« Mes parents sont arrivés il y a 25 ans, juste avant la naissance de Rabah. Ils viennent de la banlieue parisienne, mais ils en avaient marre de la pollution et du gris, alors ils se sont installés ici. Je crois que ça a été dur de s'intégrer au début, mais quand on est nés les choses se sont améliorées. A ce moment-là village perdait des habitants tous les ans, et les enfants qui naissaient à Massat étaient accueillis avec joie, parce que ça repoussait d'une année ou deux la fermeture de l'école... Comme on a grandi ici, avec Rabah on est des vrais massatois, du coup par contamination maintenant mes parents aussi. » Elie devint songeur, mis une fois de plus face à la difficulté de s'installer durablement dans le village.

Avoir un toit et une activité, il le comprenait bien, ne suffiraient jamais pour être considéré comme un membre à part entière de la communauté. Sammy le regarda et sembla deviner ses pensées. « C'est sûr c'est pas facile de s'intégrer à la campagne… Mais ça vaut le coup tu verras. Elle est chouette la vie ici. »

Ils passèrent le pas de la porte de la maison de Sammy, qui donnait dans une petite rue pavée. A l'intérieur, Elie eut l'impression de retourner en enfance, en reconnaissant des meubles et des bibelots que ses parents avaient pu avoir à Paris. Chez son oncle, à Marseille, la décoration de l'appartement était réduite au strict minimum, et les maisons qui les avaient hébergées sur la route avaient été débarrassées du superflu. Mais la maison de Sammy semblait être un instantané des années 2020, avec son enceinte connectée qui prenait doucement la poussière dans un coin, des meubles IKEA, des bandes dessinées et des lampes de designers. Elie eut soudain une bouffée de nostalgie, celle d'un monde matérialiste et consumériste qui avait façonné son enfance et qui semblait avoir totalement disparu, s'écroulant sur lui-même. Il découvrit avec un petit sourire un MacBook portable sur une étagère, et ne put s'empêcher de s'en approcher, sous l'œil amusé de Sammy.

« Il ne fonctionne plus, depuis des années. Je sais pas pourquoi on le garde, on pourrait le dézinguer et récupérer la vitre. Elle est pas grande mais ça sert toujours.

– Ma mère pourrait peut-être le réparer. Elle est informaticienne. » Il se reprit. « Enfin, était. » Sammy réfléchit.

« J'en parlerai à mes parents. Ça peut les intéresser, il y a des vieilles photos qu'ils voulaient récupérer dedans... Allez viens, les chèvres sont derrière. » Sammy ouvrit une grande baie vitrée qui laissait entrer le soleil à flot, et Elie pénétra dans un grand jardin en partie sauvage, qui tranchait avec l'ordre et la modernité de la maison. Les parents de Sammy n'étaient visiblement pas des agriculteurs. Il aperçu quand même, protégé par des treillis de branches, un potager relativement bien entretenu, et des arbres fruitiers chargés de pommes.

« Ils font quoi tes parents ?

– Ma mère est médecin. C'est la seule du village, enfin, de la vallée même. Mon père fait plein de trucs, du miel entre autre, et pendant l'année c'est lui l'instituteur pour les petits jusqu'à huit ans. Mais là les gamins sont en vacances, alors il peint, il bricole, il rend des services... La belle vie quoi. Je crois que ça me plairait aussi instit', ça laisse pas mal de temps pour faire autre chose. Mais pour ça il faudrait au moins que j'aie mon bac et pour l'instant j'ai pas envie de partir vivre à St Girons et de laisser mes parents. Je verrai bien plus tard. De toute manière c'est tellement le chaos l'administration en ce moment que je pourrais surement prendre la relève de mon père sans diplôme... Tiens, voilà les biquets ! » Elie leva la tête et aperçut deux grosses chèvres très poilues qui se dirigeaient nonchalamment vers les deux garçons. Sammy attrapa une longe qui trainait au sol et y attacha la première chèvre. « Tiens-le, je vais chercher un autre bout de corde pour la deuxième. »

Elie se retrouva seul face avec la chèvre, qui remâchait, imperturbable, une touffe d'herbe. Elle avait une cloche autour de son cou qui tintait à chacun de ses mouvements, et Elie se dit avec compassion que cela devait être assez insupportable pour elle. Sammy revint avec une autre corde et attacha la deuxième chèvre, toute aussi imperturbable.

« Allez zou, en route.

– Tu m'accompagnes ? Et on devait pas demander à ta mère d'abord ?

– Ne t'inquiète pas, je suis sûre qu'elle sera d'accord. Au pire elle m'engueulera un peu, histoire de se convaincre qu'elle est encore une figure d'autorité... Et oui je t'accompagne, tu vas voir, elles sont sympa comme tout ces bestioles mais si elles décident de ne plus avancer on sera pas trop de deux pour les convaincre. C'est plus têtu qu'un âne. »

Sammy se mit en route, et entraina Elie derrière le potager, où un petit portail donnait sur une autre ruelle. Les deux garçons remontèrent ensuite laborieusement le chemin jusqu'à chez Elie, tirant les chèvres parfois récalcitrantes mais marchant la plupart du temps d'un bon rythme. Ils découvrirent ses parents en train de préparer le repas du soir dans la maison effondrée et Elie vit, à travers le regard de Sammy, comme il l'avait vu à dans les yeux de Prune et de Claire, l'immensité du travail qui leur restait à accomplir avant d'avoir un foyer comme le sien.

Je n'ai pas vu Calme, je me suis dit qu'elle devait encore être dans le verger, ou à la recherche d'autres framboises. J'ai présenté Sammy à mes parents, et je n'ai pas pu m'empêcher de regarder là où ses yeux s'arrêtaient, sur la cheminée à moitié effondrée, sur les ouvertures béantes des fenêtres, et sur les bâches mal ajustées au-dessus de nos têtes. Il a croisé mon regard, m'a souri, compatissant, et a entamé avec entrain la conversation avec mes parents, écoutant ma mère lui expliquer ses plans d'aménagement de la maison et son inquiétude quant à l'eau courante et à l'électricité. Il expliqua à mes parents que le mieux était de voir comment les voisins, à dix minutes de marche, étaient eux-mêmes reliés. L'électricité pouvait quand même se bricoler sur le moyen terme avec un panneau solaire, pour au moins avoir une ampoule le soir et de quoi charger des piles si on avait une radio ou même des lampes qui en nécessitaient. L'eau était selon lui un plus gros problème, car la puiser sans arrêt était une perte de temps et d'énergie énorme. D'autant plus que l'on voulait se lancer dans l'élevage, et qu'il allait donc nous falloir pouvoir donner à boire en grande quantité aux bêtes.

Je marche dans la forêt, et je l'écoute respirer. Elle me parle, me dit quoi prendre pour ma famille. Elle veut que je grandisse, que je devienne forte. Les animaux ne s'écartent pas à mon approche, ils me regardent passer, intrigués. J'écoute le chant des feuilles, il ne me fait plus peur désormais. Il m'annonce la pluie à venir, et chante la joie de la recevoir.

Ce sont les oiseaux qui m'ont prévenu que mon presque-frère était de retour. Il me manque, la journée, dans la forêt. Je leur ai promis : un jour il me rejoindra.

Calme est arrivée à ce moment-là, les bras chargés d'un panier débordant de plantes. Elle a vu les chèvres, a souri, posé son panier et s'est dirigée vers elles. Elles se sont laissées caresser, bêlant doucement, et Sammy a regardé, fasciné, ma presque sœur qui leur parlait tranquillement. J'ai pris le temps à mon tour d'admirer Calme, ses longs cheveux blonds et fins qui tombaient en mèches inégales de part et d'autre de son visage. Sa peau, plus foncée que d'habitude, surement bronzée d'une partie de l'été passée sur la route, et qui laissait apparaître des taches de rousseur que je n'avais jamais vues jusqu'à présent. Son nez, court et légèrement retroussé, humant profondément l'odeur des bêtes, ses lèvres, à peine plus foncées que sa peau, et ses yeux, en amande, grands et clairs, avec leurs long cils recourbés. Ses mains aussi, qui restaient fines et légères malgré la terre noire sous ses ongles brisés. A travers les yeux d'un autre, j'ai pris conscience de sa beauté, noyée dans mon quotidien, et qui semblait s'épanouir à l'abri des hommes, cachée dans notre forêt.

Quand elle a enfin levé les yeux vers nous, elle a détaillé nos uniformes et j'ai vu Sammy rougir devant son regard soudain méprisant. Une gêne s'est installée et il est reparti brusquement, après m'avoir tendu la longe de la chèvre, murmurant un vague au revoir à ma famille, et un à demain plus chaleureux dans ma direction.

Mes parents se sont alors extasiés devant la quantité de nourriture que Calme avait rapportée, qui ne se limitait désormais plus à de simples plantes aromatiques. De son panier émergea des carottes et des oignons sauvages, mais aussi des œufs de ce qu'elle disait être des faisans, petits mais nombreux, et encore des fruits, en quantité impressionnante. Je lui ai demandé d'où venait le panier et elle m'a simplement dit qu'elle l'avait fait elle-même, et qu'il n'y avait pas besoin de demander quoi que ce soit à la Milice. Je lui ai quand même montré les chèvres, en disant que sans la Milice justement nous n'en aurions jamais eu et qu'elles allaient être très utiles pour défricher le terrain, et j'ai vu qu'elle hésitait à me répondre. Finalement elle n'a rien dit, mais m'a aidé à les déplacer près d'un endroit où on avait deviné un appentis ou un abri de jardin effondré, totalement enseveli sous les ronces. Peut-être que sous ce fatras on découvrirait un ou deux trucs utiles. Les chèvres se sont mises tranquillement à brouter, surement heureuse de changer de régime alimentaire, et Calme les a longuement regardé.

La soirée fut douce, le repas copieux et la présence des deux chèvres, signalée par la cloche de celle qui s'appelait Cannelle, apaisante. Calme ne se détendit tout à fait que lorsque Elie réenfila son vieux pantalon et ôta sa veste d'uniforme, et ils se racontèrent tous la journée qu'ils venaient de passer. Les parents avaient hâte que la poutre arrive le lendemain et ils avaient employé leur journée à déblayer le terrain aux alentours de la maison pour en faciliter le montage. Avant de se coucher, Calme suggéra d'installer les bâches qu'Elie avait ramenées. Selon elle, la pluie allait tomber abondamment pendant la nuit, et tout le monde regarda, un peu sceptique, le ciel étoilé et vierge de tout nuage, mais ils installèrent sans protester les trois bâches supplémentaires. Ils furent réveillés par une pluie battante au petit matin, et Elie, impressionné par la puissance de l'averse, chercha Calme du regard. Allongée sur le dos, tout contre lui, elle regardait vers la trouée de l'autre côté de la maison la pluie s'y abattre en torrents. Elle souriait.

Tombe tombe encore toujours, tombe tombe jusqu'au jour.

Elie se rendormit par à-coups, et finit par se lever bien avant la sonnerie de sa montre. Il mangea sa patate matinale, se remémorant avec une douleur dans l'estomac les matins de pain chaud et de beurre fondant de sa vie parisienne, et partit sans un regard vers sa famille endormie, un vieux k-way par-dessus sa veste d'uniforme. Le chemin était glissant et Elie, pas tout à fait réveillé, faillit se tordre la cheville à de nombreuses reprises.

L'arrivée au village fut morose, et c'est une Milice un peu éteinte mais nombreuse qui se rassembla petit à petit sur la place. Aux ordres de Saule, qui arriva avec les ânes et la charrette, ils se dirigèrent chez Prune, qui les attendait, les portes de son atelier grandes ouvertes. La charrette n'était pas assez longue pour accueillir la poutre, mais Prune avait prévu un système de roues qu'ils attachèrent à l'extrémité qui dépassait. Cela prit néanmoins un certain temps d'ajustement, et une partie de la Milice fut même détachée du groupe, toujours aux ordres de Saule, pour vaquer aux activités quotidiennes du village, et ce, au grand désespoir d'Elie. Quand l'attelage se mit en route la matinée était déjà bien avancée, et c'est d'une allure d'escargot que la procession sortit de Massat.

Le chemin, étroit et glissant, nécessitait une attention constante pour que les roues arrière ne s'embourbent pas et que les ânes acceptent d'avancer. Le petit groupe s'arrêta quelques centaines de mètres après les dernières maisons du village pour pouvoir déjeuner au sec sous une grange emplie de foin. Elie était effrayé par la lenteur de leur progression, et en s'imaginant des jours entiers sous la pluie, uniquement protégés par des bâches dans leur semblant de maison, il eut envie de pleurer.

Ils n'arrivèrent au croisement avec la sente qui bifurquait vers leur terrain qu'au milieu de l'après-midi, après avoir été obligés de faire une longue pause pour réparer une roue dont un rayon avait cédé. La descente jusqu'à la maison fut laborieuse, un gros rocher empêchant de quelques centimètres le passage de la charrette, et il fallut aller chercher la pioche chez Elie pour réussir à le dégager après presque une heure d'efforts à plusieurs. C'est exténués et trempés qu'ils arrivèrent enfin sur la parcelle, et ils n'eurent que le temps de déposer la poutre devant la maison avant la tombée de la nuit. Saule annonça à la famille qu'elle essaierait de trouver du temps à la Milice pour démonter la poutre originale à moitié effondrée dans la semaine et essayer d'insérer la nouvelle, mais que s'il continuait à pleuvoir, il allait falloir rentrer une partie des récoltes en catastrophe. Elie vit Sammy chercher Calme du regard, mais il se rendit compte qu'elle était à nouveau introuvable. Il avait du mal à se l'imaginer arpentant la forêt dans la nuit tombante et sous la pluie, et espéra qu'elle ne s'était pas perdue.

La Milice salua et partit, et Calme apparut tranquillement, son panier chargé dans les bras, comme revenant du marché. Elle portait aussi quelque chose sous son manteau, qu'elle maintenait d'une main contre sa poitrine. Elie s'approcha d'elle, intrigué, et elle lui laissa entrevoir deux grandes oreilles qui sortaient du col de sa veste. Il la regarda, surpris.

« J'ai capturé un lapin, dit-elle simplement. On va pouvoir commencer l'élevage. » Et elle sourit à son presque-frère.

La Forêt est d'accord qu'il meure pour nous un jour. Bientôt j'en aurais d'autres. Bientôt nous reprendrons des forces et arpenterons la forêt des journées durant. Car c'est là qu'est ma place, la Forêt me l'a dit.

Elle m'appelle Sylve.

Les jours passèrent sous une pluie continue, ruisselant le long des chemins, emportant avec elle les espoirs de monter rapidement la poutre dans la maison effondrée. Les moissons n'étaient pas tout à fait terminées, mais il fallut rentrer à l'abri tout ce qui avait été récolté et la Milice y était entièrement dédiée, allant de parcelles en parcelles, parfois par petits groupes, parfois tous ensemble, en fonction du volume de la récolte. Elie put admirer l'organisation du collectif, aux rouages bien rodés, mené d'une main de maitre par Saule. Bien qu'il passât ses journées trempé et glacé jusqu'aux os, Elie se réveillait chaque matin avec le sourire et l'envie de rejoindre ses camarades avec qui il tissait peu à peu des liens. Sammy restait le plus souvent avec lui, heureux de voir une nouvelle tête à qui il pouvait apprendre des choses et Elie admirait sa patience et sa pédagogie, l'imaginant parfaitement devenir instituteur un jour. Ils étaient souvent rejoints par Kate et Ninel, légèrement plus âgées que les garçons, qui étaient en couple et cherchaient à s'installer ensemble.

Quand Elie leur parla avec dépit de leur maison effondrée elles lui assurèrent qu'il avait quand même de la chance d'avoir une parcelle aussi grande, et que si les premières années seraient dures, les choses allaient forcément s'améliorer. De leur côté elles ne trouvaient aucune maison vide où s'installer et se demandaient si elles n'allaient pas devoir partir dans la vallée d'à côté, moins peuplée, mais où elles ne connaissaient que peu de monde et où les gens vivaient un peu plus éparpillés.

Saule les regardait parfois discuter pendant le repas du midi, mais ne se rapprochait jamais du petit groupe. Elle restait le plus souvent seule, le nez plongé dans son cahier de notes et de calculs, plein de chiffres et d'estimations de temps, répartis entre les différentes familles en fonction de leur participation à la vie du village, de l'importance de leurs dons ou de l'implication de leurs enfants dans la Milice. À sa mine sérieuse et préoccupée, rarement traversée d'un sourire, Elie se disait qu'il n'aimerait être à sa place pour rien au monde.

Les journées passaient vite, éreintantes, et Elie avait parfois un manque d'enthousiasme flagrant à l'idée de remonter jusqu'à chez lui pour s'écrouler dans un sac de couchage humide et froid. Calme avait progressivement recommencé à lui adresser la parole, trop fière de lui montrer ses trouvailles et ses avancées dans le jardin pour les garder pour elle. La pluie ne semblait avoir aucun impact sur elle, et elle passait ses journées trempée, refusant d'enfiler un k-way, disant que cela la gênait dans ses mouvements. Le verger était désormais totalement dégagé, et Calme était allée jusqu'à monter dans les arbres voisins pour cisailler les branches les plus hautes qui empêchaient la lumière de pénétrer à flot sur la parcelle. Elle coupait aussi les bourgeons les plus faibles, disant savoir ce qu'il fallait faire pour avoir une bonne récolte de pommes à l'automne, et de meilleurs abricots dans les jours à venir. Le père d'Elie, tous les jours un peu plus malade, avait trouvé l'énergie de fabriquer des clapiers à lapins dans l'appentis désormais accessible grâce aux deux chèvres, et dans lequel ils avaient trouvé quelques plaques en métal et des casiers en plastiques encore solides, biens utiles pour y garder enfermés les animaux.

Ils avaient désormais trois lapins et deux poules, que Calme avait assuré être sauvages. Elie, enthousiaste au début, se mit peu à peu à se demander si son amie ne les avait pas volées dans une ferme, au même titre que les lapins. Tout paraissait évident quand Calme racontait leur capture, mais il avait du mal à croire que des animaux sauvages se soient laissés si facilement approcher. Pourtant il n'osa pas demander à Sammy si des vols avaient été signalés dans le village, ayant trop peur d'attirer l'attention sur Calme, sur laquelle des rumeurs commençaient déjà à circuler. Personne ne comprenait en effet pourquoi elle ne rejoignait pas la Milice, ni à quoi elle passait ses journées. Elie se rendait compte de l'étrangeté de la situation et il lui parut évident que même après ses trois semaines d'engagement il continuerait à travailler pour le village. Il voyait bien comment ses camarades regardaient celles et ceux qui n'appartenaient pas à leur groupe, qui allaient en semaine à St Girons pour étudier par exemple, ou qui appartenaient à de grandes familles propriétaires, auto-suffisantes, qui restaient entre elles. C'étaient eux, la Milice, et les autres. Sammy insistait souvent pour que Calme s'y enrôle, même quelques jours par semaine, ou quelques heures par jour, assurant que c'était important pour qu'elle tisse des liens et s'assure une bonne intégration au village. Mais Elie l'excusait, restait vague sur ses occupations, disant qu'elle aidait ses parents.

Ses excuses furent pourtant sérieusement remises en question quand Lucie, la mère d'Elie, se présenta à la mairie pour proposer ses services d'informaticienne, voyant s'estomper jour après jour l'intérêt de passer tout son temps sur leur parcelle en bonne partie défrichée mais à la maison toujours sans poutre. Ils avaient un besoin immédiat d'argent, ou du moins de points, pour acheter de la nourriture, des bêtes, des outils, mais aussi plus d'ustensiles de cuisine et d'objets de la vie quotidienne. Ils voulaient se procurer des bocaux et du sucre pour faire de la confiture des kilos de fruits que Calme ramenait chaque jour, mais les contenants étaient rares et précieux, mis en vente assez chers à la coopérative. Dans cette optique elle travaillait désormais tous les après-midi à la mairie, relançant laborieusement le système d'archivage et de communication intranet avec les autres villes et villages de la région, tombé en panne et abandonné quelques années auparavant. Eric, le maire, avait d'abord été sceptique quant à l'utilité d'une telle démarche, et réfractaire à toute amélioration de son système, mais quand Lucie avait simplement rétablit la connexion avec le village de Soueix en rebranchant un câble, il avait maugréé quelques mots et accepté de l'embaucher. Elle acheva de le convaincre en lui disant que communiquer rapidement avec les bourgs alentours leur assurerait une plus grande stabilité commerciale et une meilleure sécurité, les connexions des téléphones étant souvent trop aléatoires. Le réseau était pourtant en très mauvais état, et il allait falloir prospecter pour déterminer l'origine des coupures qui empêchaient les communications avec St Girons, beaucoup plus intéressantes que celles rétablies avec le village de la vallée d'à côté.

En attendant, Lucie remontait tous les soirs avec des clous, des planches ou des bocaux, achetés au fur et à mesure de ce qu'elle trouvait disponible dans le hangar communal, au stock fluctuant et imprévisible. Elle raconta à la famille, autour d'un bon diner préparé par Calme, comment elle imaginait mettre au point dans un second temps un logiciel pour gérer les stocks de tout ce que revendait la coopérative, et de l'exporter aux vallées voisines qui fonctionnaient plus ou moins sur le même schéma afin de mettre en place un marché commun à toutes les vallées de l'Ariège. Elle était persuadée que cela aiderait l'économie à redécoller, et que les euros circuleraient plus facilement, une fois les habitants rassurés sur les ressources de la région. Elle n'osait pas encore en parler au maire, sentant qu'il freinait régulièrement ses envies d'innovation, mais elle pensait pouvoir lui amener l'idée petit à petit. Elie surprit le regard de Calme, soudain dur à l'évocation de ce marché régional, mais il n'osa pas briser l'enthousiasme de sa mère en demandant à sa presque-sœur ce qui la dérangeait.

Une fois couchés, Calme et Elie passaient de longs moments à se raconter leurs journées. Elie avait vite compris que son amie n'aimait pas entendre parler de Saule, alors il évoquait Sammy, Kate et Ninel, se creusant la tête pour narrer les moments les plus joyeux et enrichissants de la journée, espérant que secrètement, un jour, Calme se proposerait de l'accompagner. Pourtant elle se contentait de l'écouter et de parfois hocher la tête, peu intéressée par le moissonnage ou le ré-empierrage de chemins emportés par les jours de pluie. Quand venait son tour de raconter, elle s'animait soudain, et, les yeux brillants, elle parlait de ses journées dans la forêt, à cueillir des plantes et ramasser des fruits, du chant des oiseaux qui l'accompagnaient, des animaux sauvages qui s'approchaient d'elle, sans peur. Elle avait découvert une clairière magnifique où elle passait beaucoup de temps, et Elie émit le souhait de l'accompagner pour qu'elle lui fasse découvrir cet endroit. Calme lui sourit alors, très excitée, et elle s'emballa dans la description du trajet à faire pour y arrivcr. Pendant quelques minutes Elie retrouva son amie d'enfance, sa presque-sœur, et il lui promit de venir dès qu'il aurait un jour de pause. Son premier dimanche avait été annulé à cause de l'urgence provoquée par la pluie, mais dès que le temps s'améliorerait il pensait que Saule leur laisserait une journée de libre. Calme redevint grave et se moqua d'Elie, prisonnier des ordres d'une femme autoritaire et mauvaise. Elie secoua la tête, espérant que dans ce geste il lui signifierai son désaccord sans toutefois réalimenter une dispute au sujet de la cheffe de la Milice. Sa presque-sœur devint songeuse, et hésita de longues secondes avant de reprendre la parole.

« Dans la forêt, lui dit-elle, personne ne me donne des ordres. Au contraire... » Elle chuchotait désormais, parlant presque pour elle-même, et Elie ne la relança pas, surpris de son ton doux malgré l'évocation de Saule. « Par contre je...

Ne dis rien petite sœur, il ne comprendrait pas ! Il te traitera de folle et te trainera au village !

– ...tu ?

– Je crois que j'entends les animaux. Enfin, pas que les animaux, les plantes aussi, et les arbres. Ils me parlent. »

Elie la regarda longuement, sans oser parler, jusqu'à ce que des larmes affleurent à ses yeux.

« Calme... tu... tu ne peux pas entendre les animaux. Tu as passé beaucoup de temps toute seule, et dans la forêt en plus, et à Marseille tu ne parlais presque plus et...

Elie s'arrêta, perdu. Dans sa tête, ses tentatives d'explications logiques se noyaient dans la peur et le chagrin face à sa presque-sœur qui, une nouvelle fois, se coupait du monde des hommes. A quoi bon, se dit-il en cherchant son regard, avoir fait ces centaines de kilomètres et avoir quitté la relative sécurité de Marseille pour te sortir de la folie si c'est pour que tu y replonges plus profondément ici ? Ces mots, pourtant, n'arrivaient pas à franchir ses lèvres... Car, dans les yeux de Calme, il y vit l'espoir, celui d'être crue et comprise, et, surtout, pour la première fois en plusieurs années, il y vit la vie.

« Ne me traites pas de folle, je t'en prie, lui murmura-t-elle, lisant ses pensées sur son visage si ouvert.

– Calme, jamais je ne ferai ça... mais tu...

- Viens avec moi, dans la forêt, je te montrerai. Elie secoua la tête doucement.

- Je n'ai pas le temps Calme, je travaille tous les jours à la Milice, et le soir j'ai à peine la force de me trainer jusqu'à notre parcelle. » La déception dans le regard de sa presque-sœur lui fit comme un coup de poignard dans le ventre.

« Mais je te promet que dès que l'on aura un jour de libre je le passerai avec toi. » A ces mots, un sourire illumina le visage de Calme.

« J'espère que ça arrivera vite.

- Moi aussi Calme. J'ai besoin de comprendre tes journées dans la forêt, et entendre ce que tu crois être des voix d'animaux... Tu en as parlé aux parents ?

Calme, douce, secoua la tête.

- Ils ne comprendraient pas.

- Calme, je ne te comprends pas non plus...

- Tu verras, je te promets.

- D'accord, mais, en échange, il faudra que tu viennes passer une journée dans la Milice. On pourrait échanger tes heures de travail contre des carreaux pour des fenêtres, ou des bocaux pour tes confitures. Ou même un chaudron, pour les cuire. Tout ça tu ne pourras jamais le trouver dans la forêt. »

Calme ne lui répondit pas, mais son sourire disparu de son visage. Elie, sans rien dire, la serra une dernière fois dans ses bras puis s'enfouit dans son sac de couchage humide, malheureux et perdu. Il s'endormit rongé par l'inquiétude sur la santé mentale de sa presque-sœur, se raccrochant de toutes ses forces à l'espoir qu'elle le rejoigne à la Milice, persuadé qu'elle pourrait y reprendre pied.

Une dizaine de jours après que la poutre fut déposée chez eux, le temps redevint ensoleillé et chaud, séchant en quelques heures l'humidité accumulée pendant des jours. Elie se sentit revivre, comme si son corps fêtait l'arrivée du printemps, s'efforçant de chasser de ses pensées l'arrivée prochaine de l'automne, puis de l'hiver, certainement tout aussi pluvieux que les quelques jours qu'ils venaient de passer, et autrement plus froid.

Il descendit seul au village, et put voir sur le visage de ses camarades le même soulagement à l'idée de retravailler sans être trempés du matin au soir. C'est un groupe un peu clairsemé qui se mit en route ce matin-là, le beau temps obligeant certains d'entre eux à rester auprès de leurs parents pour relancer les travaux d'été. Kate et Ninel ne vinrent pas, et Sammy expliqua à Elie qu'elles avaient surement profité du soleil pour partir visiter une maison habitée par une vieille dame de l'autre côté de la vallée, et qui pouvait offrir le gite au jeune couple en échange d'une assistance quotidienne. Quand la dame mourrait, elle leur léguerait la maison. C'était une pratique courante dans la vallée, mais Elie se demanda si c'était bien sain de cohabiter avec une vieille personne dont on attend impatiemment le décès. Quand il en parla à Sammy, ce dernier eut un petit sourire, ironique.

« Tu sais on n'a pas la même notion de propriété qu'en ville ici. C'est pas comme si une maison était un bien qu'on pouvait revendre cher pour aller mieux vivre ailleurs : personne ne veut partir. Et Kate et Ninel vont s'occuper au quotidien de cette dame qui habite dans une maison excentrée du village. Vieillir isolé dans la vallée c'est presque impossible... Imagine tes parents, seuls, à 90 ans sur leur parcelle, remonter leur nourriture de la coopérative quotidiennement à plus d'une demi-heure de marche... Il n'y a que comme ça que les vieux sans familles finissent tranquillement leurs jours, et que les jeunes peuvent penser plus sereinement à l'avenir. C'est un cycle tout ça... »

Elie se sentit stupide et il ne répondit pas. Avoir grandi entre Paris et Marseille ne l'avait pas préparé à un mode de vie si différent, tourné uniquement vers une vie en communauté où les liens, inextricablement tissés entre les gens, lui paraissaient plus solides que n'importe quelles mesures gouvernementales. Bien sûr la solidarité existait en ville, et son oncle les avaient accueillis des années sans émettre la moindre protestation ni jamais montrer que la situation lui pesait, sauf peut-être sur la fin, quand Calme devenait hors de contrôle. Mais cette solidarité se manifestait de manière ponctuelle et principalement dans les cercles familiaux ou amicaux. Elle n'était pas structurante. Il croisa le regard de Saule, visiblement fière de la leçon de vie que venait de lui asséner Sammy et qu'elle avait attentivement écoutée. Il eut encore plus honte.

À la fin de la journée, moins fatigante que les précédentes, Saule annonça que le lendemain serait un jour de pause, et que le surlendemain serait consacré à l'installation de la poutre d'Elie. C'est donc doublement soulagé qu'il quitta le groupe et sortit du village, accompagné par sa mère qui terminait sa journée de travail à la mairie. Ils s'arrêtèrent à une fontaine pour remplir deux gros seaux achetés par Lucie le jour même, et c'est péniblement, mais avec le sourire, qu'ils remontèrent sur leur parcelle.

A leur arrivée les chèvres se précipitèrent sur eux, assoiffées après leur première journée passée au soleil. Elles vidèrent les seaux d'eau en quelques minutes, et Elie et sa mère se regardèrent, conscients que les bêtes avaient quand même pu boire toute la journée en broutant des plantes encore gorgées d'eau des jours précédents, et que le lendemain il leur en faudrait davantage. Elie, préoccupé, se dirigea pourtant en courant vers le verger, pour annoncer à Calme qu'il serait libre le lendemain et qu'ils pourraient aller tous les deux dans sa clairière. Il la trouva là-bas, un peu contre toute attente au vu de ses désertions de plus en plus fréquentes et prolongées, en train de tresser un grand plateau avec de toutes petites branches souples.

« C'est pour faire sécher les pommes cet automne, lui dit-elle, anticipant sa question. Comme ça on en aura tout l'hiver. » Elie la regarda un instant, perdu, déstabilisé par les capacités inédites de son amie qui se manifestaient de manière de plus en plus surprenantes tous les jours, mais le sourire de Calme désamorça son inquiétude.

« Je suis libre demain. Tu veux qu'on aille dans ta clairière ? » Elle abandonna son travail et lui sauta dans les bras, éclatante de bonheur. Il inspira cette joie retrouvée, humant l'odeur de sa presque-sœur, mélange étonnant de fleurs, de terre et de bois. Il la serra fort et la reposa à terre, pour s'installer à ses côtés et l'aider à la confection des plateaux.

Le soir, ils dinèrent dans une ambiance détendue et sereine, bienvenue après ces jours de pluie et de tension. Le père d'Elie allait mieux, grâce, disait-il, aux plantes récoltées par Calme, qui avaient atténué sa toux et fait baisser sa fièvre. La famille, rassasiée de légumes, d'œufs et de fruits, aborda le sujet épineux de l'eau.

- Il faut, dit Lucie, que l'on trouve une solution sur le long terme. Nous avons besoin d'au moins deux seaux par chèvre et par jour, et cela signifie deux allers-retours de 40 minutes quotidiennement. C'est beaucoup de temps et d'énergie, et c'est uniquement pour elles. Nos outres, une fois pleines, couvrent à peine nos besoins en eau potable et en cuisine. Sans compter qu'il serait de bon aloi de penser à se laver un peu plus régulièrement, au moins les mains et le visage. » Elie grimaça. Il n'avait pas pris une vraie douche depuis des semaines, et il croisa, amusé, le regard de Calme, identique au sien. Ils se sourirent, complices comme des enfants. Lucie continua. « Je pense qu'il faut que je me renseigne pour nous procurer une citerne au village, pour récolter l'eau de pluie. Il faut être réaliste, l'eau courante ça ne sera pas pour tout de suite, nous devons trouver des solutions en attendant. Il y en a une à la coopérative, mais c'est très cher et le maire ne veut pas augmenter mes horaires de travail... il m'assure que l'équilibre monétaire de la communauté repose justement sur des petits salaires. » Le silence tomba sur la famille, mais Andrew finit par le briser.

« Je vais voir s'il y a besoin d'embauche au village. Je vais mieux, et peut-être qu'on cherche de l'aide dans les élevages avant que les bêtes ne soient rentrées pour l'hiver ? Je pourrais aussi apprendre comment une exploitation fonctionne, comme ça on aura un peu d'avance quand on se lancera vraiment, j'espère au printemps prochain. Il se tourna vers Calme. Tu ne voudrais pas m'accompagner ? Tu adores les animaux et Dennis et Avril t'ont beaucoup appris sur leurs soins quand tu étais enfant. » A l'évocation de ses parents Calme redevint mélancolique.

« J'ai trop à faire ici. Et je ne veux pas voir les éleveurs maltraiter leurs bêtes. ». Andrew et Lucie froncèrent les sourcils à ses propos, mais Elie prit la parole, les empêchant de l'interroger sur ses propos.

« Je crois que, dans tous les cas, même si tu trouves de l'embauche papa, je vais m'engager plus longtemps dans la Milice. J'apprends beaucoup là-bas, je me sens utile, et je crée des liens avec les gens du village. Et c'est plus important que tout le reste. » Calme se tourna vers lui, et, dans son regard dur, Elie comprit qu'elle allait briser toute la complicité qu'ils avaient reconstruite dans la soirée.

« Plus important que nous ? Elie secoua la tête, mais elle ne le laissa pas répondre. J'étais sûre que tu ne reviendrais pas... Tu finiras par partir vivre au village, nous abandonner et... »

Elie lui coupa la parole, essayant de maitriser sa colère face aux accusations de sa presque-sœur.

« Calme, je t'aime plus que tout au monde, mais si on veut survivre on a besoin des autres. Je ne t'abandonnerai jamais. C'est pour nous tous que je fais tout ça.

– Nous n'avons besoin de personne. Je trouve suffisamment à manger dans la forêt. Il ne nous manque que l'eau et on pourrait vivre seuls.

– Calme, ça fonctionne parce que c'est l'été. Mais on aura besoin d'un toit au-dessus de notre tête et de couvertures si on ne veut pas mourir de froid sous les trois mètres de neige de cet hiver. Et peut-être de quoi construire des toilettes, ainsi qu'un lavabo pour faire la vaisselle et se laver un peu. On ne peut pas vivre toute notre vie comme ça, en camping.

– Si on peut. Les animaux le font bien eux.

– Calme s'il te plait, arrête. Je ne suis pas une biche et toi non plus. Et il me tarde le jour où on aura une vraie maison et où je pourrais inviter mes amis à jouer aux cartes avec vous, boire une bière et manger un bon repas. » Il inspira, s'accrochant à cette perspective, et réussit à calmer son énervement. Il sourit alors à sa presque-sœur de toute la gentillesse dont il était capable, malgré l'envie qu'il avait de la secouer pour qu'elle se réveille de son entêtement misanthrope. « A ce moment-là, je te le promets, je resterai avec toi. »

Calme ne répondit rien, mais son regard, qui brillait de colère, se teinta petit à petit d'indécision et de tristesse. Alors Elie changea de conversation, racontant aux parents qui avaient assisté silencieux à leur échange leur programme d'excursion du lendemain, demandant s'ils pouvaient se dégager exceptionnellement de leurs corvées de bois et d'eau habituels. Andrew et Lucie acceptèrent de bonne grâce, soulagés que leurs enfants se réconcilient et passent du temps ensemble, et Calme leur promit qu'ils reviendraient quand même avec de la nourriture pour le repas du soir.

Ils se couchèrent un peu plus tard que d'habitude ce soir-là, Elie moins harassé par sa journée de travail, et Calme heureuse, malgré sa colère, de passer toute la journée du lendemain avec lui. Ils ne virent pas les regards inquiets des parents, sur les bâches qui continuaient de sécher goutte-à-goutte, et sur les étoiles qu'il était facile d'admirer entre les trouées de leur toit de plastique.

Calme réveilla Elie alors que le jour n'était pas tout à fait levé, et il lui répondit en grognant, grincheux à l'idée de ne pas dormir plus que lors de ses journées de travail. Elle le regarda un instant avant de rire et de partir s'affairer vers l'âtre, pour lui préparer une de ses tisanes aux plantes inconnues et au gout de miel. Elle fredonnait, doucement, un air qu'Elie, dans son demi-sommeil, peinait à reconnaître. Il finit par se lever pour la regarder préparant le petit-déjeuner, éclairée par les braises rougeoyantes et les pâles lueurs du soleil. Concentrée, elle ne prêtait pas attention à son regard, qu'il ne détachait pas de ses gestes. Elie mit du temps à accepter que la jeune femme qu'il voyait était en réalité la même Calme, fragile et brisée, de ces dernières années. Tous les deux avaient grandi sans trop s'en rendre compte, entre l'appartement exigu de Marseille et les routes du sud-ouest, au milieu des parents qui continuaient trop souvent encore de les infantiliser, dans une tentative maladroite de les protéger de la violence du monde.

Mais dans ce petit matin à l'aube naissante Elie découvrait, à travers les gestes et le corps de Calme, que l'enfance l'avait définitivement quittée. La douleur et le mutisme des dernières années avaient peut-être ralenti sa croissance, figeant son corps dans celui d'une petite fille dans l'imaginaire familial, mais c'était désormais une toute jeune femme qui préparait leur repas frugal, avec sa poitrine discrète qui tendait sa tunique abîmée, ses gestes souples et assurés, et son regard, grave et calme, qui se rehaussa d'une pointe d'ironie quand il croisa celui d'Elie. Il ne détourna pourtant pas les yeux, songeant à ce lien étrange qui les unissait, bâtit dans l'enfance si solidement qu'il ne pouvait savoir si c'était de l'amitié, de l'amour fraternel, ou de l'amour tout court, d'une forme si douce et si sereine que les histoires de passion qui avaient rythmé ses années d'adolescence lui paraissaient d'une futile vulgarité. Calme était sa plus-que-sœur, son autre lui-même, et Elie fut brutalement réveillé à l'idée étrange qu'il pourrait la perdre un jour.

Elle rit devant son sursaut matinal et son air si sérieux, se trompant sur son interprétation, et lui tendit un bol ébréché et fumant, rempli d'herbes et de petites pousses qu'elle lui assura en chuchotant être comestibles. Ils se mirent en route quelques instants plus tard, après avoir murmuré un au revoir aux parents qui se réveillaient doucement.

Dans le sous-bois la nuit était encore épaisse, mais Calme semblait suivre un sentier évident, pourtant invisible aux yeux d'Elie.

« Il arrive, il est avec moi ! Mon autre moi-même, mon plus-que-frère m'accompagne.

– Il n'est pas comme toi. Il n'a pas la même odeur, pas le même pas.

- Taisez-vous, vous ne savez rien. Il vient voir mon refuge, soyez heureux de sa venue.

- Il n'est pas d'ici, il ne te ressemble pas. Ses pieds écrasent les plantes et son regard craint la nuit.

- Moi aussi j'avais peur, moi non plus je ne savais pas. Laissez le voir, laissez-le entendre. Son tour viendra.

- Nous verrons enfant, nous verrons. Il restera peut-être sourd à notre chant. Après tout, tu es une Sylve, et lui non. »

Petit à petit, pourtant, le soleil se fraya un chemin entre le faîte des arbres et Elie put avancer plus rapidement sans trébucher. Calme s'arrêtait parfois, et, immobile quelques secondes, elle semblait attendre un signe invisible pour continuer son chemin. Elle se pencha à plusieurs reprises, attendant Elie pour lui montrer des baies ou des légumes sauvages, et elle le laissait les récolter, s'assurant qu'il pourrait les reconnaitre seul. Un peu réticent à l'idée de s'enfoncer de nuit dans la forêt, son presque-frère prenait peu à peu goût à cette marche dans la nature, écoutant les oiseaux qui célébraient la venue du jour, le chant du vent dans les branches et le souffle lent et régulier de Calme. Il ne se souvenait pas avoir passé un si long moment hors de tout sentier, au cœur même d'une forêt, sans aucun repère humain pour le guider. Pourtant il se sentait en sécurité, apaisé, et petit à petit il détacha son esprit des problèmes du quotidien, et ne fut que dans l'instant, posant un pied après l'autre, sans parler ni plus penser au lendemain.

Il perdit la notion du temps, et il fut incapable de dire s'ils avaient marché des heures ou simplement quelques minutes quand ils pénétrèrent dans la clairière. Calme se tenait devant lui, à la lisière des arbres, et lui dit simplement : « C'est là », avant de s'écarter afin qu'il prenne sa place. Verdoyante après ces jours pluvieux, la clairière était parfaitement circulaire, comme dessinée par une main humaine. L'herbe n'était pas très haute, mais drue et grasse, parsemée de petites fleurs jaunes et blanches. Elles augmentaient en taille, en couleurs et en variétés en se rapprochant du centre, pour recouvrir ce qu'Elie crut être un tas de branchages pyramidal. Pourtant, lorsque Calme le prit par la main et l'entraina au cœur de la clairière, il se rendit compte que c'était une petite hutte végétale, parfaitement proportionnée pour son amie. Elle le fit s'assoir devant, à côté d'elle, sans lui lâcher la main, et ferma les yeux. Elie, un peu intimidé par la solennité inattendue de Calme, n'osa pas bouger, et il prit le temps de détailler la nature autour de lui. Il n'avait jamais vu les plantes grimpantes, roses et violettes, qui recouvraient leur abri, et fut surpris par l'entêtant parfum qu'elles dégageaient. Les branches qui constituaient la structure de la hutte semblaient avoir poussé pour se soutenir mutuellement les unes les autres, dans un treillis végétal réfléchi, idéalement pensé pour accueillir les plantes qui, ainsi imbriquées, constituaient un toit parfait, sans la moindre trouée pouvant laisser passer la pluie. Les murs, à certains endroits, étaient plus aérés, permettant à l'occupant de voir à travers dans toutes les directions, à la manière de petites fenêtres végétales.

Elie, petit à petit, comprit qu'il se trouvait dans un abri qui aurait nécessité des semaines de création, ne serait-ce que pour tresser la structure en branchage, sans parler du temps nécessaire pour pouvoir guider au fur et à mesure la pousse des plantes grimpantes. Mais ils n'étaient arrivés dans la vallée qu'une quinzaine de jours auparavant. Cela ne collait pas. Cet endroit n'appartenait pas à Calme.

Viens ma belle, viens le rencontrer.

Au moment où j'allais me tourner vers Calme pour lui demander si elle savait à qui appartenait cette cabane, et si le propriétaire était d'accord pour qu'elle y passe du temps, elle me serra doucement la main, et, d'un geste de tête, m'invita à regarder devant moi. Tranquillement, à pas feutrés, une biche grave et gracile s'approchait dans notre direction. Je retins mon souffle, persuadé qu'elle allait s'enfuir au moindre geste, et Calme me regarda avec un sourire amusé, et, devant mon air perdu, éclata de rire. La biche s'arrêta un instant, pencha la tête sur le côté pour nous observer, puis continua à pas plus rapides dans notre direction. Arrivée tout près, elle baissa sa tête, et Calme posa tranquillement sa main sur son front.

« Je te présente Grâce. Elle vit seule dans la forêt. Elle attend un petit. »

Les yeux de mon amie brillaient de fierté et de bonheur, contagieux en une fulgurance. J'approchais à mon tour ma main, un peu tremblante, pour la poser à côté de celle de Calme, désormais sur le flanc de l'animal. La peau, sous ma paume, était chaude, son pelage doux, et j'eus soudain envie d'enserrer son corps de mes deux bras, d'enfouir mon visage dans sa robe, et de m'y oublier. Calme m'observait, en silence, et je compris qu'elle savait ce que je ressentais. Sa main, tout contre la mienne, se perdait dans le pelage de Grâce et je finis par trouver étrange que la couleur de sa peau soit si foncée. Je l'ai alors regardé, et pour la deuxième fois de la matinée, prenant conscience de ses changements physiques. Ses cheveux, si blonds quelques semaines plus tôt, tiraient désormais doucement vers l'auburn, et me semblaient plus épais. Sa peau, que je pensais plus mate grâce au soleil de l'été, était en réalité presque rousse, et les grains de beautés de son visage s'étaient multipliés. Ses lèvres aussi étaient plus foncées, tout comme ses yeux qui, de verts, étaient passés à noisette, pendant que leur forme était légèrement différente, plus étirés, plus en amande.

Son attitude, elle aussi, était nouvelle, et avait changé sans que je ne m'en soit rendu compte, plus encore que ce que j'en avais perçu ce matin dans l'obscurité de l'aube. Ses gestes étaient assurés, gracieux, et sa voix, plus profonde, n'était plus hésitante et murmurante. Elle me regardait droit dans les yeux, n'esquivant pas mon regard, attendant avec ce que je crus deviner être de l'appréhension ma réaction face à ses transformations, invisibles avant, noyées dans le quotidien et l'obscurité des sous-bois. Je détachais ma main du flanc de la biche pour la porter doucement sur le visage de ma presque-sœur.

« Calme, qu'est-ce qu'il t'arrive ? Elle me regarda un instant, hésita un instant.

– La forêt me change.

– Elle te change ?

– Oui, mais ne t'inquiète pas, elle fait ça tout doucement, ce n'est pas douloureux. » Je pris le temps de la regarder, de chercher mes mots.

« Mais pourquoi...comment ?

– Ce terrain Elie, j'en suis sûre maintenant, appartient à ma famille depuis des centaines d'années, pas seulement à mon arrière-grand-mère. Et... je crois que je ne suis pas la première à qui cela arrive. Parce que j'ai l'impression, depuis que je suis ici, que des choses en moi remontent, comme si elles avaient été cachées, mais qu'elles étaient très anciennes... » Perdue dans ses pensées, elle ne voyait pas la panique qui montait en moi et qui commençait à faire trembler mes mains. Puis son visage fut traversé d'un sourire d'enfant, à l'éclat si lumineux que mon angoisse fut momentanément balayée.

« Tu te souviens, quand nous étions petits, que nos parents nous avaient envoyé en vacances dans les montagnes ? » J'acquiesçais, soulagé de raccrocher mes pensées à la réalité.

« Non, mais... ma mère m'a raconté il y a quelques jours que tu en étais revenue en parlant aux arbres.

– Nous étions tout proches d'ici, j'en suis persuadée. Et j'ai commencé à... changer à ce moment-là. Enfin, pas vraiment changer... je dirai plus, à devenir ce que j'étais censée être. Mais comme je suis repartie vivre à Paris, et que je ne suis jamais retournée dans la forêt depuis, tout s'est arrêté. C'est un peu revenu quand nous avons commencé à marcher tous ensemble, avec tes parents et les miens, quand nous avons quitté Paris... A ce moment-là je n'entendais pas encore des voix, mais j'avais une attirance hypnotique vers le sud, un peu comme si j'avais une boussole invisible qui me guidait vers ici. Je n'en ai pas parlé, parce que je n'arrivais pas à mettre des mots sur ce que je ressentais. De toute manière, après la disparition de mes parents à Lyon, je n'avais que la place pour le chagrin, et tout a à nouveau disparu. Je ne ressentais ni n'entendais plus rien. »

« Quand nous sommes partis de Marseille, entre temps, la nature avait repris ses droits sur notre monde de béton, et j'avais décidé de laisser mes larmes et ma tristesse en ville. Et c'est revenu, plus fort. C'est pour cela que j'avais peur, sur la route, parce que j'entendais, très faiblement, les plantes, les arbres et les fleurs qui poussaient autour de nous. J'entendais mille voix en permanence, mais toutes emmêlées, et je n'y comprenais rien. Le pire c'est quand nous sommes arrivés sur la parcelle : c'est là que j'ai entendu pour la première fois la Forêt. » Elle regarda longtemps devant elle, grave, puis ses yeux croisèrent mon regard.

« Je l'entends respirer, Elie, et elle fait un bruit sourd, puissant, qui fait vibrer mon cœur. Toutes ces voix ensemble, avec celle si puissante de la Forêt, me terrorisaient à notre arrivée, car je ne savais pas qui elles étaient ni ce qu'elles me voulaient. J'ai cru devenir folle. » Elle sourit et ferma doucement les paupières. « Maintenant elles me bercent. » Elle se tut et rouvrit les yeux, attendant ma réaction. Je n'arrivais pas à détacher mon regard de son visage, de plus en plus inquiet, ne sachant comment réagir.

« Tu... tu es sûre que c'est la forêt que tu entends ? Que ce ne sont pas juste des voix dans ta tête ?

– Oui, maintenant j'en suis sûre. J'entends les animaux aussi. Grâce par exemple, je l'entends se demander qui tu es, si tu es un bon compagnon pour moi. Elle est enceinte tu sais, mais elle est seule, son cerf est parti plus haut dans la montagne. Elle reste là, parce qu'elle veut être près de moi. J'ai voulu qu'elle le suive, mais elle a refusé. Elle court vite, le plus vite de toutes les biches de la forêt, elle ne craint pas les chasseurs. »

Je la regardais, sur le fil, hésitant à la croire, hésitant à la penser perdue à jamais dans une douce folie. Mais son sourire si confiant fissura mes doutes. Calme leva la main, et me toucha le visage en murmurant : « Ecoute, écoute la Forêt à travers moi... »

Alors, j'entendis.

Quand elle toucha ma peau, je découvris la chaleur de sa main, brulante, comme si elle avait de la fièvre. Tout doucement, je perçu, plus que je n'entendis, une pulsation sourde, lente et puissante. « C'est son cœur », me dit Calme à mi-voix, et elle appuya plus fermement sa main contre ma joue. Alors, petit à petit, par couches, je me mis à entendre des voix et des murmures dans une langue inconnue mais qui semblait avoir une structure et une grammaire cohérente.

Le cœur de la Forêt, lent, puissant et sourd, rythmait la conversation, sur laquelle venait se greffer les fleurs, au tintinnabulement léger mais bavard, puis l'herbe, dans un doux murmure continu, ainsi que les arbres, aux voix plus puissantes et graves, grinçantes parfois, comme ironiques et mordantes. Les animaux, sur ce fond constant, prenaient la parole avec un cri, un chant, une question. Ils semblaient se comprendre les uns les autres, commenter les voix de la Forêt, acquiescer ou contredire une idée, à la manière d'enfants volontaires et parfois capricieux au milieu d'adultes sages, mais ô combien ennuyeux.

Mon souffle, petit à petit, prenait sa place dans cette partition merveilleuse, et je sentis les plantes et les bêtes me laisser une petite place pour que je puisse, à mon tour, faire entendre ma voix. Je restais pourtant en retrait, timide et surtout effrayé à l'idée de briser cette symphonie sublime et sauvage par un mot maladroit ou trop fort.

J'écoutais.

La petite voix d'un ru, tout proche, rapportant des nouvelles des hauteurs, où des troupeaux paissaient en paix. La discussion, houleuse, d'un groupe de bouleaux en colère après les cerfs qui venaient frotter leurs bois contre leurs écorces tendres. Mais aussi le chant pur et parfait d'une toute petite fleur de pommier, s'ouvrant pour la première fois à la vie, et le bruit du vent, par vagues, colérique et doux à la fois, qui ponctuait tous ces dialogues. Fasciné, je le laissai m'entrainer avec lui, pour partir loin, très loin vers les sommets.

Le temps devint souple, et mille ans passèrent. Je voyageais loin, d'abord dans les montagnes, puis dans les plaines, sur les plages et dans les mers. Je voyageais jusqu'à l'âge où l'homme n'existait pas et où la nature seule faisait entendre sa voix. Je me perdis dans le temps et l'espace, oubliant mon nom et mon corps, oubliant jusqu'à ma condition humaine, ne vivant que pour courir à jamais dans de larges plaines débarrassées des stigmates de l'humanité infligées depuis des millénaires. Je ne savais pas si j'étais dans une époque future ou passée, mais mon cœur se gonfla d'espoir et d'envie. Je ne voulais plus repartir, je voulais rester là, perdu dans ce temps et ce monde inconnus, me dissoudre en eux, y abandonner mes peurs et mes doutes. M'endormir au soleil et cesser d'exister.

Pourtant, il eut fallu revenir, et le front de Calme, doucement, en se posant sur le mien, me rappela à mon corps. Je finis par ouvrir les yeux, humides de petites larmes que je n'avais pas senti affleurer. Je découvris ma presque-sœur qui me souriait avec un regard fier qu'elle n'avait jamais eu pour moi, et Grâce, la biche, qui s'était couchée à ses pieds et qui m'observait aussi, attendant, pensive, ma réaction. J'ai regardé autour de moi, les fleurs qui dansaient au vent, les arbres qui nous surplombaient, les nuages même, tout là-haut dans le ciel, et j'ai pris violement conscience de la beauté du monde. Comme si absolument tout était parfaitement à sa place, participant magnifiquement à cette partition sauvage et immémoriale, vitale, et pourtant inaudible à celui qui se refusait de l'écouter. Mes larmes grossirent et roulèrent doucement sur mes joues, et je fus atterré à l'idée que j'avais jusqu'à présent passé ma vie sourd dans ce monde si mélodieux, terrifié à l'idée que je ne l'entende plus jamais.

Calme a doucement retiré la main de ma joue, et les sons se sont progressivement atténués, pour n'être plus que ceux, banals, du vent dans les arbres et du chant des oiseaux. Je pense qu'elle a vu la déception immense s'emparer de mon visage, car elle m'a dit que bientôt je n'aurais plus besoin d'elle ni de sa main sur ma peau pour entendre la forêt, qu'elle allait elle aussi me changer. Cette idée de terrifiait et me rassurait à la fois, et, pour me calmer, j'ai inspiré, profondément, et ai fermé les yeux, pour essayer de retrouver ce chant, en cherchant de l'oreille un fil qui pourrait m'y reconduire. Il m'a semblé réentendre une voix, douce et interrogative, et en ouvrant les yeux j'ai vu que Grâce s'était rapprochée de moi et me regardait.

« Tu vois, tu entends déjà un peu Grâce... Et elle aussi t'a entendue ! Je suis tellement contente ! »

Je tendis doucement ma main vers l'animal, qui renifla doucement mes doigts, avant de se retourner, et de s'éloigner tranquillement de nous pour pénétrer dans les bois.

« Elle est partie... ai-je dit dans un murmure, déçu.

- Oui, mais elle reviendra. Elle te connait désormais. » Calme m'a souri, puis s'est relevée à son tour. « Tu viens ? La journée avance, et il y a beaucoup à faire ! » La nonchalance qu'elle exprimait acheva de me déstabiliser.

« Attend Calme, est-ce que tu en as parlé aux parents de tout ça ? De ce que tu fais toute la journée dans la forêt, de Grâce, des voix que tu entends ? Ma presque-sœur me regarda, hésitante.

- Non, j'ai peur qu'ils s'inquiètent. Ils ont bien remarqué que mon corps changeait, Lucie s'est étonnée de la couleur de mes cheveux et de ma peau, mais je leur ai dit que ce n'était que le soleil et le vent. » Elle eut finalement un petit sourire bravache. « Je n'ai pas tout à fait terminé ma puberté... Pour le moment c'est facile d'expliquer mon... évolution. »

– Et si ça continue ? Si ta peau devient brune et tes yeux noirs ?

– Alors je leur expliquerai. » Je laissais passer un temps, désarmé face à la simplicité de sa réponse. Pourtant je sentais une petite panique naitre en périphérie de mon esprit à l'idée que ces changements ne deviennent trop visibles pour les mettre uniquement sur le compte de la naissance de son corps de femme. Je n'avais que peu de doutes sur la réaction de mes parents : ces modifications physiques par la Forêt les effrayeraient, c'était certain, mais ils n'auraient peur que pour la santé de Calme, et non pas d'elle. J'imaginais par contre plus difficilement les réactions du village.

« Et les gens du village ? Qu'est-ce qu'on va bien pouvoir leur dire ? Ils t'ont déjà vu, sur la place du marché et quand ils sont venus sur la parcelle... Ils savent à quoi tu ressembles, ils ne vont pas comprendre tes changements s'ils s'amplifient !

– Et bien je ne me montrerai plus, voilà tout.

– Calme, tu ne peux pas juste disparaître aux yeux du monde. Tu ne peux pas fuir dans les bois chaque fois que quelqu'un passera à la maison, pour rendre service ou juste pour dire bonjour !

– Si, je peux. »

J'allais répliquer, tenter de la raisonner, essayer de trouver avec elle une solution pour que ses cheveux redeviennent blonds et que sa peau s'éclaircisse, mais son regard s'était fait dur, et n'appelait à aucune discussion. Alors j'ai soupiré et abandonné le combat. La journée était déjà bien entamée, et je ne voulais pas gâcher le peu de temps qu'il nous restait ensemble par une joute verbale que je savais perdue d'avance. Je lui souris, et tentais de mettre de côté, pour quelques heures, toutes les inquiétudes et les questions qui m'assaillaient.

Elie suivit alors sa presque-sœur sous les arbres, son panier à la main. Ils commencèrent par cueillir des framboises, des groseilles et des fraises des bois, dans des bosquets où Calme se dirigeait sans aucune hésitation. Elle récolta aussi de nombreuses plantes, des tubercules ou des aromates inconnus, qu'elle prélevait après les avoir reniflés. Au bout d'un moment le ventre d'Elie se mit à gargouiller et Calme trouva des œufs de faisans, des champignons et des carottes sauvages. Ils retournèrent à la hutte, allumèrent un feu dans un foyer juste à côté, où Elie découvrit quelques braises encore chaudes, et se préparèrent une omelette. Pendant que la préparation cuisait dans une gamelle défoncée, Elie osa demander à Calme à qui appartenait la hutte et si le propriétaire était d'accord pour qu'elle puisse l'occuper. Elle fronça les sourcils presque vexée.

« Cette maison est à moi. Elle n'appartient à personne d'autre. » Elie la regarda alors, de plus en plus déstabilisé.

« Mais Calme, les plantes qui en constituent les murs et le toit ont été plantées il y a des semaines... Avant même que nous arrivions dans la vallée !

– Elles n'ont pas été plantées. Elles ont poussé, c'est tout. J'avais besoin d'un toit lorsqu'il a plu sans s'arrêter. Alors elles ont poussé. » Elie fixait Calme, sans comprendre ce qu'elle essayait de lui dire. Mais il sentait à nouveau une panique sourde monter en lui à l'idée que sa presque-sœur devenait réellement folle, glissant dans un monde irrationnel dont il n'avait pas les codes, et dans lequel il ne pourrait pas la suivre. Développer une extra sensibilité au chant de la nature lui paraissait encore acceptable, loin de toute rationalité, mais acceptable. Mais contrôler les plantes et les animaux dépassait de loin la limite de ce qu'il pouvait concevoir. Un vertige le saisit, et il garda le silence, un long moment, tentant de reprendre pied. Puis décida brusquement de changer de conversation, dans un déni évident, incapable de faire face à la profondeur de l'étrangeté de Calme, ne sachant s'il craignait qu'elle ne lui mente ou qu'elle lui dise la vérité.

Le reste de l'après-midi fut consacré à la collecte d'autres légumes et d'œufs, mais aussi à l'exploration d'une partie de la forêt que Calme disait ne pas connaitre. Ils y découvrirent une rivière, trop éloignée malheureusement de leur parcelle pour venir y puiser de l'eau, mais accueillant sous ses grosses pierres des truites qui se protégeaient du soleil. Calme réussit à en attraper trois, et Elie une seule, que Calme, après inspection, lui fit remettre à l'eau car elle était selon elle gorgée d'œufs qu'il fallait laisser éclore dans la rivière. Elie n'avait que moyennement apprécié de plonger ses mains dans des eaux glacées pour attraper des poissons visqueux mais à l'idée de les faire cuire ce soir après les avoir fourrés de fenouil sauvage il se dit qu'il serait prêt à retenter l'expérience tous les jours. Il prit aussi conscience que Calme, à force d'arpenter la forêt, allait être réellement capable de subvenir, à elle seule, aux besoins alimentaires de toute leur famille. Elle parlait déjà des récoltes de châtaignes à faire dans quelques semaines, qu'il faudrait vite transformer en farine, et la mélanger à celle des glands qu'ils récolteraient aussi, beaucoup plus insipide mais toute aussi nutritive. Elle parlait des champignons qu'elle ferait sécher au-dessus de la cheminée, des pommes que l'on pourrait stocker sous le toit, et des poules sauvages qu'elle comptait bien continuer à capturer, pour avoir constamment des œufs et de temps en temps de la viande.

Ces discussions, paradoxalement, rassurèrent Elie sur le devenir de Calme. L'idée que tout ce savoir sur la nature autour d'eux puisse lui être insufflée par la forêt elle-même continuait de le mettre mal à l'aise, mais les plans précis et organisés de sa presque-sœur lui laissaient croire qu'elle ne s'éloignait pas totalement du monde des humains, qu'elle s'imaginait toujours vivre en famille, s'y envisageant toujours un avenir. Elle voulait se lancer dans un élevage de cochons, quitte à capturer des marcassins sauvages pour commencer. Elie paniqua alors en l'imaginant affrontant une laie en furie, et il parvint à lui faire promettre de ne pas se lancer dans cette entreprise toute seule. Elle lui promit, mais il douta de sa sincérité et se dit qu'il allait tout faire pour se procurer des porcelets à Massat, afin de l'empêcher de prendre une initiative aussi dangereuse.

Ils rentrèrent en fin d'après-midi, fourbus et chargés de victuailles, heureux de ce temps d'insouciance volé et passé ensemble.

« Vous voyez, il est venu. Et il vous a entendu.

- Pas seul, pas seul.

- Cela viendra. Il a entendu Grâce.

- Grâce n'est pas la forêt. Grâce est tienne.

- Cela viendra, vous verrez.

- Peut-être petite Sylve. Nous verrons. »

Dès le lendemain pourtant Elie dut reprendre sa place au sein de la Milice. En descendant à Massat, il fut surprit de découvrir deux gardes bien éveillées discutant nonchalamment appuyées devant les deux dernières maisons du village, face à la montagne. Elie ne se souvenait pas avoir déjà croisé de gardes de ce côté de la vallée, a priori uniquement accessible par Massat elle-même ou par les versants escarpés et à découverts des Pyrénées. Il connaissait vaguement les deux femmes de vue, et elles le laissèrent passer en lui adressant un petit signe de tête, sans même interrompre leur discussion. Il se demandait encore ce que faisaient deux sentinelles armées de ce côté du village quand il arriva sur la place, et qu'il y découvrit une Milice peu nombreuse qui s'éveillait encore. Une pointe de déception naquit dans ses yeux, mais Saule le rassura d'un sourire rare.

« On s'occupe enfin de ta famille ce matin. On est peu nombreux, mais je suis sûre que ça suffira.

Je viens d'envoyer Sammy chercher Prune, elle nous retrouvera à l'entrée du village. »

Elie lui sourit à son tour, reconnaissant, mais aussi un peu honteux de se rendre compte qu'il était si facile à Saule de lire les émotions qui traversaient son visage. Ils se mirent en route après avoir attendu un retardataire, et allèrent rejoindre Prune, qui les attendait en discutant joyeusement avec les deux gardes qu'Elie venait de croiser, chargée d'outils dont la Milice la soulagea pour le trajet.

Après quelques minutes de marche, Elie s'arrêta à la rivière afin de remplir ses outres et ses seaux d'eau, assez fier d'avoir, pour une fois, rentabilisé un aller-retour au village. Il fut surpris de voir que Saule l'attendait sur le chemin, et qu'elle le délesta, le plus naturellement du monde, d'un de ses seaux. Ils entamèrent la marche en silence, mais quand Elie se retourna pour jeter un dernier regard aux femmes armées postées devant le village, déjà toutes petites dans la vallée, Saule répondit à sa question muette.

« Sven est revenu de St Girons hier, il y était depuis quelques jours. Les nouvelles ne sont pas très bonnes... il y a de gros troubles à Toulouse apparemment, une bande de plusieurs centaines de personnes a tenté de prendre le contrôle de la ville. St Girons a renforcé les contrôles à ses entrées, dans le cas où les survivants décideraient de se replier vers l'Espagne, et j'ai décidé de faire pareil ici.

– Mais le village est inaccessible ce côté de la vallée, non ?

– En théorie oui. Mais il existe des petits chemins de montagne pour contourner nos check points. Je ne veux pas qu'on se fasse prendre à revers... »

Elie, du coin de l'œil, regarda sa cheffe, et crut voir dans son regard la naissance de la peur dans ses yeux d'habitude si décidés. Après un petit silence elle reprit la parole.

« Tu as passé une bonne journée hier ? »

Elie s'étonna un instant de la fragilité de son ton et de son regard légèrement fuyant, très différents de ceux qui habitaient habituellement son visage. Il entrevit alors celle qu'elle devait être réellement quand elle n'endossait pas son rôle de meneuse qui rassure et dirige, et il eut un peu de peine pour elle, se disant qu'elle devait se sentir souvent bien seule.

Dans une tentative toute aussi maladroite de compenser le léger malaise de Saule, Elie lui répondit d'un ton un peu trop enjoué.

« Oui, merveilleuse ! J'ai passé la journée avec Calme, dans la forêt. On a récolté des plantes, des œufs, et même trois truites. » L'eau lui vint à la bouche au souvenir du repas de la veille.

« Des truites ? Vous les avez trouvées où ?

– Dans une rivière, assez loin et plus haut dans la montagne, là où la forêt commence à se clairsemer. Elles étaient délicieuses, on les a cuisinées avec du fenouil et des carottes.

– Vous trouvez tout ça dans la forêt ? Je croyais que vous aviez toujours vécu en ville ? » Elie se tut immédiatement, son enthousiasme soudain douché. Il hésita, un temps, ne sachant ce qu'il pouvait confier à Saule, mais son envie de parler de

Calme et de son lien inexplicable à la forêt se fit plus forte, et il mit de côté ses réticences à exposer ainsi à une presque inconnue l'intimité de sa presque-sœur.

« C'est Calme... Je ne sais pas comment elle fait, ni exactement ce qui se passe avec elle. Elle n'a jamais vécu dans la nature, ses parents n'ont jamais quitté la ville. Mais maintenant, elle sait où trouver des fruits, des baies, des œufs et des champignons. Elle planifie déjà nos ressources pour l'hiver, capture des poissons à la main alors qu'elle n'a jamais péché de sa vie. Et... il n'y a pas que ça... » Il releva la tête et regarda Saule droit dans les yeux, qui ne disait rien mais continuait de le regarder, un air intrigué et à nouveau sérieux sur le visage. Elie voulu alors avoir confiance en elle, désespéré à l'idée de trouver quelqu'un qui pourrait lui expliquer les changements de sa presque-sœur, et, peut-être, le rassurer.

« Elle me dit qu'elle entend respirer la forêt. Ses cheveux et ses yeux changent de couleur, sa peau aussi. Elle revient avec des poules sauvages qu'elle apprivoise et qui nous pondent maintenant des œufs tous les jours, et est capable de prévoir le temps qu'il fera des heures avant... Je l'aime, c'est toujours mon amie, mais j'ai l'impression que la forêt la transforme... et ça me fait peur. Il laissa passer un temps. Cela arrive parfois, par ici ? Que... les gens changent ? »

Il leva à nouveau le regard et vit les yeux de Saule trahir sa surprise, mais sans peur ni rejet de ce qu'il venait de dire. Elle le désarçonna en reprenant la parole.

« Alors comme ça, Calme est ton amie, et non pas ta sœur? » Elie eut alors la sensation d'un coup de poignard qui lui vrilla le ventre, mortifié de se rendre compte qu'il avait trahi le secret de sa famille si facilement. Il se referma, sur la défensive.

« C'est tout comme. Ses parents sont morts il y a quelques années, pendant notre trajet pour nous rendre à Marseille. Depuis elle est devenue ma sœur et la fille de mes parents. » Il hésita puis s'autorisa à mentir, pour essayer de sauver les apparences, si tant est que cela était encore possible. « Mes parents ont entamé une demande d'adoption à Marseille et elle avait toutes les chances d'aboutir. On est partis avant la réponse, mais mon oncle nous a promis de nous l'envoyer quand elle arriverait chez lui. »

Saule ne répondit pas, et Elie se demanda si son silence signifiait qu'elle ne le croyait pas ou qu'au contraire, elle avait été convaincue. Quand elle se remis à parler, Elie ne put s'empêcher de retenir son souffle.

« J'ai du mal à me rendre compte des changements que tu décrits. La vie dans la montagne change le physique des gens, beaucoup plus qu'en ville. Tu ne t'en rends pas compte, mais depuis ton arrivée tu as changé toi aussi. Tes cheveux se sont éclaircis, tu as grandi, ta démarche est plus assurée, ton uniforme ne flotte plus sur tes épaules... » Elie rougit, soudain intimidé par le regard acéré et mordant de Saule qui détaillait si ouvertement son physique. Il détourna le regard et s'énerva de sa timidité excessive, ce qui ne fit qu'accroitre son malaise. Il voulut prendre la parole, assurer à Saule que les changements de

Calme relevaient plus du surnaturel que du grand air mais il eut peur de se ridiculiser un peu plus. Visiblement, elle ne le croirait pas.

Elle le surprit pourtant, en reprenant la parole d'un ton un peu moins ironique. « Quant à ses « dons », sache qu'il a des gens, un peu partout dans la montagne, et même au village, qui ont plus ou moins les mêmes capacités, avec les plantes ou les animaux. » Elle haussa les épaules. « Tout est une question de point de vue. C'est peut-être nous qui sommes un peu plus aveugles et sourds qu'eux. Peut-être qu'avec les siècles de modernisation et de confort toutes ces capacités se sont perdues, et que quelques-uns d'entre nous, parfois, arrivent à se rappeler comment il était possible de vivre avant l'invention du métal et de la pénicilline. Cela se transmet peut être dans les gênes, ou dans des gestes, des paroles et des histoires qui nous paraissent banales et quotidiennes vues de l'extérieur, quand on est justement dénués de ce don...» Elie ne répondit rien, se rendant compte que Saule n'avait pas compris les pouvoirs que semblait désormais posséder Calme, et qu'il avait, consciemment ou non, minimisés. Il hésita à lui parler des voix de la Forêt qu'elle lui avait fait entendre, de son abri poussé en quelques jours de la terre et de la biche apprivoisée, mais il s'arrêta à la dernière seconde, soudain paniqué à l'idée qu'on les chasse de chez eux, pour avoir menti et hébergé une sorcière. Saule reprit la parole, achevant d'enfoncer Elie dans son mutisme. « Ce qui est étrange, par contre, c'est que Calme ne soit même pas ta sœur. Vu que le terrain vous appartient depuis plus de cent ans, tu aurais pu, toi, avoir ce don transmis par ta mère et sa mère avant elle, à la manière des lignées de chasseurs et chasseuses de feu… Calme serait une sorte de génération spontanée, ce qui est plus étrange que ses dons en eux même… »

Saule arrêta le fil de ses pensées pour regarder, inquisitrice, et il réussit à se composer in extremis un masque impénétrable. Intérieurement il frôlait la panique générale, mais toute son énergie était concentrée pour ne rien en laisser paraître. Il lui fallait, à tout prix, garder secret leur usurpation d'identité et ne pas se retrouver expulsés du village. Saule continuait de le fixer, et il soutint son regard, sans rougir cette fois-ci. La survie de sa famille dépendait de cet affrontement muet et de la décision de Saule de poursuivre ou non des investigations sur l'origine du terrain. Elle finit par détourner le regard, vaincue par le silence, et reprit son attitude de cheffe qu'on ne contredisait pas.

« Par contre, si elle est capable de chasser et de ramener de la nourriture, il va falloir qu'on vous inscrive dans notre système de prélèvement d'impôts. Tu le sais, tout ce que chaque famille produit ou récolte est sujet à une taxe en nature. Pour l'instant votre famille en était exemptée, parce qu'on pensait que vous ne produisiez rien, mais apparemment on avait tort. » Elie, soulagé un court instant d'avoir gardé sauf leur dernier secret familial, replongea immédiatement dans la panique.

« Mais on a à peine de quoi manger !

– Quand bien même, c'est obligatoire. Ce n'est pas excessif, notre but n'est pas de vous affamer. Mais on ne fait pas d'exceptions dans le village, sinon le système ne marche plus. Pour le moment tu ne te rends pas trop compte, mais l'hiver va être très long et très dur, et à ce moment-là on aura besoin de répartir les ressources équitablement, pour que personne n'ait faim ou froid. Et pour faire ça, on a besoin de les prélever ces ressources, pour, par exemple échanger certains produits fragiles contre des denrées moins périssables, comme de la farine ou des conserves. Si la communauté a accès à des poissons fumés, ou des œufs en quantité en cette fin d'été, c'est autant de stocks de céréales mis de côté pour l'hiver. »

Elie acquiesça, forcé de reconnaitre l'intérêt d'une telle organisation, à nouveau inquiet pour la saison à venir qui menaçait toujours de les trouver sans nourriture ni maison.

« Normalement on prélève dix pour cent des ressources que chaque famille produit ou récolte. On les échange contre des points de la coopérative, qui sont un peu différents de ceux utilisés en monnaie courante car ils ne sont valables qu'à la saison suivante. Ça évite aux gens de faire des stocks un peu égoïstes et immédiats, qui font qu'ils se retrouvent souvent dans la merde la saison d'après. » Elie ne la relança pas, réfléchissant au fonctionnement du village, de plus en plus incapable de décider s'il était autoritaire ou solidaire. Saule observa son visage soucieux et anticipa ses remarques avec son air si sévère.

« Cela fait déjà quinze ans que tout cela a été mis en place, bien avant que le monde ne parte en vrille. Et personne n'est encore mort de faim ou de froid. De maladie, oui, d'accident et de faute de soin aussi.

Mais pour le reste, il faut nous faire confiance, ça marche vraiment. Je l'expliquerai à tes parents tout à l'heure. Il n'y a qu'en communauté solidaire qu'on survit par ici. Enfin, je dis par ici, mais je pense que ce système aurait dû être appliqué partout il y a bien longtemps. Ca irait beaucoup mieux aujourd'hui si ça avait été le cas. Alors qu'il y a quinze ans on a eu des sanctions administratives pour « non respect des lois gouvernementales ». Quelles conneries...»

Elie acquiesça, toujours tiraillé entre l'angoisse qu'on leur prenne le peu de nourriture qu'ils arrivaient laborieusement à trouver et l'envie d'être en sécurité cet hiver. Il continua de réfléchir en essayant d'imaginer sa vie sans la Milice et les amis qu'il s'y était fait, ainsi que la vie du village sans la coopérative et son système de paiement par point et sans la possibilité, qu'un jour, à force d'économie, ils y achètent une radio, pour écouter le peu de musique encore diffusée, des livres, des panneaux solaires, et pourquoi pas un violon, pour que son père recommence à en jouer, et lui fasse reprendre son apprentissage. Ils n'avaient pas le choix. Ils devaient rester intégrés au village s'ils voulaient se reconstruire une vie plus douce et joyeuse, un ersatz de celle qu'ils avaient, avant.

« Par contre, reprit Saule, le coupant dans ses pensées, avoir menti pour Calme c'est... compliqué. La vallée encaisse difficilement l'arrivée de nouveaux habitants car nos ressources ne sont ni illimitées, ni extensibles... les flancs rocheux des Pyrénées empêchent d'augmenter la surface de nos cultures, et de l'autre côté des montagnes c'est l'Espagne et sa guerre civile perpétuelle qui empêche presque toute possibilité d'échanges, sauf par la contrebande, mais c'est aléatoire et dangereux. » Elle laissa passer un temps, jouant volontairement avec les nerfs d'Elie, inquiet de la tournure que prenait la conversation. « Mon père te l'a surement dit, mais ceux qui ne respectent pas les règles de la communauté sont exclus de notre système d'entraide. On vous a toléré jusqu'à présent, en croyant naïvement à votre histoire de papiers perdus, mais si je le voulais je pourrais vous faire bannir de la coopérative et vous laisser seuls avec vos euros. Vous seriez obligés d'aller jusqu'à St Girons pour les échanger, et, tu t'en es rendu compte en arrivant, la route est longue pour y aller. » Elie la regardait, terrifié du pouvoir ascendant de Saule sur la survie de sa famille. « Je veux bien garder le secret, dit-elle en souriant, un peu mauvaise, mais en échange il faudrait que ta « sœur » vienne tous les jours à la Milice pour y travailler et s'occuper des champs et des plantations des autres. Comme ça elle compensera l'impact qu'une bouche illégale de plus à nourrir aura sur nos stocks de nourriture de cet hiver. » Elie grimaça intérieurement au ton que Saule avait employé, appuyant volontairement sur le mot « sœur ». Il finit par reprendre la parole, un peu piteux.

« Je veux bien Saule, mais je n'arriverai jamais à la convaincre.

– Ca, c'est ton problème. Elle haussa les épaules. C'est vous qui décidez de votre avenir après tout. » Elie ne répondit pas, et elle prit le temps de le regarder à son tour, un peu surprise de lire dans ses yeux une détresse si profonde. Elle finit par soupirer et se radoucir un instant, laissant tomber une partie de son masque autoritaire et hautain. « Elie, je ne fais pas tout ça uniquement pour imposer mon pouvoir ou même pour faire chier Calme. On a besoin les uns des autres, vraiment, et vitalement. Même si parfois on aimerait ne rien faire de sa journée, une fois que nos poules et nos cochons ont été nourris et que nos corvées sont achevées. Mais c'est impossible. A ce moment-là il faut aller aider les voisins à rentrer le foin, abattre un arbre pour remplacer le poteau électrique qui s'est effondré la nuit dernière, changer les tôles de la coopérative qui prend l'eau... On est tout seuls ici. L'Etat existe en théorie, on reçoit leurs urnes et leurs papiers de vote pour les élections quand il y en a encore, on leur rend des comptes sur les décès et les naissances, mon père va parfois à St Girons ou plus loin à des réunions des élus du coin, mais tout s'arrête là. Une fois par an des militaires débarquent, vérifient qu'on est pas tombés aux mains d'une milice autoritaire, ou que les espagnols n'ont pas discrètement franchis la frontière, et ils repartent. Quand l'hiver dure trop longtemps et qu'on a faim, personne ne vient nous nourrir. Quand la pluie s'abat tout un été sur notre blé et qu'il pourrit sur place, personne ne vient le remplacer. Et quand une maladie inconnue débarque et tue des familles entières, personne ne vient nous soigner. On est trop isolés, les rares voitures électriques qui roulent encore pour l'Etat ne peuvent plus passer les ponts effondrés de ces dernières années. Une fois, pendant une épidémie, la mère de Sammy n'a pas dormi pendant quatre jours, essayant de sauver les gens, appelant au secours les médecins de St Girons qui ne pouvait pas nous rejoindre parce que la route était ensevelie sous deux mètres de neige. Elle a failli mourir elle aussi. Le traitement qu'elle a demandé à Toulouse est arrivé six mois après, et encore, il s'est arrêté à St Girons lui aussi. De toute manière on s'était tous immunisés naturellement... enfin, tout ceux qui n'étaient pas morts. »

Elie ne dit rien, mais emboîta le pas de Saule, qui reprit sa marche. Son enthousiasme de ces derniers jours avait totalement disparu, et, même s'il avait conscience que la vie à Massat allait être rude, il prenait la mesure de la lutte perpétuelle pour la survie qui l'attendait dans cette vallée. Il regretta, un instant, leur vie à Marseille, oubliant à quel point elle était terne et sans saveur comparée à leurs quelques semaines passées au village. Saule vit son regard, perdu et triste, et, tout en marchant, elle reprit la parole.

« Je te fais un portrait dur du coin, mais moi je trouve que la vie y est belle. Tous ensemble, avec la Milice, les jours de marché, les fêtes à l'automne ou au printemps... Tu dois comprendre, Elie, que je ne cherche pas à briser votre famille ou à la terroriser, juste vous montrer le chemin à suivre pour que votre intégration se passe au mieux... »

Elie garda le silence et resta plongé dans ses pensées. Au bout de quelques minutes de marche silencieuses ponctuées par les clapotis des sceaux d'eau qui les éclaboussait à chaque enjambée, ils retrouvèrent le reste du groupe les attendant devant l'ardoise où Calme avait écrit leurs noms. La pluie n'avait pas effacé la craie, et l'humeur d'Elie fut adoucie à l'idée que l'emplacement de leur maison soit inscrit quelque part dans le monde, même modestement sur une tuile cassée. Sammy, à son arrivée, lui fit un sourire en coin en le voyant débarquer seul avec Saule, et Elie détourna le regard, gêné de ce sourire légèrement goguenard, mais qui eut le mérite, lui aussi, de détourner une partie de ses pensées sombres.

L'arrivée sur la parcelle fut bruyante et même joyeuse, car l'idée que la famille d'Elie allait bientôt avoir un toit sur sa tête enthousiasmait la grande majorité des membres du groupe. Il fut touché par cette motivation et sa morosité fut définitivement balayée. Andrew et Lucie les attendaient près de la maison effondrée, mais Elie ne vit pas de trace de Calme. Il profita de l'excuse d'aller rapidement abreuver les chèvres pour faire le tour de la parcelle à sa recherche, sans succès. Il repensa à ce que lui avait dit Saule, sur la nécessité de travailler tous ensemble, et son cœur se serra un peu. Si sa presque-sœur ne se sentait même pas concernée par la réparation de leur toit, elle ne verrait jamais aucun intérêt à travailler pour le village.

Prune prit la tête des opérations, faisant étayer consciencieusement les trois murs de la ruine encore debout, pour qu'ils puissent supporter le remplacement de la poutre pourrie qui, par son poids, assurait tout de même un semblant d'équilibre entre eux. Cela prit un certain temps car il fallut couper quelques arbres aux alentours de la parcelle pour servir d'étais, et une partie de la Milice, faute d'outils en nombre suffisant, ne put participer à cet abatage. Ils s'activèrent alors tous de différentes manières, sans que Saule n'eut besoin de les répartir : deux d'entre eux redescendirent puiser de l'eau, pendant que Kate et Ninel, de retour de leur visite dans la vallée d'à côté, finissaient de dépiauter le plancher pourri qu'il allait falloir remplacer. Elles découvrirent que les traverses sur lesquelles il reposait étaient saines, mais Prune préconisa de recouvrir le sol d'un isolant, en laine ou en chanvre, avant de reposer un nouveau plancher pour que la maison garde plus longtemps sa chaleur. Sammy et Pomme, la petite sœur de Kate, récupérèrent les planches mises au rebut pour consolider l'appentis effondré dans lequel était installés les poules et les lapins sauvages de la famille. En les voyant, Sammy exprima de la surprise, mais quand Elie lui raconta leur origine, il ne vit ni doute ni suspicion de vol dans le regard de son ami. Enfin les deux garçons les plus jeunes du groupe, César et Niel, qui faisaient eux aussi leurs débuts dans la Milice, s'occupèrent d'installer un coin pour le repas du midi, et d'allumer un feu.

En fin de matinée les murs étaient étayés et tout le monde se rassembla pour engloutir le pain, le fromage et les fruits qui faisaient office de repas. Lucie en profita pour montrer quelques herbes et tubercules récoltées par Calme dans la forêt, mais personne ne fut capable de les nommer. César en garda quelques échantillons avec lui, pour les montrer à sa grand-mère, l'herboriste du village, qui serait plus en mesure d'en connaitre le nom et leurs éventuels bienfaits médicinaux.

Dès le début de l'après-midi ils attaquèrent à la tronçonneuse la poutre centrale, après avoir enlevé les étais dérisoires installés par la famille, censés la maintenir en place. Dès que Prune commença à scier le centre de la poutre pourrie, elle se rompit, et la charpentière faillit perdre l'équilibre et tomber avec elle. Elle reprit son assiette et son souffle, sourit et s'adressa à Lucie et Andrew. « Et bien, je suis bien contente qu'on la change aujourd'hui cette poutre. Elle n'aurait pas tenu un automne de plus... »

Les murs, autour, n'avaient heureusement pas bougé, et Elie se surprit à sentir l'intégralité de ses muscles se détendre, contractés involontairement au moment où la tronçonneuse avait attaqué le bois. Le travail, pourtant, était loin d'être terminé. Ils commencèrent par extraire l'énorme poutre effondrée du milieu du salon, qui fut débitée à même le sol à la tronçonneuse, puis stockée en tas du côté du mur effondré. Réduite en bûche, elle pourrait chauffer la famille quelque temps, ce qui était une bonne nouvelle. Ils s'attelèrent ensuite à la manœuvre délicate d'hisser la nouvelle poutre à la place de l'ancienne. Ce fut une opération laborieuse, et ce n'est que grâce à un système ingénieux de cordes passées de part et d'autre de la poutre puis glissées dans des trépieds faisant office de poulies qu'ils réussirent, à la force des bras de l'intégralité de la Milice et de la famille d'Elie, à la hisser à son emplacement. Prune dut encore effectuer des ajustements au rabot et à la scie et s'assurer que les murs tenaient sans les étais, et qu'ils n'avaient pas trop soufferts de la manipulation. Quand le dernier tronc de soutien fut retiré avec son aval dans le soleil couchant du début de soirée, et que toutes et tous admirèrent leur œuvre collective, Elie eut les larmes aux yeux.

La maison n'était pas plus accueillante, avec son mur écroulé et ses ouvertures béantes, mais la nouvelle poutre en bois clair attirait le regard, comme une promesse vers un avenir plus lumineux. Elie visualisa le mur se reconstruisant, puis la poutre se parer de poutrelles, de traverses et de tuiles, et il s'imagina leur foyer, doux et accueillant. Saule vit son émotion et sourit, légèrement ironique. « Tu vois, c'est quand même mieux de travailler ensemble » et Elie ne put qu'acquiescer. Toujours un peu ému, il rejoignit ses parents, qui étaient en pleine discussion avec Prune.

« Du coup, comme convenu, je vais vous fournir les pannes et les chevrons. Quand le toit sera complet vous pourrez aussi venir chercher les meubles, je ne pense pas que cela soit une bonne idée de les stocker ici pour l'instant s'ils ne sont pas protégés de la pluie. » Elle chercha spontanément l'assentiment d'Elie, qui acquiesça. « Je viendrai abattre le chêne d'ici la fin de la semaine. J'en profiterai pour vous apporter une partie des traverses et des poutrelles, et je vous expliquerai comment les monter sur la poutre. Vous allez avoir besoin d'outils, je vais vous dire lesquels... » Elle s'avança vers la poutre pour jauger à vue d'œil ce dont la famille allait avoir besoin, mais Saule l'arrêta dans son mouvement.

« Tu vas abattre un chêne ici ? Prune lui lança un regard sombre.

– Oui, ça a été décidé il y a plusieurs jours déjà. En échange je fournis les tenons et du mobilier. » Saule fronça les sourcils, regardant l'arbre gigantesque un peu plus bas. Elie s'avança, croyant qu'ils s'étaient fait avoir dans l'échange et que Saule allait protester contre leur troc, et il fut surprit de la voir se retourner vivement dans sa direction.

« Vous avez vendu votre chêne ? C'est interdit d'abattre les chênes dans la région. On en a presque plus, et les glands servent à nourrir les animaux, et parfois même les humains. » Elle se retourna vers Prune. « Tout ça pour faire des jolis meubles que tu revends à prix d'or à St Girons Prune, tu ne penses vraiment qu'à ta gueule! »

Elie essaya de modérer leur échange, habité d'une énergie nouvelle insufflée par la mise en place de cette poutre tant attendue, décidé, pour une fois, à prendre la parole et à justifier la décision familiale.

« On ne savait pas que c'était interdit de le couper, Saule, personne ne nous a jamais dit ce que l'on avait le droit ou pas de vendre sur notre parcelle... » Il baissa un instant les yeux, puis les releva, défiant sa cheffe du regard, nourrit par la force qu'il puisait dans son envie de protéger sa famille. « Et quand bien même ce n'est pas autorisé, on n'a pas le choix, on a besoin d'un toit avant l'hiver. » Saule laissa soudain éclater sa colère d'être contredite et elle lui répondit, cinglante.

« C'est pour ça que c'est l'enfer les nouvelles familles qui s'installent, vous ne savez rien et vous ne faites que des conneries ! Elle se tourna vers Prune. Et toi tu savais parfaitement que c'était pas légal comme échange. Tu pensais faire ça dans notre dos ? »

Prune intervint sans hausser la voix ni se laisser démonter par les accusations de Saule, et Elie admira son calme face à cette cheffe de la Milice qui le déstabilisait tant.

« Si, Saule, c'est légal, car ce chêne n'est pas sauvage, il est sur une parcelle privée et habitée, et il n'est donc pas soumis à la loi forestière du village, juste à tes règles arbitraires. Et oui, j'ai besoin de ce bois pour faire de beaux meubles et les vendre chers à St Girons, pour m'acheter de nouveaux outils parce que ma tronçonneuse va me lâcher avant l'hiver, et que sans elle quand des arbres se seront écroulés à cause du vent sur la route on mettra trois jours à les dégager au lieu de quelques heures. Ca suffit Saule, n'essaye pas de me faire passer pour quelqu'un de vénal et d'irréfléchi, tu vas te ridiculiser. »

Prune fit alors volte-face avant que Saule ne lui réponde, remercia la Milice pour son aide, puis partit sans un mot. Elie ne savait plus quoi faire ni où regarder. La Milice remballa ses affaires en silence, peinée qu'une journée aussi remplie et légère ne se termine aussi mal. Elie se rapprocha de Saule, désolé.

« Excuse nous Saule. Si c'est vraiment interdit de le couper, notre arbre, et bien on trouvera d'autres solutions pour les traverses. Ne nous en veux pas, on ne pouvait pas savoir. Elle lui répondit, la voix blanche et cinglante.

– Faites comme vous voulez. Je m'en fous. » Elle tremblait de rage, et Elie fut impressionné par sa réaction qui lui paraissait démesurée. Il amorça un geste d'apaisement dans sa direction, mais son regard fut attiré par un mouvement à l'orée de la forêt. Calme sortait tranquillement des sous-bois, les bras chargés de paniers débordant de victuailles, visiblement surprise de découvrir autant de monde sur leur parcelle. Elie devina en une fraction de seconde ce qui allait se passer et Saule, sans même un bonjour, se dirigea droit sur elle.

« Tu as quoi dans tes paniers ? » Calme la regarda sans répondre, perdue, essayant de comprendre pourquoi Saule était en colère, et pourquoi cette colère se dirigeait contre elle.

« Des carottes, des concombres, des patates et des aromates. J'ai aussi deux truites et des champignons, des œufs et des groseilles, des framboises, et une grosse racine dont je ne connais pas le nom mais qui est comestible et nourrissante. »

Saule lui prit les paniers des bras, sans même regarder ce qu'il y avait dedans.

« En compensation de tous ces jours sans participation à l'impôt, je prends votre récolte du jour. Contenant inclus. Et demain tu as intérêt à te pointer à la Milice. Il est temps que votre famille participe réellement à la vie du village et arrête de vivre égoïstement de son côté. » Elle fit demi-tour sans un mot et remonta le terrain, dans un silence de plomb. Le reste de la Milice finit par suivre, après un discret au revoir. Sammy resta un petit peu en arrière, hésitant.

« Bon et bien, à demain », dit-il, en essayant de sourire. Elie lui rendit son sourire le plus sincèrement possible, le remercia et lui souhaita bonne route. Quand il disparut dans le sentier, il se tourna vers Calme, qui avait les yeux écarquillés par ce qui lui sembla être de la peur. Il la regarda et amorça un geste pour la rassurer, puis il entendit un cri, plus loin dans le sentier, et sa presque-sœur eut un petit sourire, mauvais.

J'ai compris à ce moment-là, sans savoir comment, qu'elle avait fait quelque chose à Saule. Je lui ai demandé d'arrêter, tout de suite, que les paniers qu'elle avait pris étaient une collecte nécessaire, pour que la famille participe à l'effort du village, et que sa présence le lendemain prouverait qu'elle aussi voulait participer à la vie en communauté. Elle m'a regardé, les yeux noirs, et m'a répondu que l'on n'avait pas besoin des autres, ni de cette vie dont je lui parlais, violente et faite de menaces. Que l'on pouvait vivre tous les quatre ensemble, loin du monde et des gens, que la forêt nous donnerait toujours assez de nourriture et de bois pour nous chauffer. Qu'elle allait nous apprendre à vivre comme cela, sans l'aide de personne, que l'on serait heureux, que l'on n'aurait plus peur ni besoin des autres. Et que je savais que c'était possible, que je l'avais vu, avec elle, dans les bois. Qu'elle agrandirait la hutte, qu'il y aurait de la place pour nous quatre, que l'on n'aurait plus jamais à avoir à faire aux autres humains. Qu'à force, nous aussi, on entendrait la Forêt respirer.

Mes parents la regardaient, interdits et apeurés par son discours qui devait leur paraitre incohérent et absurde. C'est à ce moment-là que je me suis rendu compte qu'ils n'avaient pas pris la mesure des changements de Calme. Que, le nez dans tous les problèmes qu'il nous fallait résoudre, ils n'avaient pas eu le temps de lever la tête pour s'apercevoir que sa peau était bien trop sombre pour être justifiée par les agissements du soleil, que ses gestes souples lui permettait de se déplacer sans aucun bruit, et que ses yeux plus profonds lui permettaient de voir plus loin malgré l'obscurité des sous-bois.

« Ils me regardent comme une étrangère. Ils ne me reconnaissent pas.

– Tu as changé. Les humains n'aiment pas le changement. Ils ont peur du froid qui arrive.

– Elie n'a pas peur lui.

– Elie veut te ramener au village. Il veut te faire mettre un uniforme et renforcer la puissance des hommes.

– Jamais.
– Ah, vraiment ? Même pour lui ? »

J'ai essayé de la raisonner, de lui dire que notre maison serait belle, que l'on pouvait vivre là tous ensemble et qu'il n'y avait aucune raison d'aller au fin fond des bois. Que les jeunes de la Milice n'étaient pas mauvais, qu'ils aidaient le village, que j'étais heureux et fier d'en faire partie. Que j'aimerais qu'elle aussi ressente ce que je ressens, la satisfaction simple de participer à un effort commun pour que l'on vive bien tous ensemble. Et que j'aimerais plus que tout qu'elle se fasse des amis, qu'elle discute avec des gens de son âge, que cela faisait des années qu'elle vivait seule et qu'elle devait crever de solitude.

« JE N'AI PAS BESOIN D'AMIS ! JE T'AI TOI !

– Calme toi, petite Calme, tu hurles et nous dérange. Et tu te trompes, tu ne l'as pas lui, tu nous as, nous. »

Calme ne me répondait pas, et seul un vol d'oiseaux quittant d'un même mouvement la cime des arbres rompit le silence. Elle me regardait, butée, perdue, les yeux au bord des larmes. J'ai avancé d'un pas vers elle, pour la prendre dans mes bras et mettre fin à notre querelle, pour lui dire que j'étais désolé, que j'allais tout faire pour qu'elle soit heureuse, même si cela voulait dire qu'elle n'aille pas dans la Milice et qu'elle ne descende plus jamais au village.

Pourtant j'ai arrêté mon geste. Pour la première fois, j'ai ressenti de la colère contre elle. Une colère puissante, venue du plus profond de mon cœur, qui s'est muée en haine, brutale, démentielle. Je me suis mis à haïr cette presque-sœur qui refusait de vivre, refusait de faire face au monde, à ses hommes et ses femmes, qu'ils soient dégueulasses ou sublimes. Je me suis mis à la haïr de n'avoir jamais fait le deuil de ses parents, d'avoir été brisée lors cette journée terrible à Lyon, d'y être morte, elle, mon autre moi-même, et d'être devenue cette fille-forêt égoïste. D'avoir refusé la lutte, et de m'obliger à me débattre seul dans notre monde pourri, pour deux, pour nous deux, pour que l'on soit toujours ensemble, presque frère et sœur, presque amants, presque un.

Je crois que si elle avait été plus proche je l'aurais frappé.

Mais la haine qu'elle a lu dans mes yeux a été plus puissante qu'un coup. Elle a soudain paru terrifiée de ce qu'elle voyait en moi, et sa peur a effacé ma haine. Je me suis mis tout d'un coup à trembler face à cette colère enfouie, et je me suis mis à la supplier de venir avec moi à la Milice le lendemain, qu'il le fallait, que ce n'était rien, qu'elle pourrait rester avec moi toute la journée, à mes côtés, sans parler aux autres. Que si c'était vraiment trop horrible pour elle, on rentrerait, tous les deux, et que je n'aborderais plus jamais la question.

« D'accord, a-t-elle murmuré, tout doucement. Je viendrai. Mais je t'en supplie, ne me regarde plus jamais comme ça... »

Les yeux au bord des larmes, j'ai franchi d'un bond les quelques mètres qui nous séparaient, l'ai attiré à moi, et l'ai serré fort, calmant les battements de mon cœur contre le sien, et enfouissant mon visage dans ses cheveux à l'odeur de fourrure. Je me suis alors rendu compte qu'elle avait grandi, et qu'elle était désormais mon égale, elle qui, quelques semaines plus tôt, pouvait à peine poser sa tête sur mon épaule. Ses changements continuaient, de plus en plus rapides.

Mes parents nous regardaient, ne sachant comment réagir à notre altercation, et j'ai vu dans leurs yeux leur peur nouvelle répondre en écho à la mienne, celle de ne plus avoir aucune prise sur ce que l'on était en train de devenir.

Le lendemain la montre d'Elie le réveilla d'un demi-sommeil vaseux. Sa nuit avait été agitée, pleine de rêves obscurs, d'arbres prenant vie et d'animaux envahissant le village. Il avait fini par remarquer, entre deux cauchemars, l'absence de Calme dans son dos, et il eut peur un instant qu'elle ne fut partie dans les bois pour toujours. Mais dans la lueur des braises du foyer et de la lune il l'aperçu assise sur le pas de la porte, en tailleur, face à la forêt. Le sommeil le rattrapa avant qu'il n'arrive à l'appeler.

Calme se leva en même temps qu'Elie, mit sans un mot de l'eau à bouillir, et prépara une tisane. Les parents avaient fait l'effort de se lever aussi tôt qu'eux, sûrement inquiets de l'échange de la veille, et ils meublèrent le silence avec des banalités qui tentèrent de réchauffer l'atmosphère. Lucie allait descendre avec eux au village pour acheter les outils nécessaires à la constitution de la charpente du toit : il leur faudrait une scie, un rabot, de grosses pointes, mais aussi une hache, pour débiter l'énorme poutre démontée la veille et en faire du bois de chauffage. Elle en profiterait pour ramener la brouette et la pioche à Claire qui les avait réclamées. C'est avec sa discussion volontairement ininterrompue qu'ils se mirent tous les trois en route dans le soleil discret du petit matin.

Arrivés à la limite du village toujours sous bonne garde, Lucie bifurqua avec la brouette, et Elie et Calme continuèrent seuls, dans un silence de plomb. Elie observait Calme du coin de l'œil et il remarqua avec tristesse qu'elle regardait autour d'elle comme un animal traqué, jetant des coups d'œil inquiets au moindre éclat de voix ou claquement de porte. Ils découvrirent le groupe de la Milice au complet sur la place du village, et Calme lui prit spontanément la main. Sa peau irradiait de chaleur et tremblait légèrement, donnant à nouveau à Elie l'impression qu'elle avait de la fièvre. Il lui serra doucement la main et lui sourit en la regardant dans les yeux.

« Ca va bien se passer, je te le promets.

– Vous êtes en retard », leur dit Saule, annonçant le ton peu agréable qu'allait sûrement prendre la journée. Elie remarqua alors une marque récente sur sa joue droite, comme une griffure, qui créait un miroir parfait avec la cicatrice de sa joue gauche.

« Pardon. On est descendus avec ma mère, on n'a pas vu le temps passer.

– Il faut que Calme mette un uniforme. »

Elie regarda Calme, au regard devenu dur à la première prise de parole de Saule.

« C'est vraiment nécessaire ? C'est son premier jour, c'est pas très important non ?

– Le premier jour tu en as mis un non ?

– Oui...

– Et bien pour ta sœur c'est pareil. » Saule avait à nouveau insisté sur le mot « sœur » et Elie accusa le coup de cette menace à peine déguisée.

« Je ne veux pas », déclara simplement Calme. Elie soupira et ferma les yeux, anticipant la tempête à venir. Saule, les cernes violettes et la joue gonflée, semblait déjà être à bout de patience. Elle prit sans un mot l'uniforme mis de côté, se dirigea vers Calme et lui enfila la veste de force. Calme se débattit, mais sa force physique était bien inférieure à celle de la cheffe de Milice, et elle finit par perdre la lutte. Saule, toujours sans un mot, lui tendit ensuite le pantalon, et Calme, puérilement, le saisit pour le jeter à terre. Saule eut un petit sourire narquois.

« Le pantalon appartient à la Milice. Si il est perdu ou abîmé ça sera autant de jours de travail en plus pour ton frère. » Elle se retourna sans attendre sa réaction et Elie, mortifié de la tournure que prenait la journée, récupéra le pantalon gisant au sol et le rangea dans son sac, pendant que Saule répartissait les tâches des miliciens.

Elle constitua un groupe avec Sammy, Elie et Calme, sans lâcher cette dernière du regard. Calme, renfrognée, gardait les yeux fixés au sol, suivant passivement son presque-frère.

La matinée, douce et ensoleillée, n'avait pourtant rien de désagréable. Le petit groupe se rendait de maisons en maisons afin de compléter la liste des réparations et renforcements à effectuer avant l'hiver, prenant le temps de discuter avec les villageois. A chaque fois que Saule proposait une expertise sur un arbre à tailler ou une évacuation d'eau à drainer, Calme avait une petite moue moqueuse, visiblement en désaccord avec les choix de la cheffe. Heureusement, se dit Elie, que Saule était trop occupée entre ses discussions et ses prises de notes pour se rendre compte de ses provocations.

Sammy essaya vaillamment d'engager la conversation avec elle, mais elle lui répondait par monosyllabes, et il finit par se lasser. Elie tenta à son tour de la faire rire, de l'inclure dans leurs prises de décisions et de planification, mais l'attitude butée de Calme n'évoluait pas et il abandonna à son tour.

A la pause du midi Elie était exténué, sur les nerfs et malheureux. Personne ne vint s'assoir à côté d'eux, pas même Kate et Ninel qui n'avaient pas assisté à leur matinée calamiteuse. Elie avait l'impression que Calme dégageait quelque chose qui repoussait naturellement les gens, et il plongea dans une profonde tristesse. Assis à l'écart sur la place, il se souvint d'elle enfant, timide, mais plus ou moins engagée dans sa propre bande de camarades, passant ses anniversaires entourée. Il se souvint aussi d'elle sur la route, avant que ses parents ne disparaissent, joyeuse tous les jours, même quand il pleuvait en continu ou que le petit groupe se perdait et devait revenir sur ses pas, se faisant même des amis éphémères aux campements sauvages qu'ils rejoignaient parfois le soir.

Et il la regardait, assise, mutique, seule, sur la margelle du puits, croquant distraitement dans un concombre. Elle avait refusé le pain et le fromage après les avoir reniflés, comme un animal. Il tentait de garder la face au milieu du groupe, disant qu'elle était timide, mais personne n'était dupe, et il se mit progressivement à avoir honte d'elle et de son attitude qui passait pour de la prétention et du mépris.

Il était atterré, s'en voulant mortellement d'avoir insisté pour qu'elle vienne, attendant avec impatience la reprise de la journée de travail, qui s'annonçait plus physique et moins sociable.

Il y a trop de bruit, trop de voix. Je n'entends plus la Forêt. Et ici les plantes ne me parlent pas.

Il fut rapidement déçu. L'après-midi fut consacré à stocker et répartir une partie des impôts de l'été, et à discuter des prévisions des élevages ou des cultures de l'automne. Si Calme accepta sans rien dire le travail de manutention qui consistait à déplacer de lourds sacs de blé dans la salle de stockage de la coopérative, se révélant même plus efficace que certains miliciens plus musclés qu'elle, elle continuait de secouer la tête à chaque décision de Saule, une petite moue moqueuse sur le visage. Quand cette dernière assura que les cultures n'avaient pas souffert de la semaine de pluie intensive et qu'il ne fallait pas revoir les impôts des maraichers à la baisse, Calme eut même un petit rire. La cheffe de la Milice ne réagit pas, mais ses démonstrations d'autorité étaient de plus en plus appuyées, comme si elle cherchait à prouver à la sœur d'Elie sa toute puissance. Elle n'entrait que rarement dans un rapport frontal avec les habitants, mais ses décisions apparaissaient sans appel, même quand elles allaient à l'encontre de la volonté d'un des villageois. Calme l'observait exiger une date plus rapprochée dans le temps pour une livraison de bois ou de légumes à la coopérative, et invalider des choix de réorientation des habitants vers la culture ou l'artisanat, après avoir feuilleté son carnet fatigué. Elle fut particulièrement intraitable avec une femme qui souhaitait rentrer en apprentissage aux côtés de Prune et abandonner, le temps de la saison, la préparation de conserves de soupes pour l'hiver. Elie vit la déception dans le regard de cette femme qui lui alla droit au cœur, et il aborda le sujet avec Saule dès qu'ils sortirent de sa maison.

« Pourquoi tu ne l'as pas laissé faire ? Faire des soupes c'est pas très compliqué, on pourrait trouver quelqu'un pour la remplacer.

– Je n'ai pas le temps de chercher. Et Prune est jeune, elle n'a pas besoin d'apprentie. » Le ton de sa phrase n'appelait pas à la discussion et Elie ne répondit rien. Pourtant Calme, au bout de quelques secondes, prit la parole, à la grande surprise de tous.

« Mais si Prune tombe malade par exemple ? Ou qu'elle se blesse ?

– On ira chercher quelqu'un dans la vallée d'à côté. Tout le monde rêve d'habiter ici, même quelques mois.

– Tu raisonnes comme ça pour tout ? Ça ne te fait pas peur d'être dépendante du reste du monde pour la survie de ton village ?

– Ce n'est pas que mon village. Et ça fait cinq ans que je gère la Milice, et vingt ans que mon père est le maire de Massat et que la vallée ne s'est jamais aussi bien portée.

– Dans les dictatures aussi ça arrive que les gens se portent bien. Ça ne veut pas dire qu'ils sont heureux. A Marseille on vivait sous le contrôle de la Mafia, on était en sécurité, on mangeait à notre faim. Ça ne les a pas empêché de me tabasser parce que je refusais leurs interdictions. C'est un beau modèle pour ici. Tu t'en approches très bien en tout cas. »

Elie vit Saule s'approcher de Calme, et il crut qu'elle allait la frapper.

« Tu ne connais rien de la vie d'ici. Tu viens d'arriver. Tu as passé ta vie entre quatre murs bien solides avec papa maman pour s'occuper de toi. » Les yeux de Saule étincelaient de fureur, et Calme, malgré son assurance, recula d'un pas. « Tu n'as jamais été malade au point de supplier ta fille de t'étouffer avec un oreiller, pour arrêter ta souffrance, parce que le dernier gramme de morphine a été avalé des mois plus tôt. Tu n'as jamais enterré, une année durant, jours après jours, tous les enfants du village, sans exception, mourant les uns après les autres du tétanos, de la rougeole, des oreillons ou de la diphtérie, ou d'une maladie inconnue, faute de vaccins ou de traitement. Tu n'as jamais bouffé le cuir de ta ceinture parce que tu crevais la dalle, une année où les bêtes sont toutes mortes et où les blés ont pourri sur pied. Tu ne connais rien à la faim et à la peur. » Saule tremblait à présent, et Elie retint son souffle, priant pour que Calme ne lui réponde pas.

« La peur, si, je la vois dans le regard des gens à qui tu imposes ta loi. » Saule leva le poing, et Elie tira brutalement Calme de quelques mètres en arrière, hors de sa portée.

« Calme, s'il te plait, ça n'a rien à voir, les gens ne sont pas forcés... C'est pour que tout fonctionne dans la communauté. » Il parlait vite, maladroit, lançant des coups d'œil à Saule, soulagé de voir qu'elle laissait retomber son poing, et que Sammy se plaçait discrètement entre elle et sa presque-sœur.

« Votre communauté est pourrie. Elle repose sur la peur justement. La peur de manquer, la peur d'avoir faim. C'est ça qui lie les gens entre eux ici, pas une prétendue vie solidaire. Le moindre grain de sable dans un de vos rouages absurde foutrait tout en l'air et vous vous retrouveriez tous à vous taper sur la gueule pour un quignon de pain. » Calme sourit en direction de Saule, mauvaise, d'un sourire qu'Elie ne lui avait jamais vu et qui le fit frissonner. « Et à ce moment-là, tu te feras surement une joie de faire valoir ta position pour prendre la nourriture des autres...»

Saule était devenue blême, et la pâleur de sa peau faisait ressortir les marques de chaque côté de ses joues. Ses mains tremblaient toujours, et elle s'avança à nouveau d'un pas vers Calme. Sammy s'interposa franchement entre elles deux et Elie tira plus loin son amie par le bras.

« Calme ! Arrête ! Tu racontes n'importe quoi ! Excuse nous Saule, elle ne le pense pas. » Il se tourna vers Calme. «Tu ne peux pas dire ça Calme. On n'est pas à Lyon, ou à Marseille. Personne ne va faire du mal à personne, et personne ne force qui que ce soit à faire quelque chose. La femme qui voulait devenir l'apprentie de Prune n'a pas protesté, elle a conscience que c'est trop tard pour cette année c'est tout. » Il se tourna vers Saule, un sourire factice et maladroit aux lèvres, dans une vaine tentative pour faire baisser la tension. Mais le regard qu'il croisa était dur et cruel.

« Ramène ta sœur chez vous Elie. Elle n'a pas sa place ici, et je ne suis pas sure que tu aies la tienne. Et fais attention à toi. La poutre que l'on a passé deux journées à vous monter, on peut encore la redescendre. »

Le sourire d'Elie mourut sur son visage. Il fit demi-tour, prit la main de Calme et la mena fermement dans les rues du village, sans rien dire. Sa presque-sœur avait le regard noir, mais gardait la main d'Elie dans la sienne sans tenter de la lâcher, même s'il la tirait sans ménagement, comme si elle refusait de couper ce contact entre eux, dans ce village qui continuait de lui faire peur.

Passées les deux gardes de l'entrée qui saluèrent leur sortie d'un regard interrogatif, Calme commença à se détendre, et, quand ils furent sur le chemin qui longeait la rivière, elle lui lâcha la main, reprenant un rythme de marche moins soutenu.

« Tu vois, lui dit-elle après un petit silence, elle nous a menacé. Elle est dangereuse pour notre famille. » Elie s'arrêta brutalement et la regarda droit dans les yeux, bandant inconsciemment ses muscles, prêt à rentrer en conflit ouvert avec elle, à la secouer si nécessaire, pour qu'elle réalise enfin l'absurdité de son comportement. Mais sa colère s'arrêta nette quand il vit qu'elle tremblait, les larmes au bord des yeux. « Je ne veux pas que tes parents n'aient plus de toit. Ils avaient l'air si content d'avoir cette poutre. » Elie soupira, relâchant ses muscles et toute la tension accumulée de la journée. Il reprit la marche, épuisé, et Calme lui emboîta le pas.

« Arrête Calme. Ils ne vont pas l'enlever. De toute manière ils n'ont pas le droit, j'ai travaillé pour l'avoir. Et ça prendrait trop de temps pour la descendre, la Milice a d'autres priorités.

– Ce village est horrible. Les gens y sont malheureux, il est bruyant et vide.

– Calme...

– Je n'y retournerai jamais, et je ne veux plus que tu y retournes. » Elie interrompit sa marche et se planta à nouveau face à elle.

« Calme, je t'avais promis que si cela ne se passait pas bien, tu n'aurais pas à y retourner. Mais moi j'ai besoin d'y aller. J'aime ce village, j'aime les gens qui y vivent, et nous avons besoin de ce qu'il nous offre. Ne serait-ce que pour aller chercher de l'eau potable, ou pour avoir l'aide de Prune. J'aime beaucoup Sammy, c'est devenu mon ami, et grâce à lui j'aime aller travailler à la Milice. Au village ils ont aussi des denrées que l'on n'a pas, et que l'on ne peut pas trouver dans la forêt. Tout ce que tu y trouves nous nourrit, mais quand l'hiver sera là avec ses mètres de neige et son froid glacial, nous n'aurons pas le choix, nous aurons besoin du village, de ses pâtes, de son pain et son fromage. »

Elie s'arrêta de parler, conscient que son raisonnement n'atteignait plus Calme, mais il tentait encore, désespéré, de lui faire comprendre que chaque acquisition et chaque interaction avec les gens du village les rapprochaient un petit peu plus de sa vision idéale du future, entouré d'amis, de sa famille, vivant au rythme des saisons dans une idyllique et naïve bienveillance. Les propos et l'attitude de Saule avaient mis à mal son tableau idéal, mais il restait persuadé que c'était bien là la direction à prendre s'ils voulaient s'inclure dans une communauté, un monde plus vaste que leur unique cellule familiale, pour participer, à leur échelle, à le rendre si ce n'est meilleur, du moins vivable. Il avait un besoin viscéral de s'accrocher à cet objectif pour réussir à supporter la vision de leur toit béant tous les matins, des cernes et des rides nouvelles de ses parents qui semblaient toujours être en train de se débattre pour ne pas couler dans leur mer de problèmes.

« On dirait un enfant qui fait un caprice parce qu'il n'a pas eu les jouets qu'il voulait à son anniversaire, lui répondit Calme.

– Tu n'as pas l'impression aujourd'hui que c'est toi qui a fait un caprice ? »

Calme le regarda sans répondre, les yeux noirs, et Elie se dit qu'il valait peut-être mieux qu'elle resta muette. Il soupira.

« Allez, viens, on rentre à la maison. L'après-midi est à peine entamé, il y a sûrement plein de choses à faire. »

« Il dit la maison, mais ce ne sont que des pierres froides et du bois mort. Rejoignez-nous plutôt dans votre véritable foyer, au cœur de la forêt. Débarrassez-vous du monde des autres.

– Il vient de le dire. Sa place n'est pas dans la clairière. Elle est avec ses parents, dans la maison de pierre…

– … avec les hommes violents, qui commandent et qui crient ? Pour qu'il devienne comme eux, agressant la forêt ?

– Non. Ceux-ci sont des nuisibles. Ils ne l'auront jamais. »

Elie se leva tôt à son habitude, la boule au ventre et la tête lourde d'un sommeil fractionné. Il allait retourner à la Milice ce matin, mais ne savait pas quel accueil allait lui être réservé. Il devait aussi passer chez Prune, lui demander si elle accepterait de venir les aider une demi-journée supplémentaire pour poser quelques traverses et s'assurer qu'ils ne faisaient pas n'importe quoi dans la réfection de leur toit. La veille ils avaient encastré les deux premières, partant de la poutre pour arriver en haut du mur latéral, mais ils n'avaient pas la moindre idée de la solidité de leur travail. Il leur fallait aussi en urgence du mortier, pour remonter le mur effondré, et d'autres pierres si elles venaient à manquer lors de sa reconstruction.

La première chose qu'il remarqua, en émergent doucement, ce fut l'absence de Calme dans son dos. Il s'était couché et endormi avant elle, la laissant contempler le feu en silence, longtemps après que ses parents ne se furent mis au lit, et il ne se souvenait pas l'avoir senti se coucher à son tour. Il chercha des yeux une trace de sa présence, près des braises encore chaudes ou dans l'encadrement de la porte, mais il ne la vit nulle part. En tendant l'oreille pour chercher le son de ses pas arpentant le sous-bois il entendit un murmure nouveau, qu'il ne parvint pas à identifier. Alors il inspira profondément, ferma les yeux, et essaya d'entendre la voix de la Forêt, comme il avait pu le faire en présence de Calme.

Au début il ne perçut que les sons habituels : le grincement des branches, le chant d'un oiseau, les bourrasques du vent. Mais, en se concentrant d'avantage, il crut percevoir, timide mais joyeuse, une nouvelle voix inconnue qui chantait sa présence. Elle s'évanouit presque aussitôt et Elie ouvrit les yeux, déçu de ne pas pouvoir réentendre seul la symphonie sauvage aux mille voix. Il grignota un reste du repas de la veille et partit dans le petit matin.

Le chemin vers le village lui parut étrangement silencieux mais Elie y prêta peu d'attention, concentré sur les excuses qu'il voulait présenter à Saule, remarquant à peine que les deux sentinelles postées de ce côté du village avaient disparues.

En passant devant les premières maisons, au contraire, une rumeur se mit à enfler, et Elie découvrit avec stupeur une bonne partie des habitants de Massat dans les rues, se lamentant, courant d'une maison à l'autre ou restant figés au milieu des ruelles. Il trébucha alors sur un gros morceau de bois, qu'il reconnut être un bout de volet, et se rendit compte que les rues du village étaient recouvertes de branches, de mobiliers explosés et de pavés retournés.

Il paniqua, pensant à une attaque de pillards, s'attendant à entendre des cris, voir des blessés et des morts, mais le village semblait seulement fébrile et inquiet, bien loin de la terreur qu'il avait traversé à Lyon. Il demanda à un homme ce qu'il se passait, mais il se contenta d'hausser les épaules et de parler de grêle et de sangliers.

Un peu perdu, il se dirigea vers la place, qu'il trouva noire de monde, plus encore que lors des jours de marché. Le père de Saule, Eric, était monté sur la margelle du puits, sa fille à ses côtés, son carnet dans les bras. Elle notait, très vite, tout ce qui était dit par les villageois qui levaient la main pour prendre la parole, les uns après les autres.

« Toutes mes pêches ont été dévorées par des animaux, malgré les filets pour les protéger des oiseaux.

– Les barrières autour de mon potager ont été renversées et des sangliers ont ravagé mes cultures.

– Pareil pour moi !

– Mes abeilles ont disparu de mes ruches !

– Quoi ? Qu'est-ce que tu veux dire ?

– Mes ruches sont vides. Il n'y a plus une seule abeille, même les bâtisseuses et les reines ont disparu.

– Ca à quoi à voir avec les sangliers et la grêle ?

– J'en sais rien, mais on n'aura pas de miel cet hiver. » Une rumeur de déception parcourut le village.

« Je ne sais pas si c'est lié, mais mes deux chats ont disparu eux aussi...C'est eux qui bouffent les souris et les rats qui ravagent les blés stockés... »

Elie sentit un léger tapotement sur son épaule, et il se retourna pour découvrir Sammy, la mine sombre.

« Qu'est-ce qu'il s'est passé ?, lui demanda-t-il, soulagé de trouver dans la foule quelqu'un qui pourrait lui expliquer le chaos qui régnait dans le village.

– Cette nuit il a grêlé très fort, ça a ravagé tous les arbres fruitiers, et la partie des blés qui n'avait pas été moissonné... Elie ouvrit des yeux ronds.

– Mais, chez nous il n'a même pas plu ! Sammy le regarda, fronçant les sourcils.

– Tu es sûr ?

– Certain ! On dort sous des bâches, la moindre goutte qui tombe fait un bruit énorme. Tu te fais réveiller à coup sûr. » Sammy lui sourit gentiment, compatissant. Il reprit.

« En plus de ça il y a eu des animaux qui se sont promenés dans le village et les potagers des maisons. Ils ont tout retourné ou mangé. C'était terrifiant, ils étaient des dizaines dans les rues, personne n'a osé sortir pour les chasser... De toute manière les armes étaient pour la plupart au check point du bout de la vallée. Les deux sentinelles de ce côté-là du village se sont carapatées en voyant une dizaine de sangliers arriver. Saule était furieuse j'ai cru qu'elle allait les tuer sur place... Et puis il y a les ruches de mon père qui se sont vidées.

– Oui, j'ai entendu... » Les garçons s'interrompirent lorsqu'une femme d'une quarantaine d'années interpella Sammy après avoir fendu la foule. Elle était blême et paniquée.

« Sammy tu sais où est ta mère ?

– Euh ouais, à côté de mon père je crois. » Et il désigna de la tête l'homme qui avait pris la parole pour parler de ses abeilles. La femme ne prit même pas la peine de dire merci et disparut dans la foule. Les deux garçons observèrent sans rien dire la mère de Sammy partir en trombe à sa suite après une brève discussion.

« C'était qui ?

– La sœur de Prune, elle vit avec elle... Vu sa tête, elle doit pas aller très bien. » La nouvelle bouleversa Elie. Prune avait été plus que prévenante et patiente avec eux, et qu'elle soit blessée, voire pire, toucha Elie plus qu'il ne l'aurait cru. Il ne put par ailleurs s'empêcher de se dire, tout en s'en voulant profondément de cette pensée, qu'ils ne pourraient plus solliciter son aide pour la maison si elle était malade. Il se tourna vers Sammy, prêt à lui confier son désarroi, mais une femme prit la parole à l'intention de tout le village.

« Vous savez où j'habite, un peu au-dessus du village, mes cultures aussi ont été ravagée... Mais il y a pire. En descendant ce matin je me suis rendue compte que la rivière n'était plus dans son lit. J'ai vérifié : ici, les fontaines sont à sec. » Le silence tomba brutalement sur la place, qui bruissait des multiples malheurs survenus pendant la nuit et racontés aux voisins.

Le maire descendit de la margelle, sans rien dire, et actionna à plusieurs reprises la pompe de la place, juste à côté de lui. Après quelques mouvements, un mince filet d'eau jaillit, dans un murmure de soulagement, pour s'arrêter aussitôt, emportant avec lui les espoirs doucement exprimés. Saule ramassa alors un caillou qu'elle jeta dans le puits et il atterrit dans le fond avec un bruit étouffé et un peu mou, succédé immédiatement par une explosion des voix de la place entière. Rapidement chacun partit dans une direction différente, qui pour vérifier le circuit d'eau courante, qui les autres fontaines du village, pendant que le maire essayait de maintenir un semblant de calme, en vain. Quelques personnes restèrent autour de Saule, le temps qu'elle note sur son carnet les dégâts subis, puis la place fut vide, à l'exception des membres de la Milice. Éric regarda sa fille et secoua la tête.

« Je vais essayer de joindre St Girons. Il va nous falloir des jours pour estimer les dégâts. Peut-être que ce n'est pas si grave. On peut passer un hiver sans miel et compote de pêche, mais c'est l'eau qui me préoccupe... Le lit de la rivière a déjà été très sec mais de là à se vider complètement, et du jour au lendemain... On va envoyer une équipe en amont voir ce qui se passe, si un glissement de terrain a détourné la rivière à cause des grosses pluies de ces derniers jours, ou si au contraire les sources se sont taries... Dans tous les cas, il va falloir mettre en place un système de pompage si elle ne revient pas, et pour ça il me faudra une expertise d'un ingénieur hydraulique. Espérons que celui de St Girons est toujours en vie... Il soupira. Je te laisse continuer le tour des malheurs, en espérant que certains s'arrangent d'eux-mêmes... » Il s'éloigna vers la mairie, son adjoint Sven sur les talons.

La Milice se retrouva alors seule, dans un silence gênant.

« Bon, intervint Saule. On va se répartir comme d'habitude en petits groupes pour aller faire du porte à porte et noter les ravages de cette nuit. La priorité ce sont les maisons isolées plus bas et plus haut dans la vallée, car elles ne doivent pas être au courant des dégâts ici et penser qu'elles sont les seules touchées. » Elle soupira à son tour, ressemblant un instant étrangement à son père. « Je vous remercie d'être là en situation de crise. Je sais que vous avez toutes et tous des parents ou une famille à aider, mais en restant ici vous les aiderez au mieux j'en suis sûre. » Elie vit quelques acquiescements, mais il sentit que certains membres, mal à l'aise, souhaitaient clairement lâcher l'uniforme pour rentrer chez eux. Il se dit qu'ils devaient certainement être liés par un contrat, comme lui, et que cet engagement devait parfois être lourd à porter.

Alors que Saule commençait la répartition des binômes, Elie vit Sven, l'adjoint de son père, retraverser la place, un peu plus blanc que quelques minutes auparavant, et lui glisser quelques mots à l'oreille. Saule acquiesça, et, sans laisser transparaître la moindre émotion, elle continua d'envoyer les miliciens d'un bout à l'autre du village. Elie chercha Sammy du regard, mais, plongé dans une discussion sur la vie des abeilles avec Pomme, il ne semblait pas avoir remarqué l'étrange attitude de l'adjoint d'Eric. Saule les envoya alors tous deux en dehors du village, et Elie chassa Sven de son esprit.

Après avoir fait le tour des premières maisons plus isolées, les garçons se rendirent rapidement compte que les hameaux en dehors du village avaient peu été touchés. Certains avaient eu quelques poules dévorées par un renard particulièrement malin, ou des fruits récemment récoltés qui avaient pourri, mais rien qui ne sorte réellement de l'ordinaire. Certains habitants ne s'étaient même pas rendus compte qu'une catastrophe avait eu lieu. Comme si, se dit

Elie, le village avait été victime d'une attaque organisée et ciblée et que les maisons éloignées n'avaient eu que de faibles ricochets du désastre.

Ils firent un point avec les autres groupes en revenant sur la place du village lors du repas du midi, qui confirma sa théorie. Elie lui-même se rendit compte, à voix haute, que sa parcelle n'avait souffert en rien, ce à quoi Saule lui répondit, cinglante, qu'elle ne pouvait pas vraiment subir de dégâts vu son état. Elie accusa la pique mais garda le silence, sachant que faire profil bas était la seule manière d'apaiser sa cheffe. Rabah, le frère de Sammy, qui passait sur la place pour prendre son tour de garde à l'entrée de la vallée, leur apprit que Prune avait été blessée assez gravement pendant la nuit, sans qu'il ne fut capable d'expliquer comment. Leur mère avait réussi à suturer la plaie qu'elle avait à la jambe, assez impressionnante, et sa vie n'était plus en danger, mais elle allait avoir besoin de plusieurs semaines pour s'en remettre. A l'annonce de cette nouvelle et à l'inquiétude des membres de la Milice qu'elle suscita, Saule se tourna vers Elie et le regarda longtemps, impénétrable.

L'après-midi fut semblable à la matinée et Elie prit le chemin du retour plus déprimé qu'il n'avait pu l'être depuis leur arrivée dans la vallée. Il avait eu l'impression, à force de collecter les micro-catastrophes, que le village ne s'en remettrait jamais, et qu'il valait peut-être mieux repartir à Marseille avant l'arrivée définitive de l'hiver. Sammy, lui, était moins morose, et il essaya de le rassurer en disant que, en effet, tous les éléments mis bout à bout dressaient un portrait bien noir de la situation, mais que le village avait traversé pire, et que les principaux stocks de nourriture n'avaient pas été touchés. L'hiver allait être un peu moins gai que prévu, voilà tout. Pour lui, tant qu'il y avait suffisamment de farine pour faire du pain et qu'aucune maladie ne leur tombait dessus, il n'y avait pas de quoi s'inquiéter. Il n'y avait vraiment que cette histoire d'eau qui allait être problématique, surtout pour donner à boire aux bêtes et arroser les cultures, mais là aussi une solution allait être trouvée et le village allait s'organiser.

Ses paroles ne suffirent pourtant pas à redonner le sourire à Elie, qui remonta chez lui en se demandant bien comment ils allaient faire pour terminer leur toit sans Prune. Il ne savait même pas si elle avait eu le temps de préparer toutes leurs poutrelles et leurs traverses pour sa réfection. Si ce n'était pas le cas, ils risquaient sérieusement de passer un hiver sous des bâches, et il ne pensait pas que ses parents l'accepteraient, ni même qu'ils n'y survivraient. Tout en cheminant, il constata que le ruisseau qui longeait une partie du chemin était bien à sec et il se demanda comment il avait fait pour ne pas le remarquer le matin même. L'absence de son murmure lui parut petit à petit obscène, mais ce n'est qu'en arrivant à la bifurcation qui le fit s'éloigner de son lit que son esprit fit le lien avec le nouveau son chantant qu'il avait entendu ce matin en se réveillant...

Je ne sais pas pourquoi j'avais mis autant de temps à percuter. Peut-être que je refusais de comprendre en fait, que je niais tout, en bloc. J'ai remonté les cinq cent derniers mètres en courant et je suis arrivé chez nous en trombe, le souffle court. Mes parents ont paniqué, ont cru qu'il y avait une catastrophe au village, une attaque, ou un feu. Je n'ai même pas perdu de temps à essayer de les rassurer, je leur ai juste demandé où était Calme. « Elle est un peu plus bas, m'a répondu ma mère. Elie, c'est incroyable... Je ne sais pas ce qu'il s'est passé, mais il y a une rivière au bout du terrain. Je... Je ne comprends pas d'où elle vient, peut-être que c'est lié à la pluie qui est tombée en continu ? Mais c'est une bénédiction, on n'aura plus à aller jusqu'au village pour chercher de l'eau. »

La révélation de ma mère, qui ne faisait que confirmer ce que je craignais, m'a fait voir blanc et devenir sourd à tous les sons de la forêt. J'ai marché vers Calme, sans rien dire, avec une fureur si grande en moi qu'elle me faisait trembler.

« Il arrive. Il a vu mon œuvre.

– C'est bien petite. Ta puissance balbutiante imposera son respect. »

Elle était plus bas, au bord de notre nouveau ruisseau, remplissant sereinement nos grands seaux d'eau. Quand elle m'a vu arriver, elle a souri, rayonnante. Mais mon regard, noir, qui aurait dû la tuer sur place lui a fait ravaler ce sourire.

« Qu'est-ce que tu as fait ? Qu'est-ce que tu as osé faire ? Calme eut un petit rire innocent.

– Rien. J'ai simplement mis quelques cailloux dans leurs rouages.

– Calme tu as condamné ces villageois à la famine et à la peur cet hiver ! Et nous avec !

– Vous n'aurez jamais faim. Je m'occuperai de vous. Ils nous laisseront tranquille désormais, ils n'ont plus rien à nous offrir.

– C'est pour ça que tu as blessé Prune ? Pour qu'elle ne puisse plus nous aider ?

– Ce n'est pas moi qui l'ai blessé, c'est un sanglier. C'était surtout pour donner une leçon à Saule, qui refusait qu'elle prenne une apprentie. Ça lui apprendra à diriger la vie des autres. Maintenant on sera seuls, sans eux, et elle ne nous demandera plus rien. Enfin si, et elle eut un petit rire qui acheva de me glacer, surement de l'eau. Ça sera l'inverse, ils nous donneront des choses contre notre eau. » Elle sourit, fière de son effet, et la logique implacable et morbide de ma presque-sœur me terrifia. Je me retrouvais à lutter contre la colère pure qui frappait aux portes de mon esprit en me répétant qu'il était encore possible de la raisonner, de réparer les dégâts de la journée. Après tout les abeilles pouvaient encore revenir, et de nouveaux bourgeons avaient encore le temps d'éclore pour remplacer les fruits détruits.

« Tu vas leur rendre l'eau, Calme. Maintenant. Avant qu'ils ne viennent par ici, qu'ils ne comprennent ce que tu as fait, qu'ils nous chassent à coups de pierres et qu'ils ne te brûlent sur la place du village. Et tu vas demander aux plantes de réparer leurs dégâts, toutes seules.

– Non. »

Ma gifle fusa, avant même que je ne me rendisse compte de mon geste. Calme ne bougea pas, son sourire toujours fier figé sur son visage. Je fus alors brutalement propulsé en arrière dans un souffle et atterrit quelques mètres plus loin. Je me remis péniblement debout, sonné. Calme me toisait, de la haine mêlée à la tristesse dans le regard.

« Tu es désormais le milicien violent de mes cauchemars. Félicitations. » Elle me tourna le dos et s'enfonça dans les bois, et je me retrouvais à l'implorer, n'osant pourtant l'approcher de peur qu'elle ne me m'attaque à nouveau.

« Rends-leur l'eau Calme ! Rends-leur ! Je t'en supplie. Rends-leur la rivière... S'il te plait... » Ma voix vibrait, sous le coup de la peur et des larmes, et, le temps d'un instant, Calme s'arrêta. Je sentais dans la tension de son dos toute son hésitation, mais elle finit par reprendre sa marche, sans se retourner, et disparut dans l'ombre de la forêt.

Alors je me suis écroulé au sol et j'ai pleuré longtemps, avant de réaliser que les larmes qui s'écrasaient sur la paume de mes mains étaient mêlées de sang. Je me suis passé les doigts sur les joues et le front, et je les ai découverts maculés à leur tour.

En me penchant au-dessus de la rivière j'ai eu un

aperçu de son œuvre. La peau de mon visage était striée de petites griffures et, quand j'ai regardé mes avant-bras, j'y ai découvert des traces de morsures, de chien ou de loup.

Calme était devenue une bête.

Mes parents sont arrivés, surement alertés par nos cris, et ils m'ont trouvé en larmes, assis par terre, incapable de leur expliquer ce qu'il venait de se passer avec Calme, incapable de justifier l'origine des griffures sur mon visage. Ils ont fini par arrêter de me presser de questions, m'ont aidé à me relever et m'ont amené à la maison. Je suis resté mutique, devant le feu, acceptant de manger uniquement pour qu'ils arrêtent d'insister et me laissent tranquille. Je les ai entendu discuter à mi-voix depuis leur lit. Ma mère hésitait à aller chercher Calme dans la forêt avec la lampe dynamo, mais je lui ai dit que c'était trop dangereux, que Prune s'était faite embrocher la jambe par un sanglier au petit matin, et que Calme était surement en sécurité dans la cabane qu'elle avait créé dans sa clairière. Mes parents ne m'ont pas répondu, mais j'ai senti, dans leur silence, qu'eux non plus n'arriveraient pas à dormir. J'ai écouté la nuit prendre possession du monde, et j'ai moi aussi commencé à en avoir peur, comme ma presque-sœur les premiers jours. Son absence dans mon dos me glaçait le corps, et je me suis mis à trembler, sans savoir si c'était de peur ou de froid. Quand je me suis réveillé toujours grelottant au petit matin, Saule me regardait, un fusil à la main.

Le premier réflexe d'Elie fut de reculer contre le mur effondré de la maison. Saule n'était pas menaçante, mais la colère de son regard associée à son fusil le déstabilisa. Elle allait se mettre à parler quand un mouvement du côté des parents dévia leur attention à tous les deux. Elle lut la panique dans les yeux d'Elie, et l'envie qu'il avait, puissante et inversée, de les protéger contre le monde. Saule se tut, et il la remercia du regard en s'extirpant maladroitement mais en silence de son sac de couchage. Il attrapa sa veste de la Milice et s'éloigna de la maison, Saule sur les talons. Ils avaient à peine franchit les limites de la parcelle qu'elle explosa.

« Qu'est-ce qu'elle a foutu Calme ? » Elle se retourna vers Elie, et la découverte de l'état de son visage lacéré dans la lueur naissante du soleil freina un instant sa colère.

« Et qu'est-ce qu'il t'est arrivé au visage ? Et aux bras ? » Elie enfila sa veste, dérobant sa peau nue au regard de Saule.

« La même chose que toi et Prune je suppose.

– Où est-elle ?

– Je ne sais pas. Elle est partie dans les bois après m'avoir fait... ça. Il eut un geste vague vers son visage. Je l'avais giflé pour qu'elle vous rende l'eau. Je l'ai supplié ensuite. J'ai tout essayé. » Saule secoua alors la tête avec un petit rire amer.

« Mon père a envoyé naïvement quelques personnes vérifier s'il n'y a avait pas eu un glissement de terrain dans les hauteurs... et bien non, ils sont revenus en disant que les sources s'étaient justes taries. Mais vu ce qu'il a plu ces derniers jours, ça n'avait aucun sens. Alors j'ai repensé à ta petite histoire de dons avec les animaux de ta prétendue sœur et... » Saule arrêta soudainement sa phrase pour tendre l'oreille, intriguée. Sans un regard pour Elie, elle partit vers le bas de leur parcelle, le laissant seul. Il se passa lentement la main sur le visage en comprenant ce qu'elle avait entendu et où elle se rendait. Il lui emboîta le pas, las.

Saule s'arrêta devant leur rivière nouvelle, auprès de laquelle les chèvres paissaient tranquillement. Elle resta un instant sans rien dire, puis finit par s'accroupir et tremper sa main dans l'eau glaciale des sous-bois, comme pour se convaincre qu'elle était bien réelle. Elle se releva doucement, planta ses yeux dans ceux d'Elie, et reprit la parole, sur un ton qu'il commençait à trop connaître, mordant et haineux.

« Vous avez détourné la rivière. Comment ? » Elie sentit toute la puissance de sa colère dans sa voix pourtant parfaitement maitrisée, mais il y décela aussi, et cela le surprit, de la peur.

« On ne l'a pas détournée. C'est Calme qui a fait ça, toute seule. Il soupira. Je te l'ai dit la dernière fois elle a des... pouvoirs. Enfin, appelle ça comme tu veux, mais elle parle aux plantes et aux animaux, et visiblement à l'eau maintenant. » Saule marqua un temps, le visage dur et Elie se demanda jusqu'où elle allait accepter de le croire.

« Elle l'a détournée par la parole ?

– Oui. Libre à toi de me croire... Je... Calme développe des pouvoirs de plus en plus puissants, j'ai du mal à comprendre ce qui lui arrive... Mais elle est... hors de contrôle désormais, et elle a une telle haine contre toi qu'elle punit tout le village pour les décisions que tu prends et qu'elle juge...injustes. » Saule ne dit rien, mais Elie remarqua la sueur qui perlait sur son front malgré la fraicheur du matin, et ses yeux agrandis par la peur qui prenait peu à peu possession de son corps.

« C'est elle qui a commandé à un sanglier d'attaquer Prune ? Pour me donner une leçon? Elie acquiesça, doucement.

– Oui. C'est elle aussi.

– Putain, mais Elie, qu'est ce qui va se passer ensuite ? Elle va faire s'écrouler la montagne sur le village pour prouver qu'elle avait raison sur l'impermanence de la vie ? Il faut que vous partiez, que vous l'emmeniez loin d'ici avant qu'elle ne tue quelqu'un ! Repartez à Marseille, enfermez-là dans des murs de béton pour la rendre inoffensive ! » La voix de la jeune femme tremblait, et Elie prit conscience, à travers ses yeux, du danger que pouvait représenter sa presque-sœur. Pourtant, à l'idée de repartir et d'échouer à nouveau dans une ville surpeuplée et malheureuse il releva la tête vers elle, déterminé.

« Non, on ne va pas repartir. On va rester. On va réparer les destructions de Calme, une à une. Ce qu'elle a fait, elle peut le défaire. J'ai vu ce dont elle était capable quand elle ne détruit pas, sa puissance peut aussi assurer une meilleure vie à la vallée. J'arriverai à la convaincre de ramener l'eau au village, de faire pousser de nouvelles plantes, d'améliorer les récoltes d'automne... Tout ce qui s'est passé ces quelques jours sera vite oublié. Mais il faut que tu me laisses m'occuper d'elle, parce que notre vie est ici. C'est chez nous maintenant.»

Il vit la surprise sur le visage de Saule prendre le pas sur sa peur et il se dit, à part lui, que jamais personne n'avait osé lui tenir tête de cette manière. Il sentait que les mots qu'elle allait prononcer détermineraі leur avenir dans la vallée, et il refusa de la laisser seule maître de son futur et de celui de sa famille. Alors il reprit la parole, tentant le tout pour le tout.

« De toute manière tu ne peux rien faire contre nous. Calme nous voue encore un amour sincère, et si tu nous chasses, elle déchaînera sa colère sur le village. Et cette fois elle ne s'attaquera pas qu'aux récoltes. »

Saule resta mutique, un long moment, et Elie eut peur d'être allé trop loin. Elle finit pourtant par reprendre la parole, d'une voix calme et dénuée d'affect.

« Et je fais quoi ? Je dis quoi à mon père, au village ? Que je sais pourquoi on n'a plus d'eau mais que l'on attend les bons vouloirs d'une gamine de seize ans pour la récupérer ?

– Je vais la convaincre, je te jure.

– Et si tu la mets encore plus en colère ? Si elle décide d'utiliser ses pouvoirs pour foutre le feu au village, faire pourrir tout le contenu de nos greniers, ou répandre une maladie oubliée, enfouie dans les bois, sur tous les villageois ? Est-ce que tu connais seulement les limites de ses pouvoirs ? Elie secoua la tête.

– Non, et je pense qu'elle l'ignore aussi. Mais je suis persuadé que, dans l'absolu, elle ne veut pas du mal aux gens, et qu'elle ne s'en prendra pas sans raison au village. Elle aime encore trop profondément mes parents par exemple, et elle sait qu'ils veulent juste vivre parmi vous. Elle a fait ça pour nous protéger.

– Mais pour vous protéger de quoi Elie ? Qu'est-ce qu'on vous a fait depuis le début ?

– Toi, ton père, le village, vous tous... vous nous avez menacés, à plusieurs reprises. De ne pas accepter notre argent, de refuser l'intégration de notre famille si on ne prouvait pas que Calme en faisait officiellement partie, de démonter notre poutre... Elie soupira. Je sais que c'est votre système, et on est prêts à s'y adapter... Mais Calme, elle, le refuse. » Il eut un petit rire involontaire, teinté d'ironie. « Il ne faut pas le prendre personnellement, elle refusait déjà en bloc le système de la Mafia à Marseille... Il faut juste que vous la laissiez tranquille, et elle ne fera plus de mal aux villageois, ni à personne d'autre, je te le promets. Elle va se calmer dans les bois, et quand elle reviendra nous voir, je sais que j'arriverai à la convaincre de tout refaire comme avant. J'ai été brutal avec elle, c'est là où j'ai merdé. Je suis sûr qu'elle ne se rendait pas compte de ce qu'elle avait fait en détournant la rivière. Elle n'est pas mauvaise, elle a juste... je ne sais pas, subi trop de changements, trop vite. » Il osa un sourire, triste. « Je ne sais même pas ce qu'elle est devenue. Je ne pense pas qu'elle le sache elle-même. » Le silence tomba brutalement entre eux. Saule inspira profondément, et regarda loin dans les bois, puis elle prit la parole, dans un quasi murmure.

« Je pense que c'est une Sylve. » Elie tourna la tête vers elle, les yeux grands ouverts et perdus.

« Une quoi ?

– Une Sylve, une incarnation de la forêt. Selon nos légendes, notre vallée, et plus particulièrement notre forêt est... puissante, ou magique, appelle ça comme tu veux. Je sais pas si c'est des histoires de magnétisme, mais on raconte que, il y a très longtemps, des femmes naissaient « marquées » par la forêt. Cela se traduisait par un don dans l'élevage des animaux, ou dans la culture des plantes, voire à la chasse ou à la cueillette. En fonction des époques elles étaient traquées ou accueillies avec joie, et elles rendaient le village prospère. Enfin, pour être honnête, la plupart du temps on les prenait pour des sorcières et on les brûlait. » Elle secoua la tête, perdue. « Mais là, avec Calme, on dépasse de loin toute notion de don... On est complètement dans la légende... » Elle s'arrêta et regarda Elie, presque implorante, comme si l'idée de devoir gérer une furie fantastique en plus de ses responsabilités habituelles l'amenait au bord de la rupture. Mais Elie ne vint pas à son secours, bien au contraire ; car dans ses yeux Saule lut le même regard qu'elle camouflait tous les matins avant de franchir la porte de sa maison : le désespoir, l'angoisse, et l'envie inavouable d'être sauvée. Comprenant qu'Elie ne viendrait pas soulager ce poids supplémentaire de ses épaules, elle soupira, referma son visage, et reprit la parole.

« Dans les histoires qu'on se transmettait dans les villages, les femmes marquées par la forêt avaient des animaux toujours en bonne santé, qui produisaient plus de laine, ou de lait, de meilleure qualité. Mais ça s'arrêtait là. Avec Calme, on bascule dans un grand délire... » Elle laissa passer un petit temps. « Il faut que vous fassiez attention Elie. Je n'ai aucune envie de déchaîner sa colère dans une battue de chasse aux sorcières, mais les gens du village n'hésiteraient pas une seconde à la poursuivre jusqu'au fond des bois pour la mettre à mort s'ils apprenaient ce qu'elle avait fait, sans prendre conscience de sa puissance et des dégâts qu'elle pourrait provoquer. » Des rayons percèrent alors le faîte des arbres et Saule secoua la tête, délaissant la colère et la peur de sa voix au profit d'une immense lassitude. « Il faut qu'on descende à Massat, le soleil est levé depuis longtemps et la Milice a tellement à faire. Sven est revenu très tôt de St Girons, qui ne l'a même pas laissé entrer dans la ville. Les pillards de la région toulousaine se rapprochent, ils ont ravagé deux villages plus bas dans les plaines, et la maire a décidé de cadenasser les portes de la ville. On va devoir faire pareil ici. » Malgré son visage dur et déterminé, Elie n'était pas dupe et il se rendait bien compte que Saule était épuisée et à bout de nerfs. Il prit une fois de plus la mesure de la solitude extrême de cette jeune femme, qui semblait porter son village seule et à bout de bras. Il résista à l'envie de la prendre dans ses bras et de lui murmurer que tout allait bien se passer, qu'elle pouvait compter sur lui pour l'épauler du mieux qu'il pouvait. Mais il n'osa pas, persuadé qu'elle le repousserait et l'humilierait une fois de plus. Il ne fit donc que lui répondre, las lui aussi.

« Tu me laisses t'accompagner ?

– Pour le moment oui. Je viens de te le dire, je n'ai pas du tout envie de faire face à la furie d'une Sylve, vu ce qu'une simple divergence d'opinion a provoqué. Mais il va falloir que tu me promettes Elie de tout faire pour réparer ce qu'elle a brisé. Si elle a vraiment tant de pouvoirs que ce que tu m'avances, si elle accepte de nous aider, même si cela prend du temps, le village pourrait en retirer de vrais bénéfices. »

Elie lui sourit en soupirant doucement, reconnaissant, et toute la tension de leur échange disparut de son corps. Ses jambes se mirent à trembler et il se surprit à prier pour que l'obscurité des sous-bois empêche Saule de s'en rendre compte. Maintenant que le conflit ouvert était derrière eux il prenait conscience de la portée des menaces qu'il venait de proférer et qui relevaient plus du coup de bluff que de la réelle connaissance des intentions de Calme. Il se demanda si Saule était vraiment dupe, si elle croyait sincèrement que Calme pourrait devenir un jour une actrice déterminante dans la vie du village. A part lui, Elie se dit que lui faire accepter de rendre la rivière serait déjà une belle avancée.

Ils contournèrent la parcelle pour récupérer le sentier qui menait au chemin, et Elie sentit son cœur se serrer en entendant ses parents vaquer à leurs occupations matinales. Leurs paroles étaient inaudibles, mais il y décelait toute leur inquiétude à travers les intonations de leurs voix.

Quand ils débouchèrent sur le chemin, ils furent enfin éclairés par le soleil déjà trop haut, et ils se regardèrent un instant, interdits. Elie découvrit les traits tirés de Saule, encore bouleversés par ses révélations et ses menaces, soulignés par des cernes dues à ses trop nombreuses nuits sans sommeil. Il finit pourtant par baisser les yeux devant son regard à elle, oscillant entre le malaise et l'angoisse face aux multiples coupures qui lacéraient son visage.

Ils cheminèrent ensemble jusqu'au village et il accueillit avec embarras l'effroi de Sammy à la découverte de ses blessures. Il inventa une excuse stupide, qu'il était tombé dans des ronces, mais il vit bien que son ami ne le croyait pas. Il fut néanmoins paradoxalement soulagé que ce soit son visage qui accapare l'attention plutôt que son arrivée tardive accompagné de Saule.

Il y avait plus de monde que d'habitude sur la place, même si le groupement de personnes n'avait rien à voir avec la foule de la veille. Le maire aussi était là, accompagné de Sven, les traits tirés et les cheveux en bataille, tenant par une longe un cheval bâté de deux sacs. Il était en plein discours quand ils prirent place au milieu de la foule, et Elie perçut dans un coup d'œil agacé d'Eric qu'il était en colère que sa fille soit en retard.

« Saule, te voilà. On va devoir réajuster le rôle et les missions de ta Milice dans les jours à venir. Au vu de ce que nous a raconté Sven, il va nous falloir doubler les gardes à tous les check points. Tu penses avoir assez de personnes en renfort ? Saule acquiesça. Ok, parfait. J'envoie Sven à Tarascon, vu que St Girons nous a fermé ses portes, voir s'il peut trouver un ingénieur hydraulique là-bas, même si j'en doute. Il devrait être de retour dans quelques jours... donc en attendant il faudrait que tu m'assistes comme adjointe, ça te va ? Saule acquiesça à nouveau. Quelqu'un pour s'y opposer ou proposer quelqu'un d'autre ? » Les gens se regardèrent avec un demi-sourire ironique et en haussant les sourcils, bien conscients que personne ne souhaiterait prendre une telle responsabilité et quitter son exploitation ou son commerce au milieu de la crise qu'ils traversaient.

« Bon dans ce cas j'imprimerai un avis en bonne et due forme que je placarderai sur la mairie. Comme ça les bureaucrates de Toulouse, quand ils viendront, n'auront rien à y redire. » Il se tourna vers son adjoint. « Allez bonne route Sven, ne reviens pas tout seul. Saule j'ai besoin de toi pour m'aider à organiser les roulements pour aller chercher l'eau dans la vallée. » Saule se dirigea vers son père après un dernier regard grave vers Elie.

Il détacha son attention du groupe qui s'était formé autour du maire et qui discutait assez fort pour chercher Sammy du regard. Il le vit en train de discuter avec son frère, au milieu de la poignée de jeunes miliciens qui étaient venus ce matin-là, moins nombreux encore que la veille. Peut-être que certains s'étaient dégagés de leurs obligations pour un temps, ou qu'ils désertaient officiellement, mais Elie découvrit quelques nouvelles têtes ressemblant étrangement à ses camarades plus âgés. Il finit par comprendre que les petites sœurs et petits frères des miliciens, pourtant à peine sortis de l'enfance, avaient pris leurs places. Sammy croisa son regard un peu perdu et se dirigea vers lui.

« Bon Rabah part avec mon père essayer de capturer un essaim d'abeilles sauvages, histoire de meubler un minimum les ruches vides.

– Ton frère peut déserter en pleine crise ?

– Oui, c'est ma mère qui a mis la pression, elle se sert du miel comme cicatrisant, et là vu comme c'est partit il va falloir éviter de se couper pendant quelques mois... De toute manière Eric ne refuse rien à ma mère, il est le maire le plus chanceux du département d'avoir encore un médecin et il la chouchoute. Du coup je vais remplacer Rabah au check point vu que je suis l'un des derniers miliciens à avoir plus de dix ans... Tu m'accompagnes ? » Elie se tourna naturellement vers Saule, submergée par les protestations des villageois remettant en cause l'horaire de leur corvée d'eau. « T'inquiète pas, Saule s'en fout de qui vient avec moi. Rabah est d'accord, c'est tout ce qui compte. Tu viens ? » Elie ne répondit pas mais lui emboita docilement le pas. Il remarqua alors que Sammy tenait dans ses bras l'arme de son frère.

« Tu sais t'en servir ?

– De quoi ?

– Du fusil ? Tu as appris à tirer ?

– Ouais il y a longtemps sur de vieilles boites de conserves. C'est pas très compliqué. Si la situation se prolonge et qu'on se retrouve de veille tous les jours je t'apprendrais aussi. » Elie le regarda, interdit.

« Mais vous tirez parfois sur des gens ?

– Pas sur des familles ou des gens seuls et désarmés. Pas sur des civils en fait. Mais parfois il y a deux trois types armés qui se ramènent et tentent de passer sans en avoir le droit. Alors on tire en l'air, et si ça suffit pas, on tire dans les pieds, ou sur leurs bêtes. C'est arrivé quelque fois à mon frère de devoir faire ça. La plupart du temps à ce moment-là les gens en face décampent et on n'en entend plus parler, ils tentent leur chance dans les vallées alentours, où en Espagne où les villages sont parfois moins bien protégés, vu que toutes leurs armes sont réquisitionnées dans la guerre civile. Mais bon je te rassure ça arrive rarement. Souvent rien que la vue du flingue ça calme son monde. » Elie se rappela leur arrivée et la peur de Calme face à l'arme de Rabah, et il acquiesça, vaguement rassuré.

Ils cheminèrent en silence dans la si jolie vallée que la famille d'Elie avait remonté le premier jour, et il retrouva la même ambiance joyeuse et légère. Il chercha du regard des dégâts éventuels provoqués par Calme et ses animaux, mais il ne vit que quelques barrières retournées et un potager saccagé. Sammy sembla lire dans ses pensées.

« Il n'y a pas trop de dégâts dans le coin. C'est bizarre parce que les maisons sont plus isolées et les terrains moins protégés.

– Oui… Mais on est plus loin de la forêt c'est peut-être pour ça ? Sammy haussa les épaules.

– Des bêtes il y en a aussi dans les collines. Il y a plein de bois dans le coin qui regorgent de sangliers ou de cerfs. »

Ils arrivèrent au check point et furent accueillis par un soupir de soulagement de deux jeunes femmes aux traits tirés.

« Pas trop tôt. Ils sont pas là les autres? Vous êtes que deux ? » Leurs regards s'arrêtèrent sur le visage d'Elie. « Il lui est arrivé quoi à lui ? »

« Lui c'est Elie, et il est tombé dans les ronces. Rabah est allé aider mon père à capturer un essaim d'abeilles parce que ses ruches son vides. C'est moi qui vais le remplacer dans les jours à venir je pense. Rose idem, elle aide à la ferme. Et les autres je sais pas, ils ont dû s'arranger avec le maire... de toute manière en cette période y'a jamais grand monde qui cherche à pénétrer illégalement dans la vallée non ? La jeune femme rousse finit par détourner les yeux des blessures d'Elie qui ne savait plus où se mettre, et haussa les épaules.

- Ouais enfin si les renégats débarquent vraiment, je donne pas cher de Massat si vous êtes que tous les deux à la garder... Enfin on va se dire que c'est pas pour tout de suite... »

Elle tendit son arme à Elie, qui s'en empara maladroitement, surpris par son poids. La sentinelle garda le silence, mais son regard en disait long. Elle se tourna vers Sammy, à l'attitude déjà plus assurée.

« On a vu passer Sven hier qui nous a raconté que vous aviez été envahis par des sangliers et qu'il a grêlé ? Sammy acquiesça, déjà concentré sur la route. C'était arrivé à mon grand-père cette histoire de sangliers qui se promènent dans les rues... ils s'étaient postés avec d'autres gens du village aux fenêtres et en avaient abattus une dizaine avant qu'ils ne prennent la fuite. Il y avait eu du jambon et du pâté pendant des semaines pour tout le monde après ça. Sammy secoua la tête.

- Là personne n'a pu tirer, les armes sont réquisitionnées pour les check-point ou sont gardées sous clé à la mairie. Et la plupart des chasseurs ne vivent pas au village.

- C'est marrant, reprit l'autre jeune femme, nous de l'autre côté du versant on a rien eu. Elle réfléchit un instant. Enfin si y'a des oiseaux qu'ont dévoré pas mal de fruits pas tout à fait mûrs sur les arbres. Mais bon je pense que ça n'a rien à voir.

- Oui c'est sûr, intervint un peu brusquement Elie. Les oiseaux et les sangliers ça n'a rien à voir... C'est pas comme s'ils s'étaient passé le mot pour attaquer en même temps ! » La jeune femme fronça les sourcils et eut un sourire un peu gêné par son intervention. Elie baissa les yeux et fit semblant de détailler son arme. Il était conscient de sûrement passer pour un benêt, mais si c'était le prix à payer pour empêcher les rumeurs de malédictions sylvestres d'enfler, cela lui allait très bien...

« Bon nous on va se coucher du coup. Vous serez relevés par Zéno, Rapha, Eva et Max normalement, sauf s'ils désertent eux aussi. » Après un petit clin d'œil à Sammy qu'il réceptionna d'une grimace les deux jeunes femmes repartirent vers la vallée, après avoir laissé un talkie à Elie. En fouillant dans la guérite il trouva un vieux béret trop grand pour lui, mais il se l'enfonça sur la tête, espérant que l'ombre sur son visage atténuerait la présence de ses stigmates, peu enclin à subir un interrogatoire supplémentaire. Sammy le regarda faire.

« Tu veux vraiment pas me dire ce qui t'es arrivé ? C'est pas Saule qui t'a fait ça ein ?

– Je te l'ai dit je suis tombé dans des ronces. »

Sammy secoua la tête, le visage plus fermé que d'habitude.

« Si tu le dis... Mais si c'est Saule tu peux m'en parler. Je te croirai. »

Elie ne répondit rien et grimpa en haut du poste de vigie, coupant court à toute discussion. La matinée était bien avancée et le soleil commençait à taper dur, mais il apprécia être loin du village où il ne voyait que les dégâts de Calme, et loin de sa maison effondrée qui lui créait une boule au ventre quand il la regardait trop longtemps. Ses parents allaient continuer de poser des traverses, tout du moins jusqu'à ce que le stock que Prune leur avait fourni ne s'épuise. Pour la suite, c'était la grande inconnue, et son cerveau refusait de se projeter plus loin.

Il écoutait le babillage de Sammy qui n'avait pas gardé son air grave longtemps, en y participant parfois d'un signe de tête ou d'un sourire, se laissant bercer avec un semblant de bonheur par sa discussion légère de jeune adulte, loin de l'angoisse qui lui remplissait l'esprit et lui pesait sur la poitrine. Sammy était un garçon simple, joyeux, toujours persuadé que tout, dans la vie, finissait par s'arranger. Quand Elie lui demanda comment il pouvait être si optimiste, il haussa les épaules avant de lui répondre.

« Tu sais ma mère est médecin, elle passe son temps à guérir les gens avec des bouts de ficelles, du miel, apparemment, et les plantes de l'herboriste. Parfois elle rentre à la maison et ne parle pas de la soirée, parce qu'elle sait que le malade qu'elle vient de voir ne guérira pas. Elle connait tout le monde ici, ses patients sont aussi ses amis, alors forcément ça la touche plus que quand elle exerçait au tout début de sa carrière à Paris. Et encore en ce moment ça va, ça fait quelques mois que les gens qui meurent sont justes vieux. On a des épidémies horribles dans le coin et une année il n'y a pas si longtemps tous les enfants sont morts... » Elie acquiesça, se remémorant le discours de Saule sur la rudesse de la vie dans la vallée.

« Je sais pas si tu as remarqué mais il n'y a que très peu d'enfants au village entre cinq et dix ans. C'est parce qu'une année, tous les nouveaux nés et les petits enfants ont succombé à cette espèce de fièvre, qui ne faisait pas grand-chose aux plus grands... » Elie marqua un temps d'arrêt en rendant compte que, en effet, il n'y avait que très peu d'enfants de cet âge dans le village. « Bref je te raconte tout ça pour te dire que la mort et les malheurs je les côtoie d'assez près avec ma mère. Alors je sais pas, depuis tout petit je me suis dit que je devais être le plus joyeux possible et profiter de chaque jour parce que tout pouvait s'arrêter très vite. C'est un peu bateau comme explication, on se croirait dans un film pour adolescent, mais bon, c'est comme ça. » Elie sourit et rebondit sur sa référence, s'écartant volontairement du sujet morose.

« Vous aviez la télé ici ?

– Plus maintenant, la fibre a été coupée quand j'étais plus jeune, on n'a jamais réussi à la remettre. »

Il fit un clin d'œil à Elie. « Enfin ça sera bientôt du passé si ta mère arrive à nous raccorder à nouveau ! Et si le réseau national fonctionne encore...

– Il fonctionne. A Marseille on pouvait la regarder. C'est un bon moyen pour noyer son cerveau.

– Ouais je sais bien, quand j'étais plus jeune je passais des heures devant. Maintenant ça ne m'intéresse plus trop, même si il me reste pas mal de films stockés sur un vieux disque dur... On est une des seules familles à avoir gardé un écran, toutes les autres les ont vendues à St Girons ou à des marchands de passage. De toute manière personne n'a trop le temps ni l'envie de regarder une soirée entière le monde tel qu'il était avant... » Il haussa les épaules. « C'est vrai que je sais pas trop pourquoi on la garde notre télé, ça doit faire des années qu'on s'est pas maté un film en famille. Mais c'est vrai qu'avec ma mère médecin et mon père instituteur on n'a jamais trop eu de problème d'argent ou de nourriture, du coup on a jamais dû vendre des trucs pour survivre. C'est le seul privilège qu'on a... »

L'après-midi s'écoulait lentement, mais je pris rapidement goût à être dans l'attente du prochain voyageur. On laissa passer une vétérinaire ambulante connue dans la région et un colporteur de journaux et de magazines qui avait lui aussi ses entrées. Ils présentèrent leur carte d'identité que Sammy recopia dans un vieux cahier à spirales, et continuèrent tranquillement leur chemin. Je devais annoncer leur venue au talkie, qui faisait le relais entre les check-points, la mairie et ce qui faisait office de gendarmerie dans le village. Sammy m'expliqua plus précisément l'organisation administrative de la vallée, les transformations qu'elle avait subie et la relative stabilité qu'elle avait acquise depuis presque vingt ans quand Eric avait gagné les élections, qu'il remportait à nouveau à chaque scrutin.

« ... jusqu'au jour où il ne se représentera pas pour laisser Saule à sa place. Et tout le monde votera pour elle à son tour, parce que le village est quand même très admiratif de ce qu'elle a fait avec la Milice. Eric, aux dernières élections, voulait qu'elle s'inscrive sur sa liste pour qu'il la nomme adjointe, dans cette logique de transition, mais elle a préféré rester encore quatre ans à notre tête. Je ne suis pas sûr que maire ça lui plairait vraiment en fait. C'est beaucoup moins actif, et c'est plein de problèmes administratifs absurdes à régler. Mais au bout d'un moment je crois que ni Eric, ni le village ne lui laisseront le choix. Sven aimerait bien être maire aussi, mais il n'est pas du tout aimé comme elle, et s'ils se présentent tous les deux l'affaire sera vite réglée. »

Il a alors arrêté de parler à l'arrivée d'une famille de six personnes, qui cheminait tout doucement vers nous. Elle était composée de trois adultes et trois enfants qui paraissaient épuisés, et le visage de Sammy a alors changé pour devenir complètement inexpressif. Il leur a demandé ce qu'ils venaient faire dans la vallée. Ils ont hésité, se sont regardés les uns les autres, et nous ont dit qu'ils cherchaient un endroit où vivre, que leur village vers Toulouse avait été attaqué par un groupe armé. Qu'il y avait eu beaucoup de morts et de destruction, et qu'ils avaient dû fuir. Sammy leur a demandé s'ils avaient une invitation de quelqu'un du village, ou de quoi troquer mais ils ont secoué la tête. Alors, comme son frère avant lui avec ma famille, il leur a indiqué le chemin à suivre pour contourner la vallée et aller en Espagne, à Tarascon, ou les a invité à faire demi-tour. L'un d'eux s'est à nouveau approché de nous, essayant de négocier pour rester quelques jours dans notre village, mais Sammy est resté ferme, faisant ostensiblement briller son arme dans les rayons du soleil. Le groupe a alors longtemps discuté à voix basse, jetant des coups d'œil dans la direction du chemin qui montait dans les sous-bois. Ils l'ont finalement emprunté, mais juste avant de disparaitre dans la montée, une des femmes m'a jeté un regard d'un désespoir tellement profond que les larmes me sont montées aux yeux. D'un coup d'œil, Sammy a vu ma tristesse et ma gêne.

« C'est pas marrant, je sais. Moi aussi j'ai envie qu'ils rentrent et qu'ils soient en sécurité ici. Mais on ne peut pas. Surtout après ce qu'il s'est passé... Au printemps, parfois, quand trop de maisons se sont vidées après des épidémies, Eric fait un décompte précis de la population et laisse une famille ou deux s'installer... Mais bon, ça reste rare... »

Mon enthousiasme d'être avec Sammy et loin de mes problèmes s'effondra au fur et à mesure de la journée. D'autres familles tentèrent de passer, toutes parlant de milice et de pillards dans les environs de Toulouse. Après que la troisième eut finalement décidé de faire demi-tour, Sammy demanda des infos dans son talkie directement à la mairie, pour savoir si Eric était au courant de l'avancée des renégats. Il n'eut le droit qu'à un « non » rapide, qui voulait clairement dire qu'il était occupé. Il m'a alors jeté un coup d'œil et a dû voir mon inquiétude, parce qu'il a quand même rallumé son talkie pour demander des renforts, finissant par reconnaître lui-même que deux personnes au check point principal c'était un peu limite en terme d'effectif. Eric ne prit pas la peine de lui répondre, mais deux hommes, renfrognés, arrivèrent une petite heure plus tard, et prirent place en silence sur les deux miradors. Je ne sais pas si c'étaient les gardes qui étaient de faction d'habitude, ou s'ils avaient été réquisitionnés de force, mais ils semblaient presque être en colère d'être là.

La journée passa, et je retrouvais dans les visages et les corps des petits groupes qui arrivaient à notre frontière ceux de ma propre famille pendant notre longue marche, d'abord entre Paris et Marseille, puis entre Marseille et Massat. Pourtant j'avais toujours vu dans les yeux de mes parents de l'espoir, parfois presque tout à fait enseveli sous la peur, mais qui restait là, tenace et inébranlable. En allant à Marseille on savait qu'on aurait un endroit où vivre, que l'on était attendus. En arrivant à Massat nous étions plus incertains, mais tellement poussés par l'envie d'une vie meilleure pour Calme et pour nous même que cela avait pris le dessus sur l'inquiétude. On se disait aussi, sans trop se l'avouer que, au pire, on retournerait à Marseille chez mon oncle, où il faudrait réussir à enfermer Calme, mais où on aurait à manger et un toit sur la tête.

Dans les visages qui défilèrent toute la journée, je ne voyais que la peur, la douleur et la lassitude. L'espoir, dans les regards que je croisais, avait totalement disparu.

C'est tout à fait déprimé qu'Elie tendit son arme et son talkie à une certaine Rapha, grande brune enjouée d'une trentaine d'années qui prit sa relève. Sammy lui fit un petit brief de la journée, et son sourire disparut progressivement face à l'affluence qu'il lui décrivit. Elle tenta néanmoins de les rassurer.

« Bon normalement en début de soirée il y a moins de passage. J'ai envie de vous dire que ces groupes d'errants ne vont pas aller en augmentant, et que c'est un épiphénomène, mais bon tant que St Girons se claquemure ça risque de continuer. Elle soupira. Enfin si une milice terrorise les alentours de Toulouse l'armée finira bien par s'en occuper, ils ne sont pas aussi enclavés que nous. »

Elie et Sammy rentrèrent en silence sur Massat, suivis d'un peu plus loin par les deux hommes venus en renfort et qui étaient restés mutiques toute la journée. L'humeur des deux garçons tranchait étrangement avec la joie des gens qu'ils croisaient, occupés à rentrer les poules pour la nuit ou à préparer à manger dans des cuisines d'été, à l'extérieur des maisons. Elie entendit même un jeune homme chanter une chanson d'amour à l'eau de rose que son père aimait bien, et il eut envie de lui crier de se taire.

En arrivant sur la place du village ils découvrirent Saule qui terminait d'afficher de grandes feuilles sur le mur de la maison communale, et ils s'approchèrent d'elle.

« Ca a été votre journée ? Apparemment vous avez eu beaucoup de monde ?» Ils acquiescèrent mollement, et Saule n'insista pas. « Je viens de placarder les roulements définitifs pour l'eau dans les jours à venir. Il y a de gros changements dans l'organisation, vous allez devoir être de faction au check-point tous les jours. Ça vous va ?

– Bah de toute manière on ne peut pas dire non, répondit Sammy, résigné. Tant qu'on reste tous les deux... » Le visage de Saule se durcit imperceptiblement.

« On est pas en colonie de vacances Sammy, je n'ai pas que ça à faire de changer les plannings pour vous faire plaisir. » Sammy la regarda, blasé, et elle s'éloigna sans un mot. Elie soupira, malheureux, mais son ami lui sourit.

« T'inquiète pas. Elle fait la cheffe mais je suis sûr qu'on va rester ensemble. Elle et son père doivent trop à mes parents pour s'amuser à nous faire chier comme ça... » Il s'approcha des plannings. «Tiens, tu vois, c'est déjà le cas... Vraiment parfois elle fait tout pour se rendre insupportable. » Il tapa sur l'épaule de son camarade après un rapide au revoir, pressé de rentrer chez lui voir si l'expédition de son père et son frère avait été couronnée de succès.

Elie passa à la mairie pour aller chercher sa mère qui devait avoir terminé sa journée de travail, mais elle le renvoya tout seul à la maison, disant qu'elle ne remonterait pas avant quelques heures. Elle essayait de créer un logiciel qui compilerait précisément les pertes du village et qui synthétiserait leur impact pour l'hiver. Il retrouva ses yeux un peu fous et détachés du monde qu'il se souvenait avoir vus petit, quand elle rentrait le soir avec son ordinateur portable et travaillait jusqu'à tard dans la nuit, l'embrassant distraitement au moment du coucher, le regard fixé sur son écran. Paradoxalement, se dit-il avec un sourire ironique, la catastrophe du village avait fait son bonheur.

Une fois dans le couloir, il tomba sur Saule, qui sortait du bureau de son père, sur le même pallier. Elle le regarda sans rien dire, visiblement surprise de le trouver à la mairie. Comme le silence s'installait, Elie se sentit obligé de justifier sa présence.

« Ma mère... elle travaille ici maintenant. Saule hocha la tête sans lui répondre. Le silence s'étira. Tu venais voir ton père ? » Elle acquiesça, toujours en silence. Incapable d'interpréter son mutisme, Elie se rappela de son énervement contre Sammy sur la place, et il passa devant elle pour rejoindre les escaliers et mettre la plus de distance entre elle et lui. Alors qu'il la frôlait dans le couloir réduit, elle lui toucha furtivement le bras.

« Tu as quelque chose à faire là tout de suite ? » Elie secoua instinctivement la tête tout en s'en voulant de tant de franchise, se demandant quelle mission pénible Saule allait lui envoyer faire avant la tombée de la nuit. « Suis-moi alors, j'ai quelque chose à te montrer. » Et elle descendit les marches sans même attendre un assentiment de sa part.

Elie la suivit, trainant vaguement des pieds, un peu inquiet à l'idée qu'elle était toujours en colère contre Calme et Sammy, et qu'elle avait trouvé une manière de se venger. Mais, devant son air supérieur qui n'appelait pas à la conversation, il décida de retenir les questions qui se bousculaient dans sa tête et de la suivre comme un bon petit soldat.

Ils ne cheminèrent pas longtemps dans les rues ensoleillées de Massat, et Elie fut surprit de voir la cheffe de la Milice s'arrêter devant une maison ancienne, à la porte en bois richement sculptée, surmontée d'un joli bas-relief en pierre. Il s'arrêta un instant pour l'observer, peinant à déchiffrer les actions des petits personnages en pierre que le temps, la pluie et le soleil avaient estompé. Saule le tira de sa contemplation en enfichant une grosse clef dans la grosse porte certainement plusieurs fois centenaire devant eux, et en en passant nonchalamment le seuil. Elle lui tint la porte, un petit air d'agacement sur le visage.

« Tu viens ? Je n'ai pas toute la journée. » Elie, la suivit, définitivement perdu, et pénétra dans un hall sombre et frais, à l'odeur de poussière et de tristesse. Saule referma la porte d'un coup sec derrière lui, et ils furent plongés dans la pénombre des vieilles maisons de montagne. Elie entendait le tic tac d'une antique horloge égrener les secondes et ses yeux, qui peinaient à s'adapter à l'obscurité soudaine, flottèrent sur les cadres et les bibelots poussiéreux qui trônaient sur une desserte fatiguée. Saule enleva ses chaussures sans prendre la peine de les délasser, et balança sa veste d'uniforme sur une chaise en osier ébouriffée. Le regard d'Elie accrocha alors une photo où une Saule à peine sortie de l'enfance posait avec ses parents en tenue de randonneurs, devant un glacier en plein été.

« Enlève tes chaussures s'il te plait. Mon père et moi on n'a pas le temps de faire trop le ménage alors si tu peux éviter de ramener toute la boue de la vallée avec toi j'apprécierai.

– On est chez toi ? Lui demanda Elie, incrédule, et elle acquiesça en haussant légèrement les épaules. L'idée que Saule habite réellement quelque part, doive s'occuper du ménage de sa maison et vive au quotidien avec Eric, le maire du village, avait quelque chose de trivial qu'il avait du mal à appréhender. Pour lui Saule n'existait qu'à travers sa figure de cheffe charismatique. Il n'arrivait pas à l'imaginer prendre les repas avec son père le soir en se racontant leurs journées respectives. Ceci dit, se dit-il en délassant rapidement ses chaussures et en priant pour que ses chaussettes ne soient pas trop rapiécées, vues les cernes que l'un et l'autre arboraient, les soirées père-fille assis tranquillement au coin de la cheminée devaient se faire rare.

Toujours sans rien dire, Saule l'amena à l'étage et lui fit traverser un long couloir qui desservait quatre pièces. Il eut le temps de jeter un coup d'œil furtif dans ce qu'il devina être la chambre de la milicienne, qu'il découvrit banale, pas très bien rangée, avec son lit défait et des piles de cahiers sur un bureau qui portait encore quelques traces de son adolescence. Saule intercepta son regard et le détourna en ouvrant la porte opposée.

« Viens, entre, c'est quelque part dans le bureau de ma mère. »

Elie entra à sa suite, et à la pénombre et à la morosité succédèrent le soleil et la légèreté. La pièce, baignée de lumière grâce à ses deux grandes fenêtres, lui donna l'impression qu'un écrivain venait juste de la quitter pour aller se préparer un thé avant de se remettre au travail. Les murs étaient recouverts de bibliothèques hétéroclites mais solides, débordantes de livres en tous genres, classés selon une logique qui échappait à Elie. De jolies toiles abstraites ornaient les murs et de nombreux objets, principalement d'origine asiatique, prenaient la poussière sans perdre de leur éclat. Elie s'approcha d'une des étagères et saisit délicatement une reproduction en porcelaine d'un oiseau bleu aux joues rouges.

« Fais attention, j'y tiens beaucoup. » L'intervention de Saule le fit imperceptiblement sursauter, et il reposa le petit oiseau, honteux d'avoir touché ce qui ne lui appartenait pas. Il se tourna vers Saule, prêt à s'excuser, mais elle ne lui prêtait déjà plus attention et cherchait quelque chose, concentrée, dans une des bibliothèques.

« Ah, voilà, dit-elle en se saisissant d'un vieil ouvrage épais, sans aucune inscription sur la couverture. Viens voir. » Elle se laissa tomber sur un vieux canapé rouge en velours, invitant d'un signe de tête Elie à la rejoindre. Il s'assit à l'autre bout, pris d'un soudain accès de timidité. Saule s'était à nouveau tue, et Elie, désœuvré et mal à l'aise, continua de détailler cette pièce qu'il trouvait si accueillante. Il avisa, sur la table basse qui bordait le canapé, quelques livres ouverts, une tasse avec un reste de thé et une assiette avec quelques miettes.

Visiblement Saule passait du temps dans cette pièce, peut-être plus que dans sa propre chambre, et Elie comprit que sa solitude sévissait certainement aussi au sein même de sa propre maison.

« Regarde, lui dit Saule en levant les yeux vers lui. Et approche toi, je ne vais pas te manger. » Elie se sentit rougir mais il glissa vaillamment vers elle, espérant que les coupures de son visage dissimulent le rouge de ses joues. Désormais toute proche, Saule prit le temps de l'observer, et Elie abandonna toute attitude bravache en sentant le feu qui ravageait désormais ses pommettes. Tanpis, se dit-il, pour ce que j'en ai à faire.

« Elle ne t'a vraiment pas loupé, dit-elle en touchant du doigt sa plus grosse estafilade qui répondait étrangement à celle que Calme lui avait infligé quelques jours plus tôt, désormais à peine visible. J'espère que ça ne va pas s'infecter... Tu en as parlé à Sammy ?

– Non. J'ai dit que j'étais tombé dans des ronces.

– Peut-être que tu devrais... Tu peux lui faire confiance, il t'aime beaucoup. Elie secoua la tête et elle retira sa main.

– Tu m'as fait trop peur avec ta chasse aux sorcières. Je ne veux en parler à personne. Même mes parents ne sont pas au courant, même s'ils se doutent de quelque chose d'étrange...

– Va peut-être au moins voir sa mère ? A Sammy ? Tu n'es pas obligé de lui raconter la vérité. Mais si ça s'infecte ça sera pas beau à voir.

Elie haussa les épaules : sa santé était le cadet de ses soucis. Saule sembla le comprendre et changea de sujet.

– J'ai réfléchis, depuis ce matin, à ce que tu m'as dit sur Calme. Je me suis souvenue que, petite, ma mère me racontait les légendes de la vallée en les lisant dans un vieux livre. C'est celui-là. Je crois qu'il y a une histoire sur les Sylves. C'est peut-être un peu bête de chercher des réponses dans un livre de contes mais... Sa voix mourut sur ses lèvres et elle parut soudain fragile.

– Non non Saule, c'est une bonne idée. Enfin, c'est une idée. On n'en a pas d'autres de toute manière. » L'assentiment d'Elie sembla lui redonner confiance, et elle se plongea en silence dans la lecture d'un chapitre illustré sur ses contours de pages de plantes, d'arbres et d'oiseaux.

« C'est beau, murmura Elie. Saule sourit, fièrement.

– C'est ma grand-mère qui l'a illustré. » Elie ne répondit pas, déstabilisé une fois de plus par cette incursion dans l'intimité de sa cheffe, si inaccessible au quotidien. Il était d'autant plus surpris de se rendre compte que, entre eux, ne subsistait aucun malaise, et que, vu de l'extérieur, ils auraient pu être deux amis de toujours, lisant tranquillement un livre. « Ça devrait ressembler à ça, la vie. » se dit Elie, et une bouffée de mélancolie s'empara de lui. Son ventre, qui criait toujours un peu famine, ses ongles, brisés et noir, ses joues blessées qu'il n'avait pas pu prendre le temps de soigner, ses habits trop grands et trop rapiécés, tout, en lui, lui rappelait la misère de sa condition, et l'impossible retour en arrière dans un monde plus simple et plus serein.

Il se mit alors à lire pour cacher la bouffée de tristesse qui menaçait de l'envahir.

Dans la vallée de l'Arac, il y a fort, fort longtemps, demeurait un peuple paisible, nommé les Sylvains.

Ils vivaient en harmonie avec la nature, s'habillant d'écorces et de feuilles, se nourrissant de baies, de champignons et de poissons, qu'ils mangeaient crus, après les avoir remercié de s'offrir à eux.

C'était un peuple paisible, un peuple de chants, qui pouvait, disait-on, converser avec les arbres.

A la suite d'un hiver particulièrement rude, durant lequel beaucoup d'hommes, de femmes et d'enfants avaient péris, une toute petite fille naquit, toute seule, dans le creux des fougères. Elle grandit, aimée au sein de leur peuple, et ils la nommèrent Sylve.

Elle pouvait prévoir la pluie et le gel, l'abondance et la tristesse. Elle les guidait dans les hivers sombres et les étés joyeux.

Ses pouvoirs grandissaient avec l'amour que lui portait son peuple.

Une fois adulte, elle maitrisait la pluie, la neige, le feu mais aussi la naissance des fruits, la douceur du vent et le mordant du froid de l'hiver.

Les Sylvains auraient pu continuer de vivre heureux ainsi, protégés par celle qu'ils vénéraient, au rythme des saisons, des naissances et des morts.

Mais il arriva que Sylve tomba amoureuse d'un jeune homme doux et tranquille, au chant d'or et aux bras tendres.

Elle voulut s'unir à lui, mais son peuple, effrayé à l'idée que l'amour ne la rende mortelle et ne fasse disparaitre ses dons, maria de force le jeune homme à une fille d'un autre peuple, et il s'en fut, malheureux mais obéissant.

Sylve, dévastée, s'enfonça dans la forêt pour y noyer sa tristesse et ne fut plus jamais revu du peuple de la vallée.

Privé de ses bienfaits, ses habitants durent apprendre à combattre le froid, à chasser les animaux pour se vêtir de leurs peaux, à semer le blé, à élever des bêtes et à construire des maisons. Epuisés par leurs tâches, ils n'avaient plus le temps d'écouter la forêt et perdirent peu à peu le sens de son langage.

Pourtant, il a été raconté que l'élu du cœur de Sylve disparu de son nouveau peuple, sournois et cruel. Et qu'il rejoignit son aimée au cœur de la forêt, pour y vivre loin de la mesquinerie des hommes. Leurs enfants, parfois, sortent des bois pour se lier avec un enfant de la vallée. De leur union né toujours une fille, marquée par la Forêt, capable à nouveau d'entendre son chant.

Saule, à la fin de leur lecture, abaissa le livre et regarda Elie dans les yeux.

« C'est tout ? murmura-t-il, perdu.

- C'est un livre de contes, Elie, lui répondit doucement Saule, en murmurant elle aussi.

- Et tu y crois ? Enfin je veux dire, dans la vallée vous y croyez à vos contes ?

Saule secoua la tête.

- Pas plus qu'ailleurs. Enfin si, en réalité peut-être un peu plus qu'ailleurs. Mais... je ne crois pas que ce peuple ait réellement existé. Ni qu'une petite fille puisse naître spontanément des fougères. Mais il existe bien des gens doués en musique, en peinture ou en chant. Alors pourquoi pas en... compréhension de la nature. Ce n'est pas si différent après tout. Tout cela ne s'explique pas.

Elle passa doucement son doigt sur la ligne parfaite d'un arbre dessiné par sa grand-mère.

- Ce qui est étrange, reprit-elle, c'est que Calme ne vient pas de la vallée. S'il y a un tout petit peu de vrai dans ce conte, c'est surement l'idée que des femmes « marquées » naissent dans nos montagnes. Peut-être que génétiquement il y a une mutation, ou quelque chose dans notre adn, qui permet de comprendre la nature et d'interagir avec elle. Ce n'est pas beaucoup plus absurde que des enfants capables de parler une dizaine de langues en les ayant entendu une fois, ou de faire des calculs aussi élaborés que ceux des ordinateurs. Mais Calme n'est pas ta sœur, même si vous, vous avez cette maison qui vous appartient depuis la création des registres de la mairie.

Elie la regarda, surpris.

– Oui, c'est ça que je faisais à la mairie. Je regardais quand vous étiez entrés en possession de votre parcelle. Elle a toujours été dans votre famille. Donc ce don, ou cette mutation, appelle là comme tu veux, mais qui serait spécifique à notre vallée, n'a aucune raison de se retrouver chez ta soi-disant sœur. Chez ta mère à la limite, vu qu'elle ne touche que les femmes. Mais pas chez Calme. Elle vient d'où ? Il n'y a aucune chance qu'elle aussi vienne de la vallée ? »

Elie ne lui répondit pas. Dans sa tête tout se bousculait. Si le terrain appartenait effectivement à la famille de Calme depuis des siècles, il était envisageable qu'elle soit une descendante de cette Sylve de la légende. Cela ne répondait pas à toutes ses questions, ni même n'expliquait comment elle était capable de blesser quelqu'un à distance et de détourner un ruisseau par la volonté, mais c'était déjà quelque chose à quoi s'accrocher.

Il releva les yeux vers Saule, et se rendit compte qu'elle attendait une réponse de sa part. Il fut tenté, un instant, de lui avouer que sa famille avait menti, et qu'elle s'était appropriée l'identité de celle de Calme pour pouvoir vivre avec elle sur son terrain vu qu'il n'y avait jamais eu d'acte de décès pour ses parents.

Dans la douceur de ce début de soirée, dans ce si joli bureau avec cette si jolie fille, tout lui parut possible.

« En fait... commença-t-il, mais le bruit violent de la porte d'entrée qui claqua à l'étage inférieur le fit sursauter.

- Saule ? Tu es là ? Elle grimaça légèrement.

- Oui, je suis là-haut, dans le bureau de maman ! » Eric répondit d'un grognement mais resta au rez de chaussé.

Elie sentit alors toute leur intimité nouvelle se déliter, et Saule, à ses côtés, se tendit imperceptiblement. Elle referma le livre d'un coup sec et se leva pour le ranger dans la bibliothèque.

- Bon, on n'a pas appris grand-chose, lui dit-elle en se retournant. Enfin si, reprit-elle en chuchotant et en tendant l'oreille pour s'assurer que son père ne montait pas, mais ça n'explique rien vu qu'elle n'est pas ta sœur. Je te raccompagne, j'ai encore plein de choses à faire avant la nuit. »

Elie lui emboita le pas, perdu dans ses pensées, sur sa presque-sœur, sur sa relation à Saule, et sur les mensonges de sa famille qui lui pesaient plus qu'il n'aurait pensé. Il la suivit dans le couloir et l'entrée sombre et triste de sa maison, prenant encore plus mesure du contraste entre le bureau qu'il venait de quitter et la morosité ambiante qui se dégageait du reste des pièces. Saule et son père, visiblement, ne savaient pas vraiment comment vivre seuls. Ils n'avaient jamais fait tout à fait leur deuil. C'est sur cette pensée triste que Saule le mis dehors alors qu'il n'avait même pas eu le temps de lasser ses chaussures. Elle ne voulait peut-être pas que son père se rende compte qu'il avait passé du temps chez elle, ou elle était effectivement très occupée et n'avait plus une minute à lui consacrer.

Sur le chemin du retour il longea le lit sec de la rivière, et son silence résonnait en lui comme une accusation. Désœuvré, ayant encore devant lui presque deux heures de jour, il fut soudain profondément déprimé à l'idée de retourner sur sa parcelle pour découvrir son père en train de lutter pour installer maladroitement une poutrelle supplémentaire. Il savait qu'il aurait besoin d'aide, que ces travaux étaient presque impossibles seul, mais, sans trop savoir pourquoi, il décida de ne pas suivre le chemin qui s'éloignait de la rivière pour rentrer chez lui, mais de poursuivre tout droit, en sortant de la route, pour remonter le lit asséché. Il avait besoin de marcher pour épuiser les pensées qui l'assaillaient depuis sa discussion avec Saule.

Le terrain se révéla très escarpé et son ascension lui demanda beaucoup plus d'efforts qu'il ne l'avait prévu. Le souffle court, il découvrait, de part et d'autre de la rivière, de nombreux rus, secs eux aussi, qui, en rejoignant le bras principal, en grossissaient habituellement son débit. Petit à petit donc, le lit de la rivière rétrécissait, pour n'être plus qu'un ru à son tour après une heure de marche.

Elie s'assit alors au sol, déçu sans réussir à formuler ce à quoi il s'attendait. Il était presque arrivé au sommet d'un des petits monts qui enserraient

Massat, et pouvait voir loin en contrebas le village se préparer à la soirée. Il entendait le tintinnabulement des cloches passées au cou des vaches ou des moutons qui paissaient tranquillement un peu partout dans la vallée, et le son lui parvenait, distinct et clair, même quand les kilomètres les séparaient. Un rapace tournait lentement au-dessus de lui, cherchant certainement son diner, et les feux dans les cheminées, à peine allumés, commencèrent doucement à égrener leurs fumées. Son versant passa alors brutalement à l'ombre, et la température chuta, mais Elie resta assis, à contempler son monde.

Il entendit quelques cris, certainement ceux de parents rappelant leurs enfants à la maison, des aboiements de chiens accueillant la fin du jour, et même une musique, au loin, provenant peut-être d'une trompette ou d'un saxophone. Il fut surprit de ce son, qu'il jugea anachronique dans ce monde à bout de souffle, où des enfants affamées et des parents épuisés étaient rejetés sur les routes. Puis il remarqua à quel point cette musique avait sa place dans la symphonie naturelle du village autour de lui, comme si elle répondait au meuglement de la vache rappelant à elle son petit, au cri de l'oiseau nocturne prenant ses quartiers, ou même à celui du vent fusionnant les espaces.

Alors il ferma les yeux et essaya à nouveau d'entendre la Forêt respirer. Il calqua sa respiration sur les bourrasques du vent, enfonça ses mains dans l'herbe humide du soir approchant et projeta tous ses sens dans la compréhension du monde.

Au début il n'entendit rien d'autre que le battement de son cœur, mais, petit à petit, il perçut une toute petite voix, un peu triste et inquiète, comme perdue. Il essaya de la traduire, de mettre des mots sur sa mélancolie, mais le babil restait insaisissable, et il abandonna l'idée de le comprendre. Pourtant la voix ressemblait à celle qu'il avait entendue sur sa parcelle, le matin où Calme avait déplacé le ruisseau, et il tenta de lui inspirer force et courage, et de lui rappeler le chemin de la maison. Il sentit alors l'eau lui porter progressivement son attention, et il consolida leur dialogue, un peu effrayé toutefois à l'idée de l'effaroucher. Il avait conscience que sa propre voix était forte et inégale, dénuée de toute musicalité, et il avait peur d'écraser d'un mot maladroit et puissant la toute petite présence. Mais le ruisseau en remonta patiemment la source, et Elie sentit son chant devenir plus assuré, plus proche.

Je suis là.

L'eau se mit alors à sourdre tout autour de lui, et il n'eut que le temps de se lever pour ne pas se retrouver totalement trempé. Dans son mouvement précipité il ouvrit les yeux et perdit sa concentration, et la voix de la rivière redevint inaudible. Elie, debout, figé, contemplait la source à ses pieds, n'arrivant pas à croire ce qu'il venait de réaliser. Il avait ramené la rivière.

Il se mit à descendre la pente en courant avec l'eau, pressé de voir si les autres rus avaient suivis. Quelques-uns avaient en effet eux aussi répondu à son rappel à leurs lits, et ils l'accueillaient en bondissant. D'autres, par contre, étaient restés taris, mais cela n'entacha pas la joie d'Elie, qui se surprit à rire seul dans la montagne. Il continua de dévaler la pente à la vitesse des premières gouttes mais s'arrêta lorsque le ruisseau rencontra le chemin. Il resta encore quelques minutes à contempler le cours d'eau, timide mais vaillant, continuer sa route jusqu'au village.

La fraicheur de la nuit naissante le força à faire demi-tour et à rentrer chez lui, après avoir adressé le plus sincère des remerciements au ruisseau. Il n'entendit aucune réponse, mais il attaqua le chemin du retour le cœur bien plus joyeux qu'il n'aurait pu l'espérer plus tôt dans la soirée.

« Vous voyez, lui aussi entend la Forêt. Il peut même lui parler.

- Peut-être, mais il a défait ton œuvre.

- Qu'importe. L'eau passe toujours chez mes parents. Le reste n'est pas important.

- Non ! Ce ne sont pas tes parents. Tes parents sont la terre, le vent, l'eau et la vie.

- Si, ce sont encore mes parents, je reste une fille de chair et de sang. Et Elie est toujours mon presque-frère. »

Malgré son exploit aquatique, les journées d'Elie recommencèrent à s'enchaîner, de plus en plus sombres. La réapparition du ruisseau avait redonné espoir au village, le délestant de ses corvées de puisage épuisantes, mais son débit restait faible et il risquait de se tarir à nouveau si les jours sans pluie persistaient. Saule, avertie du retour de la rivière, avait accueilli Elie avec un air interrogateur et grave, mais il n'avait pas répondu à sa question muette, se contentant de hocher la tête. Il préféra ne pas lui dire que Calme n'était responsable en rien de la renaissance de la rivière pour laisser croire à la cheffe de la Milice qu'il avait été capable de la ramener à la raison. Saule était de toute manière redevenue froide et distante et Elie n'avait aucune envie d'entamer une quelconque discussion avec elle. Le moment qu'ils avaient passé tous les deux seuls chez elle lui paraissait de plus en plus irréel, tout comme la violente altercation qu'il avait eu avec sa presque-sœur. Les coupures de son visage commençaient d'ailleurs à s'estomper, n'attirant plus les regards ni les questions, emportant avec elles, se dit amèrement Elie, les dernières traces de Calme.

Sven était revenu de Tarascon, sans ingénieur hydraulique, ce qui, heureusement, n'était plus une préoccupation. Il confirma par contre qu'une milice, regroupant tous les pillards et les groupuscules de la région, avait pris le contrôle de la banlieue toulousaine, voire de Toulouse elle-même, commettant des exactions dignes d'une période que l'on croyait naïvement révolue. Tarascon se préparait elle aussi à les repousser, et commençait à refouler le flot de réfugiés que leur envoyait Massat. La majorité repartait sur les routes sans savoir où aller.

Les familles errantes arrivant dans le cul de sac de la vallée étaient de plus en plus nombreuses et la garde à la frontière avait été renforcée. Ils étaient désormais six en journée pour empêcher le passage et il était question de faire passer à quatre les gardes de nuit. Les check-points d'automne et d'hiver, disséminés sur les chemins de montagne escarpés qui menaient aux vallées mitoyennes, laissés vides l'été, furent tous rétablis, de jour comme de nuit. La topographie de la région, avec son défilé encaissé, ponctué de ponts fragiles jetés par-dessus une large rivière débouchant sur le check-point principal était un rempart naturel et protecteur pour la vallée. Une fois renforcé par les barbelés et les check-points armés, le village devenait presque imprenable, malgré le peu d'armes dont il pouvait disposer. Elie prenait petit à petit connaissance de la stratégie militaire qui soutenait discrètement mais indéniablement Massat, incapable de décider si cela le rassurait ou l'effrayait. Il se rendait compte, affligé, qu'il lui avait été possible de vivre des semaines dans cette vallée riante sans avoir conscience qu'elle était une forteresse hostile et sourde à ceux qui ne pouvaient franchir ses portes. Il réalisa que c'était aussi le cas de la majorité de ses habitants, tournés vers l'intérieur, vers leurs potagers, leurs bêtes et leurs jours de marché, n'entendant qu'affaiblis les échos des malheurs du monde. Après tout, certains n'avaient jamais franchis, de leur vie, le check point principal de la vallée pour en sortir.

Ces constatations, associées à ce travail qu'il détestait tant, poussèrent Elie à s'enfermer tous les jours un peu plus dans un silence sombre dont personne n'arrivait à le faire sortir. Il commençait à éprouver de la haine pour lui-même et les autres gardes de faction, mais aussi pour le village entier et son rejet de la misère humaine. Les blessés commencèrent à affluer, des enfants aux cheveux brûlés, affamés, et des jeunes femmes et hommes qui se mettaient à trembler, traumatisés, à la vue de leurs armes. Il tentait, avec ses compagnons, de rester le plus humain et bienveillant possible, mais ils devaient avoir recours à la menace de plus en plus souvent, mettant en avant ostensiblement leurs armes, tirants en l'air, et la peur de se retrouver submergés les rendait agressifs, rognant leur patience.

Elie avait d'ailleurs appris à se servir de son fusil automatique, et le recul de l'arme lui avait laissé des bleus profonds sur l'épaule, qu'il espérait ne plus jamais voir apparaitre.

Calme, quant à elle, n'était pas réapparut et la famille se consumait d'inquiétude.

Andrew était bien parti à sa recherche dans les bois, mais il n'avait trouvé aucune trace d'elle, et perdu une journée entière à la chercher. Elie n'avait pas le temps de se rendre jusqu'à sa clairière où il était sûr qu'elle s'était réfugiée, n'étant même pas certain de retrouver le chemin exact pour s'y rendre. Tous les soirs, pourtant, il s'asseyait sur une pierre devant la porte et tentait de l'appeler, de lui dire de revenir. Mais la tristesse profonde générée par ses journées au check-point semblait l'avoir rendu hermétique aux voix de la Forêt, et il retournait se coucher, déprimé et malade d'angoisse, pour elle, pour la vallée, pour les familles croisées à longueur de journée et pour ses parents, dont les cernes se creusaient un peu plus chaque jour.

Son père avançait laborieusement à la réfection du toit, mais les poutrelles furent épuisées avant même qu'il n'eut atteint la moitié de la poutre. Il espérait en trouver en réserve chez Prune, mais il faudrait organiser la location d'un âne et d'une charrette pour assurer leur acheminement, et il était difficile de s'en procurer en cette période où la Milice était réquisitionnée aux postes de garde et où les villageois qui en possédaient une s'en servaient pour rentrer les moissons qui avaient survécu à la grêle. Le père d'Elie repoussait donc tous les jours la visite à la charpentière, préférant s'occuper des chèvres, des poules et des lapins, et de la reconstitution du mur écroulé avec un mortier artisanal qui ne tiendrait surement pas une saison entière. Tout, dans cette ambiance délétère, paraissait insurmontable.

Elie se rendait désormais seul au check-point, évitant sans l'avouer la compagnie de Sammy et de sa conversation trop quotidienne et légère, devenue presque insupportable à sa morosité permanente et à leur vie d'angoisse.

Un matin, alors qu'il venait d'arriver à la frontière avec la boule au ventre à l'idée de passer la journée à repousser des familles terrorisées, il découvrit son ami déjà sur place, le visage fermé et le regard fuyant. Il hésita un instant à prendre la parole, redoutant déjà les mauvaises nouvelles que risquait de lui rapporter Sammy : qu'ils avaient tiré sur un groupe plus véhément que d'habitude, que les pillards avaient effectivement attaqués St Girons, ou que Prune n'avait pas survécu à ses blessures. Mais la mine inquiète de son ami si solaire l'emporta sur ses réticences à repousser à plus tard le malheur.

« Ca va Sammy ? lui demanda-t-il après avoir récupéré son arme de service auprès d'un milicien épuisé. T'as pas l'air bien...

Sammy regarda autour de lui, s'assurant que leurs camarades ne puissent pas les entendre et se rapprocha d'Elie baissant la voix.

– J'ai vu un truc étrange hier, dans la forêt. J'arrête pas d'y penser, et ça m'a empêché de dormir.

– T'as vu quoi ? Un ours ? Des pillards ? Sammy secoua la tête.

– Non, non. J'étais parti avec mon père après notre journée de travail. On essaye encore d'attraper des essaims sauvages avant l'hiver, pour remplir nos ruches.

Elie se mordit la lèvre, se sentant coupable de cette disparition qui préoccupait sérieusement son ami et toute sa famille.

« Elles ne sont pas revenues...

– Non, et Rabah et mon père n'ont rien trouvé ces derniers jours. Bref, on a décidé de s'enfoncer plus profondément dans la forêt que d'habitude. Vu que nos recherches dans les zones habituelles ne donnaient rien. On était de ton côté de la vallée, mais un peu plus haut, là où il y a un ruisseau dans les sous-bois, je sais pas si tu vois ... » Elie acquiesça légèrement, imaginant que Sammy parlait du ruisseau où il avait capturé des truites avec Calme, des semaines plus tôt, qui paraissaient des mois, ou même des années. « On marchait au milieu de nulle part, et je t'avoue que je me sentais un peu perdu et que j'avais peur que pour mon père ça soit la même... On est pas les rois de la nature tous les deux. Et là, entre deux grands sapins, j'ai vu un esprit de la forêt.

Le cœur d'Elie manqua un battement.

- Un esprit ?

- Oui, je sais c'est du grand délire, et je te demande pas de me croire. Mais je t'assure que j'ai vu un humain recouvert de mousse qui marchait à côté d'une biche. J'ai voulu appeler mon père pour qu'il voit ça mais j'ai pas osé. J'avais trop peur que la créature m'entende et m'attaque. Alors j'ai pas bougé, elles se sont éloignées et ont disparu et... »

Elie lui coupa la parole.

« Elle avait l'air d'aller bien ? Sammy le regarda, les yeux ronds.

- Qui ça ?

- Euh, je sais pas, la créature. Elie essaya de se reprendre. Enfin, elle avait pas l'air menaçante ou quoi ?

Sammy garda un instant le silence, surpris par l'intervention incongrue de son ami.

– Euh, oui, je crois. En fait on aurait dit un humain normal, sauf qu'il était fait en mousse, ou en plante. C'est peut-être un ermite qui vit dans la forêt, ou alors un militaire avec une super tenue de camouflage. Mais je sais pas ce que viendrait faire un militaire ici. Ni pourquoi il aurait une biche à ses côtés...

– Ouais, t'as raison, lui répondit le plus sérieusement du monde Elie. C'est surement plutôt un ermite, enfin quelqu'un qui vit très isolé... C'est pas impossible d'apprivoiser une biche non ? Et peut-être que c'est la lumière qui t'a fait croire qu'il était de mousse. Peut-être qu'il était juste habillé en vert ?

Sammy secoua la tête.

– Je sais pas Elie. En tout cas son apparition m'a foutue les jetons. J'ai pas dormi de la nuit et j'ai aucune envie de retourner en forêt. Je sais que c'est surement juste un humain normal, ou que j'ai complètement halluciné, mais je t'assure que j'ai eu l'impression de voir une sorte d'esprit de la forêt... Tu sais, reprit-il après une petite hésitation, ici on n'est pas en ville. La vallée, elle est chargée, en magnétisme, en magie, en superstition, en tout ce que tu veux. Mais il y a des choses ici qu'on a jamais trop pu expliquer, et la montagne regorge de légendes... Mes parents n'y croient pas du tout, c'est pour ça que j'en ai pas parlé à mon père. Mais moi... Je sais pas, je suis un peu perdu sur ces questions-là.

Elie eut un petit sourire compatissant, que Sammy interpréta de travers.

– Vas-y, fous-toi de ma gueule. Enfin tu me diras, heureusement que tu crois pas trop à tout ça, vu comment vous êtes isolés sur votre parcelle... Bonjour l'angoisse. »

Elie explosa d'un rire involontaire, entrainant au bout de quelques secondes Sammy avec lui. Tout, dans cette conversation, lui paraissait absurde, et il mourrait d'envie de dire à son ami que ce n'était que sa presque-sœur qu'il avait vu, afin d'apaiser ses angoisses. Mais la menace de Saule lui parlant de chasse aux sorcières et de persécutions passées stoppa nette ses envies de confidences. S'il avait toute confiance en la bienveillance de son ami, il en avait beaucoup moins sur sa capacité à tenir sa langue.

Il se rendit compte que son éclat de rire inespéré avait fait disparaître une partie de sa morosité, mais rapidement l'angoisse et la culpabilité reprirent leurs places dans son esprit. Il fallait, absolument, qu'il trouve le temps d'aller chercher Calme, pour s'assurer qu'elle allait bien, qu'elle lui avait pardonné, et la prévenir qu'elle devait faire plus attention quand elle se déplaçait dans la forêt pour éviter d'y rencontrer les habitants de la vallée. Certains seraient plus curieux et moins peureux que Sammy, et pourraient la prendre en chasse.

Alors qu'il se sentait entraîné dans une spirale d'inquiétudes, il entendit une jolie musique douce accompagner le pas de chevaux qui venaient dans leur direction. Il sortit de ses pensées pour reprendre plus sérieusement son rôle de guetteur, et il vit émerger petit à petit du goulot de la vallée une troupe bariolée et joyeuse, qui parlait fort, riait et déclamait parfois un vers, ou une ligne d'un texte qui réveilla douloureusement en Elie les souvenirs d'une autre vie, où il pouvait encore accompagner ses parents au théâtre ou au cinéma. Les gardes autour de lui se détendirent immédiatement, et les sourires remplacèrent les masques hostiles qui recouvraient en permanence leurs visages.

La troupe était composée d'une vingtaine de personnes, réparties dans une caravane éclectique, composée de charrettes rafistolées, de petites maisons colorées en bois montées sur roues, et même d'une vieille caravane tractée par deux ânes placides. Ses membres marchaient pour la plupart de part et d'autre des chariots, à l'exception de deux femmes et d'un homme, armés, qui ouvraient et fermaient la marche, juchés sur des chevaux robustes. Le cheval de tête s'arrêta à quelques mètres de la barrière métallique, et sa cavalière, âgée d'une soixantaine d'années, prit la parole d'une voix étonnamment puissante pour sa petite taille.

« Nous sommes la compagnie de l'Agit, annonça-t-elle. Nous agitons les méninges et les ménages, grâce à la magie du théâtre, de la danse et de la musique. Je suis Margot, je dirige la troupe, et je recherche pour les miens un asile pour l'hiver, que nous souhaitons passer au chaud et en sécurité, contre des contes, des chants et des rires. Massat, m'a-t-on dit, est un havre de paix, et nous venons donc solliciter votre hospitalité. »

Elie dut réprimer sa pulsion d'ouvrir immédiatement la barrière pour les mener jusqu'au village et les installer confortablement dans la maison communale. Ses camarades, autour de lui, restèrent pourtant dans leurs positions et laissèrent Rapha, désormais de faction de jour avec eux, prendre la parole à son tour, solennelle.

« Vous êtes les bienvenus dans notre village pour les jours à venir, et nous avons en effet plus que besoin de divertissement et de rires. Malheureusement je ne pense pas que vous pourrez rester pour l'hiver, et notre maire vous le confirmera surement. Nous avons subi une série de... catastrophes, qui ont entamé sérieusement nos réserves de vivres. Nous nous attendons nous même à une saison bien chiche. » Margot acquiesça, déçue mais compréhensive, certainement habituée à ce genre de refus. Rapha lui sourit et reprit la parole. « Mais nous vous indiquerons la route pour Tarascon, plus à l'est, à quelques jours de marche. La ville est plus grande, ils auront peut-être encore de la place pour vous. »

Elle marqua un petit temps et Sammy en profita pour relever la barrière, secondé par Elie qui se précipita pour l'aider. Ils arrêtèrent pourtant leur geste quand Rapha reprit la parole.

« Je vais néanmoins vous demander de nous remettre vos armes, elles ne sont pas autorisées au village. Mais je vous rassure : à part les gardes aux frontières, personne n'en possède. Nous les mettrons sous clé dans la mairie, et nous vous les restituerons le jour de votre départ. » Margot acquiesça à nouveau, et les autres cavaliers, en passant, déposèrent leur arme dans la petite guérite à côté de la barrière. Rapha inspecta alors rapidement les caravanes dans une détente évidente qui n'annonçait aucune suspicion d'agression d'un côté comme de l'autre des deux groupes.

Une fois sa fouille sommaire terminée, elle se tourna vers Elie et le désigna pour accompagner la compagnie jusqu'au village, et emmener Margot rencontrer Eric. Elie faillit laisser exploser sa joie d'avoir été choisi, mais il se retint au dernier moment, de peur de passer pour un gamin devant la troupe et ses camarades.

Ils cheminèrent donc jusqu'à Massat, les conducteurs adaptant les pas des chevaux à celui d'Elie. Margot était descendue de sa monture, qu'elle menait à la bride, et elle lui posait de nombreuses questions sur la vie dans la vallée, sur leurs moyens de subsistance, et sur leur accès ou non à la culture et aux arts, afin qu'elle puisse adapter au mieux, lui dit-elle, leur répertoire. Elie lui raconta succinctement son histoire, qu'il connaissait encore mal la vallée parce qu'il avait grandi à Paris, mais qu'il était souvent allé au théâtre là-bas, avec sa classe ou ses parents, qu'il adorait ça, et que, même à Marseille, ils avaient essayé de garder une vie culturelle aussi riche que possible compte tenu des circonstances. Il lui fit la remarque qu'à Massat les gens ne lui paraissaient pas hostiles à l'art, mais qu'ils n'avaient tout simplement pas le temps ni l'occasion de se divertir. Il lui précisa quand même que les vendeurs ambulants de livres se faisaient souvent dévaliser leurs marchandises et que des spectacles de danse avaient lieux au début de l'hiver et de l'été, sans qu'il n'y ait encore assisté.

Margot hochait la tête à chacune de ses réponses et Elie retrouva petit à petit le sourire, heureux de discuter avec elle d'autres choses que de récoltes, de toits en ruines et de misères. Il ne pouvait par ailleurs pas s'empêcher de passer fièrement devant habitants qu'ils croisaient et qui accueillaient la troupe avec des sourires et des mots de bienvenue, se comportant comme si c'était lui qui les avait rencontré à l'extérieur de la vallée et convaincu de venir jusqu'à eux.

Arrivés sur la place du village ils retrouvèrent Saule qui les attendait, prévenue par les talkies du check-point, et Elie prit un peu pour lui la joie inédite qu'il vit sur son visage. Il se doutait, pourtant, que l'idée de nourrir et loger une vingtaine de personnes supplémentaires durant cette période troublée avait dû accabler la cheffe de la Milice d'une nouvelle charge de travail, mais rien, dans ses yeux soudain enfantins et son air avenant inhabituel, ne venait trahir un quelconque agacement. Son sourire, sincère et sans malice, déstabilisa un instant Elie, qui réalisa à nouveau à quel point Saule pouvait rayonner une fois son masque sérieux et autoritaire oublié. La jeune femme dut percevoir le trouble dans son regard, car elle détourna les yeux, presque gênée, et entraina Margot à sa suite pour qu'elle rencontre son père, laissant le reste de la troupe aux bons soins de son camarade de Milice. Elie leur montra la salle communale qui pouvait leur servir de lieu de répétition et de stockage de matériel, puis les mena de l'autre côté du village, près de la rivière, où il savait qu'une prairie inoccupée serait parfaite pour accueillir les caravanes et faire paitre les animaux. Il essaya de trainer le plus longtemps possible en leur compagnie, mais, une fois tout le monde installé, il fut obligé de retourner au check-point, car sa journée était loin d'être terminée.

Il fit la route en sens inverse en trainant des pieds, espérant être déjà le soir pour assister à la première représentation de la troupe. Il n'était pas allé au théâtre depuis plusieurs années, et il lui montait progressivement à la gorge la nostalgie de son monde défunt, dans lequel, pourtant, il avait été si heureux. Ses pensées se tournèrent alors vers Calme, et il pria de tout son être pour qu'elle soit rentrée chez eux dans la journée, et qu'ils puissent descendre sur la place du village tous ensemble, en famille, à l'heure du spectacle.

L'après-midi fut une véritable torture, et la joie de l'arrivée de la troupe fut petit à petit grignotée par la détresse des familles repoussées sur les routes, et les récits terribles qu'elles racontaient, espérant vainement que l'horreur qu'elles avaient traversé susciterait l'empathie et leur donnerait un droit de passage. Leur nombre était en constante augmentation, et il fut décidé de multiplier encore la garde et de créer des brigades mobiles qui parcourraient les chemins de montagne moins empruntés qui menaient au village, que les errants finiraient bien par découvrir...

C'est donc avec un soulagement extrême qu'il vit la relève arriver en fin de journée, et il jeta plus qu'il ne posa son arme dans la guérite avant de partir en courant vers le village, après un bref au revoir lancé à la cantonade. Sammy le suivit, très excité lui aussi à l'idée de voir la représentation de théâtre du soir, et il lui demanda si Calme allait venir. Ni ses parents, ni

Elie n'avaient parlé de sa disparition à quiconque et Sammy pensait simplement qu'elle n'était pas réapparue à la Milice car elle avait détesté y participer. Elie lui répondit, plein d'espoir.

« J'espère qu'elle viendra oui. Quand on était petits on adorait participer aux pièces de théâtre de notre école, elle perdait toute sa timidité quand elle montait sur scène. On a toujours aimé les spectacles, de danse ou de musique... et nos parents nous y emmenaient très régulièrement. J'espère qu'elle aura toujours envie d'en voir... » Et j'espère, se dit-il à part lui, qu'elle rentrera à temps à la maison.

« Tu diras rien sur ce que je t'ai raconté ce matin ? » Elie fronça les sourcils, perdu, et Sammy fut obligé de préciser. « Sur l'esprit de la forêt que j'ai vu. Tu veux bien garder ça pour toi ? Je ne veux pas qu'on me prenne pour un fou qui a peur des bois. Elie lui sourit et acquiesça, rassurant.

– Ne t'inquiète pas. Et dis-moi si tu le recroises. Sérieusement, je te prends pas pour un fou. Tu l'as dit toi-même, il y a des choses qu'on ne peut pas expliquer... »

Ils arrivèrent alors sur la place du village et découvrirent la troupe en train de monter la scène. Sammy proposa spontanément son aide, qui fut acceptée avec joie. La jeune femme à qui il avait offert ses bras et qui se présenta sous le nom de Cerise se tourna alors vers Elie, attendant certainement qu'il lui fasse la même proposition, mais il ne put que secouer la tête.

« J'habite un peu loin du village, je dois remonter pour aller chercher ma sœur et mon père, qui ne doivent pas être au courant qu'une troupe de théâtre est arrivée. » La jeune femme hocha la tête, et se remit à fixer de grands rideaux rouges sur des tringles dépareillées. Elie s'éloigna avec un sentiment de jalousie envers Sammy, qui tenait le haut du rideau de Cerise, tout en lui faisant la conversation. Il fut surprit de ce sentiment, qui restait très étranger à sa personnalité, mais se dit confusément que c'était le signe qu'il désirait fortement quelque chose, ce qui, dans son humeur massacrée de ces derniers jours, était certainement positif.

Il passa chercher sa mère à la mairie, qui accepta cette fois-ci de couper son ordinateur et de le rejoindre pour apporter la nouvelle de la représentation du soir à Andrew. Elle avait beaucoup avancé sur son logiciel ces derniers jours, travaillant parfois des journées entières au lieu des demi-journées officielles. Le maire ne voulait pas payer ses heures supplémentaires, mais elle se sentait beaucoup plus utile derrière le vieux poste poussiéreux de la mairie que sur sa parcelle où ils manquaient dramatiquement de matières premières pour avancer dans la réfection de la maison. Elle profitait d'ailleurs de l'intranet poussif qu'elle relançait entre les villages pour essayer de trouver un charpentier dans une autre vallée, à même de les fournir en bois de charpente. Prune ne pouvait toujours pas se lever et il ne fallait pas compter sur son rétablissement avant des semaines, voire des mois.

Ils remontèrent le chemin en discutant joyeusement, ravivant les souvenirs qu'ils avaient de leur vie culturelle passée, se demandant s'ils préféraient voir le soir même une représentation du Bourgeois Gentilhomme qu'ils connaissaient encore par cœur, Elie l'ayant joué au collège, ou d'une pièce inconnue d'un répertoire nouveau. Arrivés sur leur parcelle, de plus en plus excités par leur discussion, ils se précipitèrent vers Andrew, surprit par leurs éclats de voix animées.

« Calme est revenue ? » lui demanda Elie, plein d'espoir, et il lui sourit, désolé. « Non, toujours pas. Mais j'ai trouvé ça à côté de la rivière, donc je suis sûr qu'elle va bien. » Et il désigna un panier rempli de pommes de terre, de fruits et même de poissons fumés. La mère d'Elie s'assit à même le sol, le souffle coupé par le soulagement. « Merci » murmura-t-elle, et Elie fut incapable de savoir si elle remerciait Calme pour la nourriture, plus que bienvenue, ou la forêt qui semblait prendre soin d'elle. Lui ne vit dans ce panier que la manifestation de son refus de revenir vivre parmi eux, et à son bref soulagement succéda une colère fulgurante, vite consumée qui ne lui laissa que de la tristesse. Il regarda son père et il vit son visage traverser les mêmes émotions qu'il venait de ressentir. Il lui sourit alors, espérant qu'il partagerait aussi sa joie à l'annonce du spectacle.

« Il y a une troupe de théâtre qui est arrivée au village. Ils vont rester quelques jours et leur première représentation a lieu ce soir. » Il marqua un petit temps, pensant à Calme. « J'aurais tant voulu qu'elle vienne la voir avec nous... » Son père lui sourit le plus gentiment du monde.

« Moi aussi mon garçon. Mais on va lui laisser un mot dans la maison d'accord ? Comme ça si elle revient pour nous voir ce soir, elle le trouvera et pourra peut-être nous rejoindre ? »

Elie acquiesça et alla chercher son cahier à dessins qu'il avait voulu troquer contre un lapin pour sa presque-sœur, à une époque pas si lointaine, qui lui paraissait résolument révolue. Il en arracha proprement une feuille et écrivit qu'ils étaient descendus sur la place du village voir un spectacle, et qu'ils espéraient qu'elle puisse descendre pour y assister elle aussi. Ils laissèrent le mot sur le rebord de la cheminée, et se mirent en route, après avoir fait un semblant de toilette au ruisseau et troqués leurs habits usuels pour d'autres, plus propres et moins abimés. Elie retira avec joie son uniforme de la Milice, et il eut l'impression de se délester d'un poids énorme lorsqu'il le balança sans ménagement dans un coin de la bâtisse. Au moment de s'engager sur le sentier qui menait vers la route, il se retourna une dernière fois avec regret vers leur maison bancale. Il ferma les yeux et envoya de toutes ses forces son désir que Calme les rejoigne. Il ne perçut pas de réponse, mais tous les oiseaux autour de leur parcelle s'envolèrent dans des cris outrés. Il secoua la tête et se retourna vers ses parents, déçu. Ils se dirigèrent alors vers le village, mais leur joie de sortir de leur monotonie resta teintée de tristesse.

« Il t'appelle.

– Je l'entends.

– Il parle trop fort. Il nous dérange. Tu lui as mal appris.

– Je n'ai pas de compte à te rendre. Mon presque-frère hurle s'il le souhaite.

– Tu deviens présomptueuse enfant-forêt. Attention.

– Je n'ai pas peur de toi. Je n'ai peur de rien.

– Sauf de son absence... non ? »

Au village l'ambiance était à l'effervescence. Malgré les journées difficiles qu'ils venaient d'affronter, presque tous les habitants avaient répondu présents et Elie se félicita d'être arrivé si tôt avec ses parents. La place était noire de monde, plus qu'un jour de marché, et plus encore que le lendemain de la colère de Calme. Le mot avait rapidement circulé de hameaux en hameaux, et les gens arrivaient en flot continu dans leurs habits de fête, envahissant l'espace de rires et d'impatience. Une buvette était tenue par la jeune femme aux rideaux qu'Elie avait aperçu plus tôt et il retrouva sans surprise Sammy à ses côtés, sirotant un verre de bière. Il se joignit à lui, dépensant sans regret le peu d'argent qu'il avait sur lui, le temps d'un verre, loin de toute source de problèmes.

Cerise raconta aux garçons la vie sur les routes, les bonnes et mauvaises rencontres, les hameaux qui se privaient de nourriture pendant plusieurs jours pour qu'ils restent jouer une pièce en échange du couvert... Kate et Ninel les rejoignirent et des étoiles s'allumèrent à leur tour dans leurs yeux. Les musiciens de la troupe se mirent alors à s'accorder sous le frémissement des spectateurs et Elie abandonna ses amis pour se frayer un chemin dans la foule et s'installer au premier rang, les laissant tous les trois conter fleurette à la belle actrice.

Il écouta les conversations enfler par vagues pour soudain s'arrêter et tendre l'oreille en entendant des bruits provenant de l'arrière scène : un coup porté, un meuble trainé au sol, ou les pas précipités d'un comédien. Elie, en regardant le visage de ses voisins, joyeux et suspendus, se dit que, pour lui, le spectacle avait déjà commencé. Les trois coups tant attendus retentirent dans un bruissement de souffles et d'impatiences, et il sentit un frisson parcourir la foule. Enfin, ils allaient être emmenés dans un ailleurs que tous, sans l'avouer aux autres, fantasmaient le soir dans le creux de leurs draps. Un ailleurs où il y aurait la place pour le chant, le spectacle et l'évocation d'un autre ailleurs encore, acceptablement inatteignable celui-là.

Un homme s'avança sur scène, vêtu d'un veston bleu aux boutons dorés, recouvrant une chemise rouge impeccable, qui détonnait déjà au milieu des villageois vêtus de couleurs passées depuis de nombreuses années. Il attendit que le silence retombe, sûr de son effet, et il annonça qu'il avait l'honneur de leur présenter ce soir *Les trois sœurs* d'Anton Tchekhov.

Un murmure parcourut l'assemblée : les spectateurs, pour la plupart, semblaient ignorer qui était Tchekhov. Elie ne connaissait pas la pièce annoncée, mais il avait de vagues souvenirs de *La mouette*, qui lui avait fait forte impression quand il l'avait vue au début du collège. En contemplant la bouffée de bonheur qui se diffusa en lui il eut la réponse à la question qu'il s'était posée avec sa mère quelques heures plus tôt : il était profondément heureux d'assister à la représentation d'une pièce qui lui était inconnue. Il se demanda si ses parents la connaissaient, et il jeta un œil dans la foule, sans réussir à les localiser. Il y découvrit Saule, debout à quelque pas de lui, seule aux milieux d'adultes qu'il ne reconnaissait pas, le visage concentré. Elle regardait droit devant elle, mais elle dut sentir le regard d'Elie car elle finit par détacher ses yeux de la scène pour croiser les siens. Il essaya de déchiffrer son regard, impénétrable, mais son attention fut rapidement ramenée vers la scène, où les comédiens prenaient place.

Dès le début de la pièce il prit un plaisir entier à se retrouver dans un intérieur Russe vieux de deux siècles, bricolé avec des objets hétéroclites, mais qui, une fois agencés ensemble, constituaient un décor crédible et touchant dans sa fragilité. Une grosse bouilloire en fer forgée posée sur un guéridon repeint en couleur cuivre tenait lieu de samovar, et les banquettes usées des chariots de la compagnie avaient été répartis sur scène et recouverts d'un tissu pourpre pour faire croire à un salon bourgeois du début du 20ème siècle. Un lustre en verre abimé était suspendu par-dessus la scène par une simple traverse de bois, et, comble du décor, une fenêtre avait été installée sur la partie gauche de la scène, où une toile peinte, tendue derrière, évoquait un bout de campagne entourée de forêt. C'est ce détail qui toucha le plus Elie, car le dessin ressemblait étrangement aux paysages qu'il contemplait tous les jours dans la vallée, comme si l'histoire qui se déroulait devant lui avait réellement lieu là, chez lui, à Massat.

Il eut néanmoins besoin d'un peu de temps pour se laisser envahir par la pièce et ses enjeux, si éloignés de ses préoccupations quotidiennes. Les questions d'amour ou de mariage, ou même l'abattement perpétuel de Macha lui semblaient totalement étranger à ce qu'il vivait depuis son arrivée dans la vallée. Pourtant, petit à petit, la pièce se mit de plus en plus à entrer en résonnance avec ses peurs et ses espoirs, malgré les dizaines et dizaines d'années et les kilomètres d'écarts. La foi répétée des personnages dans le monde à venir lui fit monter les larmes aux yeux, le mettant cruellement face aux échecs de l'humanité, où deux siècles plus tard aucune de leurs prophéties n'avaient abouti. Il ne pouvait s'empêcher d'imaginer que c'étaient les vrais personnages de Tchekhov qui étaient sur scène, et qui, parfois, par un regard sur le public, contemplaient avec désespoir le destin de l'humanité.

Lors des dernières répliques, il sentit rouler sur ses joues des larmes si longtemps retenues alors que Macha, la si triste Macha, criait au monde qu'il fallait vivre. Il vit dans ce personnage le double de Calme, fragile et mélancolique, mais toujours puissamment vivante malgré la mort de ses parents, se débattant seule et en secret avec un poids invisible et peut-être trop lourd pour ses épaules si frêles.

Ses larmes redoublèrent quand le parallèle le frappa, et le rideau tomba devant lui, scellant sa tristesse, alors que les spectateurs applaudissaient à tout rompre. Il tourna la tête à droite et à gauche, brutalement réveillé, cherchant par reflexe du regard sa presque-sœur, qui avait toujours, toujours été à ses côtés. Il ne vit que les habitants du village, ses parents, plus loin, le visage transcendé par ce qu'ils venaient de voir, Sammy et son frère, hurlant des rappels, et même Saule, toujours à quelque mètres de lui, les yeux brillants eux aussi, empêchant malgré elle Elie d'avoir honte de ses larmes.

La troupe salua, à plusieurs reprises, puis laissa le rideau fermé le temps d'aller se changer pour se mêler à la foule. Une partie des spectateurs quitta alors la place, bien obligés de retourner à leurs corvées et de répondre à l'appel de leur lit qu'ils quitteraient bien avant l'aube. Elie effaça ses larmes d'un revers de la main et rejoignit ses parents qui discutaient de la pièce et des coupes dans le texte que la troupe avait effectuées. Il essaya de participer à la discussion, en leur demandant quand est-ce qu'ils l'avaient vu pour la dernière fois, afin de reprendre petit à petit pied dans le monde des humains, mais il s'interrompit vite quand il vit Saule se diriger vers eux à son tour.

« Elie, l'alpagua-t-elle sans plus aucune trace de brillance dans les yeux, on va devoir te changer de tour de garde demain, pour que ceux de faction le soir profitent à leur tour du spectacle, ça ne te dérange pas ? » Le cœur d'Elie se serra et un peu de haine remonta dans ses yeux. Elle fut pourtant brève, et il réussit à rapidement la renvoyer d'où elle venait.

« Ça me dérange, oui, j'aurais adoré voir une autre représentation... » Il réfléchit un instant, surprit de tenir tête spontanément à celle qui l'intimidait tant quelques semaines auparavant, mais finit par reprendre la parole. « Mais bon ce n'est pas juste pour les autres... » A sa grande surprise il vit Saule acquiescer, ouvertement compatissante et dénuée de colère. Il se dit qu'il y avait là matière à réflexion sur le comportement de Saule, mais elle lui répondit sans qu'il n'ait le temps de s'attarder sur cette idée.

« Je comprends ta déception... Mais tu pourras toujours assister à leurs répétitions demain après-midi, et la troupe reste encore quelques jours. Désolée, c'est vital en ce moment de garder le check-point. » Elie, perturbé d'entendre Saule s'excuser, ne put qu'acquiescer à son tour en silence. Il la regarda s'éloigner après un rapide signe de tête à ses parents, pour aller voir Sammy et de visiblement lui annoncer le même changement. Il secoua la tête, croisa son regard, et s'approcha de lui.

« Toi aussi tu es de faction demain soir ? » Elie, toujours un peu malheureux, lui fit un petit sourire triste. Sammy retrouva alors un peu de joie de vivre. « Bon, c'est pas si mal en fait, comme ça demain matin on pourra faire la grasse mat'... mais on va louper la représentation du soir. Cerise m'a dit que ça serait beaucoup de musiques et de danses avec quelques sketchs. Un truc plus festif. C'était beau la pièce qu'on vient de voir, mais elle m'a rendu tellement triste...

– Moi aussi. Mais elle est pleine d'espoir tu ne trouves pas ?

– Mouais. D'espoir fataliste tu veux dire... Allez viens je te paye à boire, on peut aller se coucher bien tard ce soir. » Elie regarda ses parents.

« On n'a qu'une lampe dynamo pour trois. Je vais devoir remonter avec vous...

– Mais non, reste, tu dormiras chez moi ! » Elie regarda à nouveau ses parents, attendant une autorisation anachronique. Lucie et Andrew explosèrent de rire.

« Tu n'as plus quinze ans Elie, tu n'as pas à nous demander l'autorisation pour dormir chez un ami. Si tu avais grandi normalement à Paris tu aurais peut-être déjà ton appartement loin de chez nous...

–... mais j'ai grandi à Marseille et sur les routes. » Il secoua la tête. « Je n'ai pas du tout les réflexes associés à mon âge. C'est pathétique. Ses parents sourirent.

– Allez va boire des bières et on se voit demain. Passez une bonne soirée. » Lucie et Andrew allèrent féliciter les membres de la troupe présents sur la place, avec qui ils eurent une discussion brève mais passionnée sur les choix d'adaptation, puis finirent par prendre le chemin du retour. Elie se tourna vers Sammy, un peu honteux d'avoir demandé devant lui une autorisation appartenant à l'enfance, mais son ami l'attrapa par le bras pour l'entraîner à la buvette, décidé à lui faire rattraper une partie de son adolescence à grand coups d'alcool et de rires.

Il n'avait de regret que l'absence de Calme, qu'il se promit d'aller chercher dans la forêt tôt le lendemain pour lui faire voir la beauté qu'il venait de contempler, avant que la compagnie ne reparte.

J'ai deviné, en ouvrant les yeux et en voyant le soleil inonder la chambre de Sammy que j'avais beaucoup trop dormi et que je n'aurais jamais le temps d'aller chercher Calme. Je ne sais pas à quelle heure nous nous étions couchés la veille ni combien de bières j'avais bu. Je n'ai pas l'habitude de boire autant, et mon crâne s'amusait à me le rappeler à chaque fois que je tournais la tête.

Sammy n'était plus dans la chambre et je ne l'avais même pas entendu se lever, mais en voyant son vieux réveil annoncer deux heures de l'après-midi j'ai été sidéré. J'ai essayé de me rappeler la dernière fois que j'avais dormi si tard et je me suis rendu compte que cela ne m'étais jamais arrivé. Cela faisait même des mois que je ne m'étais pas levé à l'aube. Je ne m'étais pas rendu compte à quel point j'étais épuisé. J'aurais d'ailleurs pu me rendormir, mais le souvenir de la pièce de théâtre de la veille s'est frayé un chemin dans mon cerveau embrumé et je me suis levé d'un coup, espérant profiter un peu de la troupe avant de prendre mon tour de garde. J'ai retrouvé Sammy sur la terrasse du jardin, buvant une tisane, visiblement dans le même état que moi. « Ça va ? » coassa-t-il, et je lui répondis d'un hochement de tête douloureux.

« Mes parents sont partis faire des trucs d'adultes, et je crois que Rabah est allé voir son mec. T'as bien dormi ? » Je bougeais à peine la tête, bien décidé cette fois-ci à ne pas provoquer un flash de douleur dans mon crâne.

« Prends-toi des trucs à manger et à boire dans la cuisine. Moi c'est mort il va me falloir une heure pour réussir à sortir de cette chaise. »

Une fois dans la maison j'ai été douloureusement émerveillé d'ouvrir un frigo plein de jus de fruits, de viandes et de fromages. Je me suis servi un verre de liquide à l'odeur de pommes et j'ai attrapé des biscuits qui avaient été sortis sur la table de la cuisine, certainement par un parent bien intentionné. J'ai pris le temps de détailler les bibelots et les photos de la cuisine qui m'apparaissaient totalement décalés avec le monde dans lequel je vivais désormais. Sur un des clichés, soigneusement encadré, je reconnu les parents de Sammy, plus jeunes, Rabah, qui devait avoir une dizaine d'année, une petite fille, souriante avec un trou dans les dents de devant et un tout petit garçon, encore dans les bras de son père. Intrigué, je l'ai prise pour la regarder plus attentivement, témoignage d'un bonheur figé d'un autre temps. Je ne pense pas que l'on ait encore une seule photo de nous qui n'ai pas disparu dans notre exil. Peut-être qu'il en existe encore de mes parents et de moi bébé dans de vieux albums chez mon oncle, mais il ne nous en reste aucune avec Calme. Et je ne pense pas que nous puissions en avoir une nouvelle un jour.

Je suis retourné dehors et ai tendu un gâteau à Sammy, qui m'a répondu d'un grognement de gratitude.

« T'as une sœur ? Y'a une photo dans la cuisine avec une petite fille qui vous ressemble beaucoup. » Sammy se tourna vers moi, le visage soudain triste, arrêtant nette l'exagération comique de sa gueule de bois.

« Oui, c'est Leïla. » Il laissa un petit silence s'installer, et j'en profitais pour m'assoir à côté de lui, à même le sol. Il reprit, en regardant droit devant lui, avec un ton que je ne lui avais jamais entendu prendre.

« Elle était super intelligente, pas feignasse comme moi ou Rabah. Alors elle est partie à St Girons pour aller au lycée, puis à Montpellier pour faire ses études de médecine. Elle voulait être médecin comme ma mère, revenir pour l'aider puis prendre sa place quand elle serait à la retraite... Elle adorait la vallée. » Il garda à nouveau le silence pendant quelques secondes. « Une nuit, enfin, un matin, elle est rentrée d'une garde de l'hôpital où elle était interne. Elle est jamais arrivée chez elle. On a retrouvé son corps quelques jours plus tard, dans un fossé à l'entrée de la ville. On n'a jamais su ce qu'il s'était passé. Il soupira. C'est pour ça que mes parents n'insistent pas trop pour que je parte faire mes études. Ils ne s'en sont jamais remis. Ils s'en veulent terriblement de l'avoir laissée partir seule dans un endroit si dangereux. Mon père répète qu'il aurait dû partir avec elle, trouver un travail là-bas et veiller sur elle. Moi je pense que ça n'aurait rien changé. Elle aurait quand même fait sa garde de nuit et se serait quand même faite tuer au petit matin. Mais mon père est persuadé du contraire. C'est sa manière de faire face, je pense, la culpabilité.

– Pardon, je savais pas…

– Non non t'inquiète pas, il n'y a pas de mal. J'aime bien parler de ma sœur, je l'adorais. Je veux pas qu'elle disparaisse totalement alors j'aime bien la partager. Mes parents n'en parlent jamais, c'est trop douloureux je crois, mais Rabah et moi on aime bien se souvenirs de choses qu'elle disait ou faisait. Ça me fait plaisir que tu saches qu'elle ait existé par exemple. Comme ça elle reste un peu avec nous. »

Je lui ai souri, et l'ai remercié de sa confiance, mais je n'ai pas pu m'empêcher de penser à Calme, et je me suis rendu compte que j'avais terriblement peur de parler d'elle un jour de la même manière à quelqu'un qui ne l'aurait pas connu.

On a fini par réussir à se laver, dans une vraie douche tiède qui me changea délicieusement de la rivière, à manger quelque chose de plus solide, et à aller sur la place du village pour voir la troupe répéter. Ils nous ont accueillis avec le sourire et Cerise s'est moquée de nos têtes de déterrés. Les musiciens avaient commencé à jouer la musique pour la représentation du soir, et quand ils ont appris qu'on ne serait pas là, ils ont interprété juste pour nous plusieurs morceaux d'affilés. C'était magnifique. Margot s'est assise à côté de moi pour les écouter, les relançant quand ils perdaient le rythme. Elle me regardait me laisser envahir par la mélodie qui me donnait le sentiment d'être de la nourriture qui repoussait ma tristesse et à ma peur.

« Tu as déjà fait de la musique ?, m'a-t-elle demandée à la fin d'un morceau qui m'avait particulièrement touché.

– Du violon quand j'étais petit. Mon père en faisait très bien et il m'a envoyé au conservatoire. Je n'aimais pas le solfège mais j'adorais jouer des airs que j'inventais, même si bon, j'étais loin d'être virtuose. On a perdu le violon dans un grand mouvement de foule de Lyon il y a quelques années. Je n'ai jamais pu en rejouer... et je ne pense pas en avoir entendu depuis non plus. A Marseille je faisais un peu de musique au lycée, principalement de la guitare. Ça reste encore facile à trouver comme instrument, mais on l'a revendue avant de partir. » J'ai haussé les épaules, faisant peut-être un peu le fier. « C'est pas très grave, il n'y a que le violon qui me manque vraiment. » Margot m'a écouté, attentive, puis m'a regardé longtemps.

« Nous n'avons plus de violoniste depuis quelques mois, il est mort d'une infection très rapide après s'être coupé le doigt. Par contre nous avons toujours son instrument. Tu pourrais rejoindrc notre troupe, te remettre à la musique et jouer avec nous. » J'ai secoué la tête... cela faisait si longtemps...

« J'ai certainement oublié tout ce que j'avais appris... Ca fait des années que je n'ai pas joué. Margot a haussé les épaules.

– C'est un détail ça, tu réapprendras.

– Je ne peux pas partir. Avec mes parents on vient de s'installer ici. Ils ont besoin de moi, je travaille à la Milice et... » Je n'ai pas pu continuer, prenant conscience que j'égrenais des lieux communs pour cacher mon trouble. Partir. Avec eux. L'idée de vivre sur les routes ne m'enchantait pas particulièrement, mais celle de vivre en troupe, de musique et de théâtre a fait battre mon cœur très vite. J'avais envie de lui dire oui, tout de suite. De trouver ma place dans une des jolies caravanes en bois, de m'exercer au violon tous les jours, de rire et chanter sur les routes... De faire face à l'angoisse des attaques de pillards, et à la faim aussi, mais ça je connaissais, et je savais qu'ensemble on avait moins peur.

Pourtant le visage de Calme, doucement, s'est imposé à moi. Partir, oui, mais sans l'abandonner elle, ma presque-sœur, ma Sylve qui doucement s'étiolait loin du monde des hommes. Les larmes me sont montées aux yeux et j'ai violement ressenti son absence, presque physiquement, comme si une partie de mon corps manquait, et que, anesthésié jusqu'à ce moment, je ne m'en rendais compte que maintenant. Demain, demain il fallait que je retrouve ma Calme, que je m'excuse, le plus sincèrement possible, et que l'on redevienne un, comme avant, avant qu'elle ne s'éloigne trop de moi. Je ne pouvais pas partir. Pas sans elle. Ça serait comme me couper de moi-même, de qui j'étais vraiment.

Margot a dû voir mon trouble, et je ne sais pas comment elle l'a interprété, mais elle m'a souri, s'est levée et a mis sa main sur mon épaule.

« Ne t'inquiète pas, on repassera par ici, un jour ou l'autre. On pense partir en Espagne au printemps prochain, vu que la guerre civile se calme un peu vers la Catalogne, et être de retour dans le coin d'ici un an ou deux. Votre village nous plait, l'accueil est bon. On verra à ce moment-là si ce qui te retient ici est toujours d'actualité... » Je n'ai pu que sourire à mon tour pour tenter de chasser mes larmes et lui murmurer un « Merci » maladroit. Elle s'éloigna et je restais seul dans mon coin, à fantasmer mon avenir et à rêver de musique.

L'après-midi passa vite, et la cloche du village finit par sonner cinq heures. Sammy quitta à regret Cerise pour rejoindre Elie, qu'il sortit de sa torpeur. « Il faut y aller si on veut être à l'heure au poste de garde. Ça va mieux la tête ? Son camarade acquiesça.

– Enfin, la gueule de bois ça va mieux. La tête je sais pas.

– Allez copain courage. Et rien de tel que de passer une soirée entière à un check-point horrible pour retrouver bonheur et envie de vivre. »

Elie lui sourit. Il appréciait de plus en plus son ami et sa joie de vivre perpétuelle. Elle n'était ni naïve ni hypocrite, mais sincère et contagieuse. Il ne put que lui emboiter le pas en essayant de chasser ses pensées noires.

Le visage de la garde de faction qui avait pris leur place en journée balaya pourtant le fragile retour d'enthousiasme d'Elie. Clémence, une jeune femme fine et au visage constellé de tâche de rousseurs, leur apprit qu'ils avaient dû à deux reprises tirer en l'air pour faire peur à des groupes trop véhéments, et qu'ils avaient été à deux doigts de viser les pieds d'un homme qui les menaçait de loin avec son couteau. Les gardes avaient l'air épuisés et tendus, mais certains se posèrent la question de rester avec la relève, pour être sûrs d'être en nombre suffisant à la tombée de la nuit. Rabah et Rapha arrivèrent à ce moment-là et se firent faire à leur tour le résumé de la situation. Rabah insista pourtant pour que tous les gardes retournent au village profiter du spectacle, et qu'il allait plutôt donner un coup de talkie à la mairie voir s'ils ne pouvaient pas avoir le renfort de quelqu'un qui n'aurait pas déjà une journée de travail dans les jambes. Être fatigué et à bout de nerfs avec une arme dans les mains n'était jamais une bonne idée. Clémence finit par acquiescer à ses propos et elle se mit en route avec le reste des gardes relevés, après que l'envoi de renforts fut confirmé par la mairie.

Un groupe d'errants composé d'une dizaine de personnes arriva quelques minutes après leur départ et Elie se demanda, devant leurs mines déterminées et leur épuisement apparent, si c'était une bonne idée d'avoir renvoyé Clémence et ses collègues si tôt. Le groupe, pourtant, ne se révéla pas agressif : il n'avait en réalité aucune volonté de passer par Massat, et ses membres se rendaient tous en Espagne chez de la famille éloignée, en passant par le chemin des crêtes qui contournait le village. Ils s'installèrent quelques minutes devant leur check point, le temps de se restaurer avant de remonter vers le hameau qui accueillait les voyageurs pour la nuit, et ils en profitèrent pour raconter aux gardes que l'armée avait chassé la milice violente de la banlieue toulousaine, et que ses membres fuyaient, poursuivis par des détachements de militaires, vers les Pyrénées et ses nombreuses vallées inaccessibles aux véhicules de l'armée.

Un petit frisson d'appréhension parcourut le groupe, et ils se regardèrent tous sans oser prendre la parole. Saule arriva à ce moment-là, accompagnée de Kate et Ninel, annonçant qu'elles venaient en renforts, et elles furent accueillies avec soulagement, bien que le nombre d'armes fut limité et que tout le groupe ne puisse en brandir une en cas de menace. Elie proposa de réquisitionner les armes de la troupe de théâtre, toujours sous clé à la mairie, et Saule acquiesça lentement à cette idée, avec le regard surprit de quelqu'un qui aurait dû y penser elle-même. Secrètement, Elie espérait qu'ainsi le maire les laisserait rester quelques jours, voire quelques semaines de plus.

L'affluence augmenta peu avant la tombée de la nuit. C'était désormais un flot continu de réfugiés qui arrivaient dans la vallée, chassés en avant par des reliquats de la milice terroriste toulousaine, et il ne faisait plus de doute que les pillards se dirigeaient vers les Pyrénées.

Les récits d'exactions se multipliaient, allant toujours plus loin dans l'horreur, sans qu'Elie et ses compagnons ne puissent être sûrs de la véracité des tortures et des violences ainsi racontées de bouches en bouches. Mais l'état de fatigue et de peur dans lequel étaient plongés les marcheurs était lui réel, et le groupe de faction commençait à se sentir de plus en plus nerveux et mal à l'aise de renvoyer sur la route des gens terrorisés et aux abois. Les insultes pleuvaient, de plus en plus nombreuses, et les menaces de mort aussi. En début de soirée ils reçurent même quelques pierres dont une entama la joue de Rapha, et Rabah dut tirer en l'air pour faire fuir les assaillants. Quand la nuit fut totale, la fréquence d'arrivée diminua pour s'arrêter tout à fait, et Elie et Sammy furent postés seuls à la barrière le temps que les autres mangent un bout au coin du feu, légèrement en retrait derrière la guérite.

Un oiseau se mit alors à chanter, accueillant l'obscurité, et les sons de la nuit s'éveillèrent, adoucissant l'ambiance. Les rires provenant du feu de camp nappèrent leur attente d'une intemporalité bienveillante, et Elie se surprit à s'imaginer être loin de ce check-point, en bivouac avec Sammy quelque part dans les montagnes, après une longue journée de marche, sur le point de déguster un bon repas simple au coin du feu. Il se tourna vers son ami, pour lui demander si, quand tout cela se serait calmé, et avant le début de l'hiver, il accepterait de venir camper avec lui et Calme dans les hauteurs et il fut surprit de voir dans ses yeux la même nostalgie, celle d'un temps où il était possible de partir marcher juste pour le plaisir, et non pas pour la transhumance, les récoltes ou la chasse. Le léger sourire de Sammy, qui ressemblait à une promesse, fut alors interrompu par des bruits de pas, discrets mais rapides, venant dans leur direction.

« Qui va-là ? » demanda avec une voix forte Sammy vers l'obscurité. Elie entendit du coin de l'oreille Rabah, Saule et le reste des gardes réagir à la question de Sammy et se relever du feu pour les rejoindre. De la nuit profonde, par contre, il n'entendit aucune réponse.

« Qui va-là ? répéta Sammy. Nous sommes en garde de l'entrée de la vallée de Massat, et pour y pénétrer vous devez avoir une autorisation. »

Toujours sans répondre, un groupe émergea petit à petit du noir et s'avança dans la lumière tremblante de l'ampoule fixée au bout de la guérite. Elie sentit la tension qui s'en dégageait. Sans pouvoir mettre des mots sur ce qu'il ressentait, il comprit immédiatement que la femme qui menait le groupe en était la cheffe, et que les deux hommes et l'autre femme qui marchaient derrière elle en silence obéissaient à ses ordres.

Il réalisa que ces quelques jours passés au checkpoint lui avaient appris à déterminer la nature des personnes qui arrivaient jusqu'à eux. De la famille terrorisée et épuisée au groupe de jeunes en errance, auto-convaincus de leur bon droit, en passant par les marchands ou les artisans connus de la vallée et sûrs de leur passage, Elie pouvait deviner, dans leur seule manière de marcher et de lever les yeux vers lui, s'ils avaient le droit, ou non, d'entrer, et s'ils allaient poser des problèmes face à un refus.

Ce groupe-là, pourtant, était inclassable. La femme de devant avançait, sûre d'elle, comme une habitante du village rentrant chez elle, mais les trois personnes derrière étaient plus hésitantes. Elie trouva un air de ressemblance assez marqué entre la femme la plus âgée, qui devait à peine avoir trente ans, et la plus jeune de groupe, sortie depuis peu de l'adolescence, mais ils ne ressemblaient pas pour autant à une famille en errance. Il remarqua une tente démontée soigneusement, répartie sur plusieurs des sacs à dos, des couteaux de chasse ainsi qu'un attirail de cuisine et il se dit qu'ils étaient trop bien habillés, trop bien équipés et trop confiants pour être à la recherche de protection. Ils ne ressemblaient pas non plus à des marchands ou des artisans, n'ayant pas les attributs caractéristiques de chaque profession : une plume sur le chapeau pour les conteurs, des boucles d'oreilles en bois pour les herboristes, de multiples bracelets en métal pour les rémouleurs... Il jeta un coup d'œil à Sammy, qui ne s'était pas détendu à leur arrivée comme il le faisait inconsciemment avec les connaissances de la vallée. Ils étaient donc des intrus.

« Halte, leur cria son camarade. Vous devez me décliner votre identité et vos intentions.

La meneuse pris la parole, un peu dédaigneuse.

– Mon identité ne concerne que moi, mes intentions aussi. Nous voulons passer.

– Je ne peux pas vous laisser accéder à la vallée sans un bon motif.

– Tu fais partie de l'armée ? Sammy secoua la tête. De la police ? Sammy nia à nouveau. Alors tu n'as aucun droit sur nous. Tu nous laisses passer. »

Rabah s'avança vers eux et se campa devant Sammy, dans un mouvement protecteur de grand frère. Il prit la parole calmement.

« Notre village est fragile, et a subi de nombreux cataclysmes récemment. Nous sommes désolés, mais nous n'avons pas les moyens de vous accueillir. Nous ne sommes ni l'armée ni la police, mais l'État est au courant de notre barrage et n'a jamais rien fait contre. Il n'a plus assez d'effectifs pour s'occuper de notre sécurité, alors nous le faisons nous-mêmes. Maintenant, je vais vous demander de circuler. » Elie observa la réaction des trois personnes derrière la cheffe, et il découvrit, surprit, que la plus jeune s'était mise à trembler et semblait au bord des larmes. Avec ses longs cheveux clairs et ses yeux verts et apeurés, elle lui fit douloureusement penser à Calme, et son cœur se serra. Les deux hommes à ses côtés semblaient eux naviguer entre la déception, la colère, mais aussi la peur, et Elie n'arrivait pas à s'imaginer la raison de leur présence au checkpoint. La femme menant le groupe, elle, demeurait impassible.

« Vous allez faire quoi si je m'avance ? Me tirer dessus ? Je suis désarmée.

– Ça nous arrive de tirer sur des gens oui. Même si on n'aime pas ça. »

La jeune fille à l'arrière du groupe s'avança vers celle qui devait être sa sœur et la tira doucement par la manche. Elie se rendit alors compte qu'elle était enceinte, malgré son très jeune âge et il comprit confusément que cette grossesse était un enjeu, la raison même de leur présence sur la route. La cheffe repoussa gentiment mais fermement sa cadette, et s'avança encore d'un pas.

« Nous ne sommes pas de vulgaires errants, fragiles et inutiles. Nous savons nous battre et nous défendre. En ces temps troublés cela peut être plus qu'utile à votre communauté. Ça vous éviterait de donner des armes à des enfants... » Et elle désigna de la tête Elie et Sammy, désormais de part et d'autre de Rabah. Elie sentit le jeune homme hésiter et réfléchir sérieusement à la proposition de la jeune femme. Il se tourna vers Saule pour la consulter du regard, et Elie laissa alors son regard flotter sur l'arrière du groupe, à demi caché dans la pénombre. Il se fixa sur un des hommes resté en arrière, et il se rendit compte qu'il retirait tout doucement quelque chose de derrière son dos. Leurs yeux se croisèrent et Elie rencontra alors pour la première fois le regard de quelqu'un qui n'avait plus rien à perdre. Il ne voyait dans ses yeux qu'un désespoir noir et insondable, dans lequel leur refus d'ouvrir la barrière le plongerait pour toujours, sans possibilité aucune de salvation. Elie comprit aussi que cet homme refuserait de l'entendre, ce refus, et qu'il préférerait encore le provoquer en les attaquant, dans une tentative suicidaire et vaine de reprendre le contrôle de leur avenir. Il vit le pistolet émerger de derrière son dos, et l'amorce de son mouvement pour le pointer vers Rabah. Il vit la jeune fille enceinte ouvrir grands les yeux d'horreur et tenter de tendre la main pour l'en empêcher, mais elle était trop loin de lui. Alors, avant même qu'il ne formule dans son esprit l'ordre à donner à son corps, Elie pointa son fusil sur l'homme, et tira. Il entendit alors un cri, celui de la cheffe du groupe, qui lâcha son masque d'assurance pour se précipiter vers l'homme blessé. Dans le noir il était difficile de dire s'il avait été touché et où, mais Rabah n'attendit pas que la situation se retourne contre eux, et annonça d'une voix claire et forte :

« Maintenant vous disparaissez. Vous avez levé une arme contre nous, vous ne passerez jamais cette barrière. » Et il les mit en joue, visiblement prêt à tirer de nouveau, soutenu par Sammy et Saule qui avaient pris place à ses côtés. La jeune fille enceinte pleurait près de l'homme blessé qui devenait blême, et elle appuya ses mains sur son bras qui se teintèrent de sang. La cheffe insultait l'homme, en disant qu'il aurait fallu qu'il attende, qu'ils auraient pu passer, que de l'autre côté ils auraient été en sécurité, qu'il les avait condamnés. L'homme ne répondait pas, les yeux éteints. Elle se tourna alors vers le groupe posté de l'autre côté de la barrière et Elie vit le désespoir qu'il avait découvert chez l'homme recouvrir petit à petit la haine qui brillait dans ses yeux. Et il vit la mort, progressivement, prendre possession de son corps. La cheffe du groupe ne parla pas, releva son compagnon agonisant, et ils disparurent dans la nuit sans un mot de plus, avalés par l'obscurité.

Le silence, sur la troupe, tomba comme une chape de plomb. Saule s'approcha alors d'Elie, et lui prit délicatement son arme des mains. Sammy inspira un grand coup, s'approcha de son ami et rompit le silence.

« Merci. Je crois que tu as sauvé la vie de mon frère. »

Tout le monde, tout à coup, se mit à parler en même temps, et mon cerveau fut incapable de traduire une seule phrase en entier. Je ne pouvais que regarder vers la nuit où le groupe avait disparu si rapidement, comme englouti pour toujours, et la petite flaque de sang qui miroitait au sol grâce à notre ampoule faiblarde, pile à la limite de l'obscurité. J'ai entendu tout le monde me féliciter, Rabah me remercier de mon geste, et Saule m'ériger en héros. Je crois qu'elle m'a dit, avec un petit sourire complice, que j'avais définitivement fait preuve de mon appartenance à Massat, et que cela serait désormais une priorité pour le village de faire réparer le toit de mes parents. Que malgré la situation tendue on trouverait une solution dans les jours à venir, pour remonter les poutrelles manquantes jusqu'à chez nous et consolider nos murs.

Je n'avais aucune maitrise de mon visage, de mes paroles ou de mes gestes, mais j'ai prétexté un besoin pressant pour m'écarter du groupe. Je les entendais faire des suppositions sur l'origine de ce groupe inhabituel, et c'est Rabah qui parla de dissidents de milice, de fuyards poursuivis pour désertion ou insubordination, et un « aaah » de compréhension parcourut la troupe. Après, j'ai cessé d'écouter. Les dernières paroles de Saule avaient achevé de me rendre malade, et je me suis éloigné le plus possible avant de vomir tout ce que mon estomac contenait derrière un arbre. J'espérais m'être suffisamment écarté pour que personne ne m'entende, et puis, rapidement, je me suis dit que je m'en foutais. Paraître fort et infaillible devant des gens qui glorifiaient ce que je venais de faire me donnait envie de hurler. J'avais tiré sur un homme, et je l'avais certainement tué.

Calme avait raison, j'étais devenu ce que l'on fuyait depuis Lyon.

À son évocation mes hauts le cœur m'ont repris, car mon corps comprenait que jamais elle ne me pardonnerait ce geste. En tirant sur cet homme, je l'avais surement perdue pour toujours, et des larmes se sont mises à couler en continu le long de mes joues.

Je suis retourné à la barrière, où tout le monde était encore en grande discussion sur les origines du petit groupe, et personne ne fit trop attention à moi. J'espérais avoir suffisamment effacé mes larmes, et je me suis lancé dans la contemplation du feu, légèrement en retrait, faisait semblant de croquer dans la miche de pain qui faisait office de diner, en espérant que les flammes et la fumée donneraient le change à la brillance de mes yeux.

Je n'ai que peu de souvenirs de la nuit que nous avons passée en faction. Le nombre d'arrivées a drastiquement diminué et je pense que les errants voyaient dans nos yeux que quelque chose de grave s'était passé car ils n'insistaient plus pour pénétrer dans la vallée. À partir de minuit, plus personne ne se présenta, et Saule proposa à Sammy et à moi de rentrer à la maison, étant de faction de nouveau le lendemain matin. Sur le chemin du retour, dans la jolie vallée endormie, parfois éclairée par un lampadaire solaire, nous n'avons pas parlé. Je ne sais pas si c'était la fatigue ou autre chose, mais Sammy gardait le silence, ce qui était assez inhabituel. Je n'avais aucun moyen de rentrer jusqu'à chez moi dans le noir, et je ne me sentais absolument pas la force d'affronter le regard de mes parents, alors j'ai accepté sa proposition de dormir une nouvelle fois chez lui.

Sur le matelas à même le sol de sa chambre, je n'ai pas réussi à trouver le sommeil et j'ai écouté la nuit s'écouler doucement au dehors. J'ai fermé les yeux et essayé d'entendre la Forêt, mais j'étais en ville et dans une maison trop moderne pour réussir à entendre quoi que ce soit. En tout cas c'est ce que je me suis dit.

Quand j'ai senti que l'aube était proche, je me suis levé et suis parti en silence dans la fin de la nuit pour remonter chez moi. Le soleil colorait à peine le noir de ses pastels, mais je me suis rendu compte que mes pieds commençaient à connaître par cœur le chemin de la maison, évitant d'eux même les ornières invisibles dans l'obscurité.

La sente menant à la parcelle était, elle, encore complètement plongée dans la nuit, prolongée grâce au faîte des arbres encore lourds de feuilles en ce début d'automne. Je fermais les yeux, voulant m'oublier au monde, et laissais mon corps rentrer seul chez moi.

Les quelques feuilles déjà tombées étouffaient le bruit du cheminement d'Elie, et il pénétra sur son terrain, sans que ses parents, en train de préparer de la tisane à cette heure matinale, ne se rende compte de sa présence. Il contempla sa maison, toujours béante de toutes parts, et les visages de son père et sa mère, éclairés par les braises qu'ils ravivaient, fatigués et cernés. Sans leurs enfants autour d'eux ils avaient laissé tomber leurs masques rassurant de parents protecteurs, et Elie les découvrit pour la première fois vieux et fragiles. Il eut envie de s'avancer vers eux, de les prendre dans ses bras, et d'inverser pour toujours les rôles, de les rassurer à son tour, de leur dire que le toit serait bientôt réparé, Saule avait promis désormais, ce n'était plus qu'une question de jours. Mais à l'évocation de Saule, et de ce qu'il avait dû faire pour décrocher une telle promesse, il eut un nouveau haut le cœur et fut incapable d'affronter leurs regards et leurs inquiétudes.

Il contourna alors la maison, en silence, ses pieds évitant naturellement les branches cassantes et les gravillons éparpillés sur le sentier. Il s'enfonça dans la forêt un peu plus bas, se laissant guider par une toute petite voix, inquiète et triste. Elie ne savait pas où il allait, il laissait sa mélancolie, sa haine et sa honte rythmer sa marche, et, petit à petit, son souffle entra en résonnance avec celui de la Forêt. Il entendit alors, du coin de l'oreille, la symphonie puissante que Calme lui avait fait écouter des jours plus tôt, et à laquelle il était resté sourd pendant tout ce temps, isolé sur ce check-point horrible en journée et accablé de fatigue et de tristesse la nuit.

Mais en cette aube naissante, son esprit, exténué, avait fini par laisser tomber les barrières mentales qu'il maintenait en permanence sans en avoir conscience. Un peu surpris, il les observa s'effondrer, et se rendit compte qu'il les avait dressées dès le premier soir sur leur parcelle, au cœur de la forêt, alors que Calme pleurait de peur à l'arrivée de la nuit. Lui n'avait pas eu peur, et n'aurait jamais eu besoin de ces barrières s'il ne les avait pas élevées inconsciemment pour Calme justement, pour la protéger du chant de la Forêt. Il n'avait été capable de les baisser que lorsque sa presque-sœur s'était tenue à côté de lui, dans la clairière, parfaitement elle-même et heureuse, sereine et en sécurité.

Cette prise de conscience le bouleversa, et lui fit se rendre compte de la puissance du lien qu'il existait entre eux. En projetant son esprit autour de lui il ne lui sentit alors plus de limites, et il se demanda s'il n'était pas en train d'effleurer celui de Calme car la forêt, soudain, autour de lui, explosa en bruit et en couleur.

« Il a compris. Reviens enfant-forêt, reviens acclamer sa venue.

– Doucement, il se noie. Calme ton souffle, ta puissance et ta voix... Ce n'est qu'un nouveau-né.

– Toi aussi.

– Ah, vraiment ? Je contrôle les plantes, les animaux et le vent. Il ne me manque que le temps pour assoir mon empire.

– Tu te trompes petite. Le temps n'est pas pour toi. Il n'est pas pour les hommes.

– Mais suis-je encore humaine ?

– Que tu le veuille ou non, ton corps te le rappelle... »

Pris de vertiges, Elie dut s'arrêter un instant en s'appuyant contre un arbre, respirant profondément pour calmer les battements de son cœur, essayant de comprendre le dialogue qui lui avait explosé directement dans la tête. Il avait l'impression qu'il allait s'écrouler, étouffé par la puissance du cœur de la Forêt, qu'il sentait pulser dans la moindre cellule de son corps. Petit à petit il rapatria son esprit et redressa les barrières qu'il avait baissées quelques minutes auparavant, pensant naïvement qu'il ne les avaient construites que pour protéger Calme. Le souffle sylvestre redevint murmure et il inspira profondément, essayant de chasser la nausée qui s'était à nouveau emparée de lui.

Il reprit alors sa marche incertaine, comme ivre, mais toujours guidé par le chuchotement des bois, redescendus à un volume tolérable, pour déboucher dans la clairière de sa presque-sœur.

Il n'était venu que quelques semaines plus tôt et pourtant il eut l'impression qu'une décennie s'était écoulée. Le parterre d'herbes était désormais un tapis chatoyant de petites fleurs rouges, entremêlées de jaunes, qui dessinaient un tableau uniquement admirable des aigles. Un tout petit ru désormais en traversait le centre, transparent et limpide, accueillant sur ses bords de jolis galets blancs. Les abeilles, bourdonnantes, butinaient sans relâche, pendant que des mulots chamailleurs s'endormaient au soleil. Au centre, là où la hutte s'était dressée, une pyramide de pétales, de plantes et d'arbustes prenait désormais sa place, haute de plusieurs mètres. Elie y découvrit des fleurs aux couleurs et aux formes inconnues, appartenant aux hautes montagnes, absentes de la vallée. Les arbustes, grands et souples, formaient un treillis gigantesque sur lequel elles reposaient, et ils offraient au bout de leurs branches des fruits brillants et chatoyants, presque trop parfaits pour être réels. Un couple de cerf, paisible et majestueux, en gardait l'accès, portant sur Elie un regard intrigué. Il reconnut Grâce, la biche de Calme, et comprit que c'était sa voix qui l'avait mené jusqu'ici.

La vision de ce tableau, sublime, d'un Eden merveilleux, lui fit monter les larmes aux yeux, et il pleura en le contemplant, comme il avait pleuré devant la pièce de Tchekhov et sa beauté humaine.

Il se dirigea alors en silence vers la pyramide végétale, et les animaux s'écartèrent sur son passage, doucement, sans peur. Arrivé tout proche il se rendit compte qu'il y avait toujours une entrée à sa base, que la hutte n'avait fait que grandir en épaisseur et en majesté, mais que son centre était toujours creux, petit abri d'enfants. Elie s'y glissa et roula en boule sur un tapis de feuilles, dans lequel il crut découvrir la forme du corps de Calme. Pleurant toujours des larmes de tristesse et de beauté, il s'endormit dans le murmure du vent et le chant des oiseaux, espérant de toute son âme ne plus jamais se réveiller.

C'est un mouvement dans l'air, imperceptible, qui m'a fait ouvrir à demi les yeux, pour découvrir Calme s'installant à mes côtés. À moitié endormi je l'ai accueillie dans mes bras, et elle s'y est nichée comme une petite fille. Elle sentait la terre et sa peau était recouverte d'un minuscule duvet, doux et chaud au toucher. J'ai alors mussé mon visage dans sa nuque, humant à plein poumon celle qui avait été ma sœur.

Je lui ai murmuré, dans le creux de son cou, qu'elle avait eu raison, que les hommes étaient violents, qu'ils corrompaient le monde. Qu'une milice allait arriver dans la vallée, qu'elle violait, tuait et torturait sur son passage. Elle ne m'a pas répondu, peut-être déjà endormie, ou bien déjà trop loin des hommes, mais j'ai continué, lui ai dit que j'avais peur. J'avais peur des autres mais aussi de moi-même, de ce que j'étais en train de devenir. Que j'avais tiré sur un homme qui nous avait menacé, mais peut-être qu'il l'avait fait pour protéger quelqu'un lui aussi. Que je voulais vivre avec elle, dans la forêt, avec nos parents, loin des humains, loin de la violence. Que je la comprenais désormais, et que j'étais désolé, désolé d'avoir porté la main sur elle, désolé de ne pas l'avoir écoutée plus tôt. Que j'avais entendu la Forêt, moi aussi, et que j'avais eu l'impression, pendant un instant, que nous n'étions qu'un.

Elle s'est tournée vers moi et j'ai vu les changements sur son visage, la beauté de sa peau mouchetée comme la robe de sa biche et la profondeur de son regard, noir comme la nuit désormais. Elle m'a rassuré, m'a dit que tout allait s'arranger pour nous. Que j'étais son presque-frère, son autre moi-même, que jamais je ne deviendrai fier de ma violence. Elle a passé la main sur les cicatrices de mon visage, et m'a dit qu'elle était désolée elle aussi de m'avoir blessé, qu'elle n'aurait pas dû être si violente et agressive. Qu'elle était perdue à ce moment-là, déboussolée de ses changements qu'elle était la seule à voir et à vivre. Mortifié, je me suis alors rendu compte que je l'avais abandonnée des semaines durant, refusant de voir qu'elle s'éloignait implacablement de sa condition humaine, que cela lui faisait peur, et qu'elle aurait eu besoin de moi à ses côtés.

Face à face, épuisés, nous nous sommes endormis, ma main contre la sienne et nos souffles assortis.

Quand je me suis réveillé, elle était repartie.

Elie se réveilla seul dans la hutte, les membres transis d'un froid qu'il ne connaissait pas. La lumière, autour de lui, avait changé, et il se demanda quelle heure il pouvait être. Dans tous les cas, il était certainement très en retard pour son tour de garde au check-point et à cette pensée il se releva, brutalement.

Sa tête heurta alors le sommet de la cabane de verdure, et une pluie de feuille morte tomba sur ses genoux. Il regarda, surprit, autour de lui, et découvrit avec horreur que les plantes grimpantes étaient mortes ou achevaient de mourir. Il sortit de l'abri, précipitamment, et contempla la clairière, abandonnée de la nature, brune et sèche, morte elle aussi. Les animaux l'avaient désertée, le ruisseau peinait à sortir de la terre, et la hutte, derrière lui, s'effondrait sur elle-même, amas de boisseaux secs et de feuilles pourrissantes. L'endroit était lugubre.

Elie se demanda s'il ne s'était pas endormi pendant des décennies, emporté loin par la voix du vent comme il l'avait été la première fois qu'il avait écouté la Forêt, et, tout à son doute, il partit en courant vers sa maison en ruine.

Arrivé devant leur parcelle il n'y constata aucun changement, et reconnut même la tisane préparée par ses parents le matin même, posée non loin de braises encore chaudes. Voyant le soleil déjà haut il ne prit même pas le temps d'engloutir sa sempiternelle patate cuite au feu de bois et il repartit vers Massat. En se hâtant vers le village il repensa à ce qu'il venait de vivre dans la clairière et se demanda s'il n'avait tout simplement rêvé sa magnificence et la venue de Calme, s'endormant en réalité à l'aube dans une cabane desséchée.

Non, non, ne doute pas petit frère, tout ça est bien réel. Mais il me fallait qu'elle meure pour pouvoir boire sa force, son temps était venu…

La voix, claire et limpide, explosa dans sa tête, et il dut s'arrêter dans sa course pour reprendre son souffle et calmer les battements de son cœur. Il vérifia les barrières de son esprit, qu'il avait remontées dans les sous-bois, mais il les trouva intactes. La voix, cette fois, ne venait pas de la Forêt, mais de l'intérieur de lui-même.

Il reprit sa descente, perturbé, mais il dut interrompre ses réflexions et s'arrêter à nouveau à la vue de la troupe de théâtre qui remontait la route en contresens, avec ses chevaux et ses caravanes, au son des cloches du village qui se mirent à sonner à la volée.

« Où allez-vous ? leur demanda Elie, paniqué, vous partez déjà ? » Margot lui répondit sans croiser son regard ni arrêter son cheval.

« Nous nous nous rendons à Tarascon… La vallée n'est pas sûre, nous préférons nous mettre à l'abri.

– Le village est attaqué ? C'est pour ça que les cloches sonnent ?

– Non, les cloches sonnent pour vous rassembler, mais les pillards se rapprochent. » Elie, perdu, cherchait désespérément à établir un contact visuel que Margot s'entêtait à fuir.

« Et vous ne restez pas ? Vous êtes plus en sécurité ici au village que sur la route... Vous avez des armes, vous pouvez nous aider à défendre la vallée ! » Margot secoua la tête et s'éloigna de lui, après un vague geste pour lui dire au revoir, auquel Elie ne répondit pas, troublé. Cerise arriva alors à sa hauteur, et arrêta son cheval.

« Ne nous en veut pas Elie... Nous ne sommes pas des guerriers, et notre meilleure défense a toujours été la fuite... nous ne nous sentons en sécurité qu'en mouvement... » Elle laissa retomber un silence, qu'Elie ne brisa pas. « Rejoins-nous à Tarascon si... les choses tournent mal. Tu seras le bienvenu parmi nous. »Et elle s'éloigna à son tour après un sourire triste.

Elie s'apprêta à lui répondre, à les traiter de lâches, à leur crier que jamais il ne les rejoindrait si Massat tombait, mais il se rendit compte que leur fuite ne relevait que de la survie, tout comme l'avait été son coup de fusil la veille, et qu'il était bien mal placé pour les juger. Il les regarda alors s'éloigner en silence, assommé par leur départ, s'enfonçant un peu plus dans la tristesse à chaque mètre que la troupe mettait entre elle et lui. Sans un au revoir, il les vit disparaitre en haut du chemin, emportant avec eux le peu de joie et de bonheur qu'il avait pu ressentir ces dernières semaines au milieu des hommes.

Seul, debout au milieu du chemin, englué dans un sentiment de gâchis total, il finit pourtant par se remettre en route en direction du village, où les cloches continuaient de sonner en continu.

Il pénétra sans énergie sur la place, où un coup d'œil à l'horloge lui fit prendre conscience de l'avancée de la journée, et la foule, nombreuse, de la gravité de la situation. Il arrivait pourtant trop tard, car elle se dispersait déjà, la mine sombre, les regards fixés au sol. Il fut soulagé, cependant, de voir que personne ne courrait prendre des armes, et qu'aucune attaque n'était vraisemblablement en cours.

Il avisa Saule qui descendait de la margelle d'où elle venait surement de prendre la parole, mais il ne vit ni Sammy, ni Kate, Ninel ou Rabah, peut-être restés sur le check-point ou partis se reposer. Il hésita un long moment au milieu de la place, amorphe, ne sachant à qui s'adresser pour comprendre la situation, et c'est finalement le regard de Saule, plus grave que jamais, qui finit par le sortir de sa torpeur et relança lentement ses pas.

« Qu'est-ce qu'il se passe ?, lui demanda-t-il simplement, et il lut dans les yeux de la jeune femme le soulagement se battre avec la colère.

« Sympa de daigner te joindre à nous. Ta prise de poste c'était il y a plusieurs heures tu sais ? Ça à bien foutu la merde au check-point, il a fallu que je trouve quelqu'un pour te remplacer au pied levé alors que le village est en ébullition. Sans parler de Sammy qui se ronge les sangs depuis ce matin. »

A l'évocation de Sammy, le regard d'Elie changea et la culpabilité, absente jusqu'à présent de son regard, finit par y faire son chemin et parer son visage d'un masque de repentance. Saule se méprit sur les raisons de son revirement d'attitude et elle reprit la parole, sans se douter qu'Elie s'en voulait uniquement d'avoir causé de l'inquiétude à son ami. « Bon, laisse tomber les explications pour le moment, soit elles seront foireuses et minables, soit trop compliquées pour en parler au milieu de la place et du monde. Tu me raconteras ce soir au check-point, je t'ai mis sur la même tranche horaire qu'hier.

– Je ne veux plus garder le *check-point* Saule. Fais-moi faire ce que tu veux, de jour comme de nuit, mais ne me renvoie pas là-bas. »

Il prit conscience que sa requête sonnait comme celle d'un enfant gâté, alors qu'elle était en réalité un appel à l'aide. Le visage de Saule devint dur, et elle le regarda, longtemps, sans répondre. A travers ses yeux, Elie vit ses propres cernes, ses joues creusées, encore légèrement striées des lacérations de Calme, les feuilles dans ses cheveux et la saleté de ses mains, qui, et il s'en rendit compte en même temps que Saule, tremblaient de fatigue et de peur. La lassitude glissa doucement sur les épaules de la jeune femme quand elle réalisa à quel point ce poste au check-point était en train de le détruire. Non seulement physiquement, car il semblait en moins bonne santé qu'à son arrivée, mais aussi mentalement. Elie n'était pas un guerrier, et Saule ne voyait plus, dans son regard, la naïveté touchante de l'adolescent qui était arrivé quelques semaines plus tôt, mais l'insondable tristesse d'un adulte qui en avait déjà trop vu. Il avait grandi là, malgré lui, sous ses yeux, à une vitesse effrayante pour un gamin de la ville, que tout et tout le monde semblait avoir toujours protégé. Elle soupira, longtemps, fatiguée des problèmes qui s'ajoutaient les uns aux autres, épuisée de ces nuits blanches à s'inquiéter pour le village, mais un peu surprise aussi, de voir qu'elle pouvait encore être touchée par quelqu'un.

Elie continuait de la regarder en retour, redécouvrant son propre corps dans son regard, déstabilisé qu'elle y prête une si grande attention. Alors, il plongea volontairement ses yeux dans ceux de Saule, et, pour la première fois, elle le laissa contempler toute sa faiblesse et son humanité. Il comprit, confusément, que sur son corps et son esprit reposaient toutes les vies de la vallée, mais que c'était la sienne qui pouvait dangereusement la faire ployer. Que lui, Elie, avait créé une faille dans sa toute puissance, en faisant renaître des sentiments qu'elle pensait oubliés.

Elle finit par détourner son visage, gênée par cette mise à nu, et reprit la parole, fatiguée.

« Je n'ai pas le choix, Elie. Tu es un des rares du village à savoir te servir d'une arme, et nous n'avons ni le temps ni les munitions pour former d'autres personnes. D'autant que la troupe de théâtre est partie et a récupéré les siennes. J'ai été incapable de les retenir. » Elie acquiesça mais ne dit rien, la laissant reprendre peu à peu son ton de meneuse pragmatique. « La milice qui terrorisait les environs de Toulouse est bien en route vers ici. Elle a attaqué St Girons dans la matinée, pour essayer de s'en emparer et de faire de la ville une place forte. Si elle y parvient, notre principale route vers l'extérieur sera coupée, et après les dégâts provoqués par Calme, cela compromettrait sérieusement notre survie pour l'hiver. Mais si elle échoue, si elle se fait repousser, alors les survivants vont se replier dans notre vallée et peut-être essayer de prendre Massat. Tout le village va se barricader dans cette éventualité, on va créer une place forte dans le café, et les anciens et les enfants sont en train de partir dans les hameaux moins accessibles, dans les hauteurs.

– Et l'armée ? Pourquoi elle n'arrive pas ? Saule soupira.

– Je te l'ai déjà dit, l'armée s'en fout de nous. On est trop isolés, leurs véhicules ne passent pas les ponts, et on ne rapporte rien à l'Etat qu'un peu de farine et des patates. Ils harcèleront surement la milice avec des drones et des attaques ciblées pendant l'hiver, et peut-être qu'au printemps, si elle est toujours là, ils lui régleront son compte, mais on aura passé un hiver entier sous leur domination. Ils violent, pillent, torturent et tuent Elie, je ne veux pas que mon village passe des mois à leur merci. »

Elie finit par hocher la tête et Saule vit à son tour une grande lassitude se poser sur ses épaules, qu'elle pensait être la seule à porter. Cela la toucha, plus encore que n'importe quel mot de soutien qu'il aurait pu prononcer.

« Mais tout ça c'est le pire des scenarios. Peut-être que les filles et les gars de St Girons vont les exterminer tous, et que personne n'arrivera jusqu'ici. Ou peut-être que la milice va réussir à prendre St Girons et que l'armée se chargera de les déloger... c'est quand même une ville beaucoup plus importante et accessible que Massat, ils ne la laisseront surement pas tomber complètement. » Elie eut un petit sourire cynique et son empathie disparu, brutalement.

« Tu préfères que ces pilleurs massacrent une autre ville que la nôtre, tuent d'autres gens que nous, puis qu'ils se fassent écraser à leur tour par l'armée ? »

Saule se referma alors sur elle-même, s'en voulant déjà d'avoir été un instant touchée par ce qu'elle avait lu en lui. Elle le regarda, dure à nouveau. « Décidément tu ne veux pas comprendre. Je te l'ai expliqué, pourtant, notre solitude face au reste du monde dans ce village, notre sentiment d'abandon général au sein d'un état toujours plus délétère qui nous a laissé tomber il y a de cela des années, avant même que ça soit vraiment la merde sur la planète. Cette communauté, où tu es si heureux de vivre, on l'a bâtie seuls, malgré les épidémies, les famines, les catastrophes naturelles ou chimiques des usines du coin. Nous ne sommes qu'un fragment d'âme d'une seule et même entité, et accepter la mort de l'un d'entre nous, c'était accepter la mort d'un petit bout de Massat, de ce pourquoi on se bat tous et toutes depuis des années. » Elle marqua un temps, attendant une réaction d'Elie qui ne vint pas.

« Si tu ne l'as pas compris encore, tu ne le comprendras jamais. Alors que ce soit clair : je préfère que le monde entier s'enflamme et agonise dans d'atroces souffrances que de perdre un seul de mes habitants à cause d'un sanglier. Va te reposer quelques heures à la mairie, tu as l'air épuisé. Je viendrai te chercher pour notre tour de garde. En attendant j'ai beaucoup à faire. »

Elle tourna les talons sans même un dernier regard dans vers Elie.

En évoquant le sanglier, Saule avait fait une référence directe à Calme, et Elie avait senti le gouffre entre eux se creuser à nouveau. Quand il détacha, à regret, les yeux de son dos s'éloignant, il prit conscience des sentiments diamétralement opposés qu'il pouvait ressentir pour elle, car c'était bien du désir qui été né au milieu de leurs altercations, un désir puissant qui avait chassé la haine pour ne laisser que l'attirance. Dans d'autres circonstances il lui aurait peut-être couru après, essayant de s'excuser, de dire qu'il la comprenait, que lui aussi voulait défendre le village coûte que coûte, à ses côtés, pour toujours, il lui aurait tout raconté pour qu'elle ne le rejette pas et lui redonne à voir les sentiments qu'elle lui portait, comme elle l'avait fait quelques minutes auparavant. Mais l'image de la flaque de sang miroitant dans la nuit de la veille lui coupa tout élan et ramena sa nausée. Il ne voulait plus tirer sur personne, jamais.

Ne t'inquiète pas. J'y veillerai.

L'intervention de Calme acheva de le déstabiliser, et il fut soudain terriblement mal à l'aise à l'idée qu'elle ait pu percevoir ce qu'il ressentait pour Saule. Il se traina jusqu'à la mairie, sans trop savoir pourquoi, évitant de justesse les aller-retour frénétiques des villageois, l'esprit déjà ailleurs, loin, dans la forêt, rejoignant sa presque-sœur. Il monta dans le bureau de sa mère, et il lut dans son regard un soulagement indicible quand il passa sa porte, grande ouverte sur l'effervescence du bâtiment.

« Tu es là ! Tu n'es pas rentré depuis deux jours, et j'ai croisé Sammy ce matin qui m'a dit que tu avais disparu dans la nuit et...

– Pardon maman, j'étais dans la forêt. Avec Calme. » En entendant son nom, immédiatement, les yeux de Lucie s'emplirent de larmes.

« Elle va bien ? Elle me manque tellement... Elle va revenir ? Elle a besoin de quelque chose ? » Elie lui sourit et la prit dans ses bras. Elle lui parut toute petite, et il posa sa tête sur la sienne, un instant surprit d'avoir tant grandi. Sa mère le serra fort et il sentit un sanglot la parcourir.

« Elle va très bien maman. Elle est heureuse là-bas, elle s'en sort mieux que nous. Elle a beaucoup changé... J'espère qu'elle reviendra nous voir de temps en temps. Elle vous aime très fort, elle ne pourrait pas disparaître pour toujours.

– Je l'espère mon chéri. » Elle se laissa bercer par son fils, et reprit, en murmurant. « Je m'en veux tellement, tu sais... j'ai l'impression de l'avoir abandonnée, d'avoir trahi la confiance d'Avril et Dennis. » Elie soupira et la serra encore plus fort.

– Ne dis pas ça... avec papa vous l'avez toujours traitée comme votre fille, et elle n'a jamais douté de votre amour. » Lucie détourna le regard.

« Je ne sais pas Elie. Si c'était toi qui était parti vivre dans la forêt je serais venue te chercher. Tous les jours. Je n'aurais fait que ça.

– Peut-être pas... Pas si tu avais dû t'occuper de Calme en même temps. Tu ne l'aurais pas abandonnée. » Lucie lui sourit, triste.

« Je pense qu'elle est mieux qu'ici en tout cas. Tu as entendu les nouvelles ? Elie acquiesça. J'essaie d'appeler à l'aide toutes les villes et villages des environs connectés à notre réseau mais je ne sais pas si ça va marcher... » Elie inspira un grand coup.

« Je suis de faction à la frontière ce soir. Je vais me reposer un peu, je n'ai presque pas dormi. Lucie devint blême.

– Tu vas au check-point cette nuit ? C'est trop dangereux ! Et s'ils attaquent ? » Il lui sourit, maladroit, essayant de la rassurer sans trop y croire lui-même.

« Nous ne sommes pas des guerriers et nous avons à peine quelques fusils. Soit ils arrivent à trois et on les repousse facilement, soit ils sont une cinquantaine et on les laissera passer. Rassure-toi, je n'ai pas du tout prévu de mourir en martyr. »

Qu'elle ne s'inquiète pas ma presque-mère, je ne laisserai personne te faire du mal...

Elie embrassa sa mère, sans oser lui transmettre les propos de Calme, incapable de définir rationnellement le lien mental qui semblait désormais exister entre eux, puis s'allongea dans un coin du bureau, sa veste d'uniforme roulée sous sa tête. Il essaya de parler par l'esprit à sa presque-sœur, mais il ne savait comment faire et il ne parvint pas à la trouver. Il ne pensait pas réussir à s'endormir, mais les va-et-vient dans les couloirs et la voix de sa mère pestant contre l'ordinateur le bercèrent doucement, et il sombra dans un sommeil sans rêve.

Quand j'ouvris les yeux, il faisait presque nuit, et j'ai découvert Saule, accroupie près de moi. Elle avait les traits tirés mais elle était calme, sa main posée sur mon épaule. La chaise de ma mère était vide, et je me suis demandé si elle était remontée chez nous.

« Allez, debout. Il faut que tu manges quelque chose avant notre départ pour le check-point. » La colère que j'avais provoqué chez elle semblait avoir disparu, surement noyée dans son inquiétude, et je n'ai pu m'empêcher de sourire intérieurement, soulagé. J'ai hoché la tête et je lui ai emboité le pas.

Elle m'amena au café, aménagé en place forte grâce à des barricades de fortune en guise de protection, où des plats collectifs étaient servis. J'aperçus, dans l'arrière-cour commune à plusieurs bâtiments, des villageois entre vingt et soixante ans terminer de manger par petits groupes silencieux, avant de repartir à la transformation de Massat et je piochais à mon tour au hasard dans les différents plats, sans même regarder ce qu'il y avait dans mon assiette. Une fois assise à mes côtés, Saule a prit la parole, peut-être pour meubler le silence ou éloigner l'angoisse qui empoissait l'air.

« Les nouvelles sont plutôt bonnes, on a été en contact avec St Girons. L'attaque de la ville a eu lieue, mais contre toute attente un détachement de l'armée est arrivé dans la foulée pour prêter main forte aux habitants, et la majeure partie des miliciens a été neutralisée. A priori, s'il y a des survivants, ils seront en touts petits groupes de trois ou quatre et essaieront de passer en Espagne. Donc s'ils arrivent jusqu'ici, et rien n'est moins sûr, on pourra facilement les convaincre avec nos quelques armes de prendre le chemin qui contourne le village et qui mène à la frontière. On a renforcé la garde dans le hameau qu'il traverse pour éviter qu'ils ne blessent quiconque là-haut. »

Elle me sourit, attendant certainement une réaction de soulagement de ma part, mais je n'ai rien réussi à exprimer. Je ne pouvais pas m'empêcher de penser à part moi qu'elle se réjouissait que les tortures et les viols continuent de l'autre côté de la frontière, appréciant alors tout le cynisme dont j'étais désormais capable.

Après avoir avalé distraitement notre assiette, nous sommes ressortis pour tomber sur ma mère et mon père, visiblement soulagés de me croiser avant ma garde. La présence de Saule à mes côtés limitait les effusions de sentiments, mais je leur ai dit que de toute manière, a priori, le danger était majoritairement écarté et que ce n'est pas la personne qui tenait une arme qui risquait le plus. Je ne sais pas s'ils m'ont cru, mais lorsque je suis parti j'ai eu l'impression d'avoir réussi à les rassurer un petit peu. Ils allaient remonter à la maison, espérant que Calme y passerait dans la soirée ou la matinée, voulant à tout prix la prévenir de faire attention aux rencontres qu'elle pourrait faire dans la forêt. Je savais pertinemment que ma presque-sœur ne repasserait pas à la maison, mais je les préférais là-haut, isolés et cachés, que sur la place à défendre le village derrière des barricades bancales. Saule ne manqua rien de notre échange, et, malgré leurs chuchotements à l'évocation de Calme, je la vit noter mentalement l'information, comme elle le faisait à longueur de journée avec son carnet. Comme je m'y attendais, une fois seuls, en sortant du village, elle m'interrogea.

« Calme est toujours dans la forêt ? » Je laissais passer un long temps, essayant de déterminer ce que je m'autoriserai ou non à lui révéler. Mais j'étais las, malheureux, et pas tout à fait sûr de survivre à cette nuit de garde. J'avais désespérément besoin d'une épaule sur laquelle m'épancher, et je réalisais que la solitude extrême que je lisais dans les yeux de Saule était certainement le reflet de la mienne.

– Oui. Je n'ai pas réussi à la convaincre de revenir avec nous. Ses changements sont... Ils me font peur. J'ai l'impression qu'elle n'est plus humaine. Elle... elle a du duvet qui recouvre sa peau, et ses yeux sont devenus noirs... »

Saule ne me répondit pas, mais je continuais de parler, malgré le sentiment de trahison qui fleurissait doucement en moi. Si Calme apprenait que je racontais ses secrets à la personne qu'elle haïssait le plus au monde, elle se ferait peut-être un plaisir de rouvrir les plaies à peine cicatrisées de mon visage.

« Sammy l'a vue il y a quelques jours quand il cherchait un essaim avec son père, mais il ne l'a pas reconnue. Il est persuadé d'avoir vu un esprit de la forêt et n'ose en parler à personne le pauvre... Il en a fait des cauchemars. Saule eu un petit rire.

– Tu m'étonnes...

– Saule, il faudrait que je puisse relire le livre de ta mère. On a peut-être laissé passer une page, un chapitre. Peut-être que ça explique comment inverser le processus, comment rendre son humanité à une Sylve, comment la faire sortir de la forêt ?

Saule secoua la tête.

– J'en doute Elie. Si on survit à cette nuit, promis, on regardera ensemble. Mais je crois qu'on a tout lu. Il faudrait interroger les vieux et les vieilles du village et de la vallée. Peut-être qu'eux se souviennent encore d'anciennes légendes qui pourraient nous aider. Mais je sens qu'on aura jamais le temps de faire ça avant cet hiver. »

Malgré la situation, je me suis surpris à sourire devant son pragmatisme. Saule semblait avoir désormais classé ma presque-sœur dans la catégorie « problèmes à résoudre » du village, et cherchait déjà certainement une plage horaire précise dans son calendrier pour s'en occuper. Je me suis demandé s'il je lui enviais ce sérieux, qui lui permettait surement de tout mettre, toujours, à distance, ou si, au contraire, je ne préférai pas me ronger les sangs dans le foutoir qu'était mon esprit, mais qui me permettait, parfois, de ressentir autre chose que de la lassitude et de la colère.

Nous terminâmes notre chemin en silence vers le check-point, à travers cette vallée évasée que je connaissais par cœur désormais. La majorité des habitants l'avait désertée pour se réfugier dans les hautes maisons en pierre du centre-ville, et je me dis que c'était dommage, que les quelques maisons qui bordaient la route, légèrement en retrait et protégées de barrières, feraient de meilleurs postes de tir que notre check-point exposé. Peut-être qu'au lieu d'essayer de protéger frontalement le village nous devions essayer de le piéger et de multiplier les places fortes pour tirer les envahisseurs comme des lapins. Je ne savais pas d'où me venaient ces certitudes sur la meilleure manière de protéger une vallée et d'abattre des gens, mais j'essayais vaguement de les repousser dans la zone noire de mes pensées, que je voyais grossir à vue d'œil tout en niant effrontément son existence. Je ne voulais pas me transformer en chef de guerre.

J'ai regardé Saule, qui marchait à mes côté, le visage grave mais serein, comme si, toute sa vie, elle n'avait vécu que pour devenir justement ce que je refusais d'être, pour ce moment précis d'affrontement physique contre des ennemis, et qu'elle se savait fièrement prête. Elle croisa mon regard que je maintins sans baisser les yeux, affirmant par cette attitude bravache les changements que j'avais traversés au cours de ces semaines.

« Tu as muri, me dit-elle, confirmant mes pensées. On dirait que ton regard est vieux, bien plus vieux que ton âge.

– Il doit ressembler au tien désormais. »

Elle a haussé les épaules, et j'ai regardé le ciel qui se teintait de rouge, espérant à part moi qu'il n'annonçait pas le massacre à venir. Étonnamment je n'avais pas peur, même si une partie de moi était persuadée que je partais à la mort. Peut-être que le jour où j'avais tiré sur cet homme ma peur de l'autre s'était effacée pour laisser la place à la peur que j'avais de moi-même. Saule, à mes côtés, ne semblait avoir peur de rien.

Arrivés au check-point, pourtant, l'ambiance devint plus légère. Une bonne partie de la Milice était présente, ainsi que quelques chasseuses et chasseurs que j'avais déjà aperçus à la coopérative, surement réquisitionnés pour leur habilité à tirer. La troupe était nombreuse, sérieuse mais détendue, et Sammy me fit un accueil chaleureux, visiblement soulagé. Je lui ai demandé si tout se passait bien, et il m'a souri et rassuré en disant que les personnes de passage dans la journée confirmaient l'arrivée de l'armée à St Girons, qu'elle avait engagé sérieusement le combat avec les pillards, et que, concrètement, nous n'avions plus grand-chose à craindre. Un des chasseurs, visiblement exténué, m'a tendu son arme, et avec deux ou trois autres personnes ils sont repartis vers Massat, après qu'une relève plus conséquente composée de Rabah, Rapha et de camarades plus âgés ne fut arrivée. La plupart des membres de la Milice restèrent néanmoins à nos côtés, malgré l'heure tardive et l'angoisse qui les avait rongé une partie de la journée. Certains s'étaient endormis près du feu derrière la guérite, restant au check-point au cas où, mais n'osant peut-être pas avouer qu'ils étaient bien, là, entourés des copains, à se raconter des histoires.

J'ai pris le temps de les observer, tous, ces adolescents et jeunes adultes que j'avais côtoyés et appris à connaître au cours de ces quelques semaines. Leurs visages n'étaient pas ceux des gamins des villes que j'avais pu fréquenter, pâles, le regard fuyant, les épaules voutées, ayant peur de ne pas réussir à séduire, de se prendre un coup du caïd de la classe, de ne pas avoir de bonnes notes, ou, au contraire, peur de trop montrer qu'ils essayaient d'en avoir. Ici, malgré la menace d'une attaque sanglante au cours de la nuit, je voyais dans leurs yeux, leurs postures et la portée de leurs voix qu'ils n'avaient pas peur, car ils étaient ensemble. Qu'ils savaient simplement comment vivre, ce que la vie leur réservait, avec ses hauts et ses bas, ses malheurs et ses joies. Je les ai jalousés un instant, presque violement, d'avoir eu une vie si évidente et sereine, malgré les malheurs qui avaient pu les frapper, car ils s'inscrivaient tous dans une continuité à laquelle je n'appartenais pas encore, celle du village, celle de la vallée. Pourtant ma jalousie s'est progressivement estompée au profit d'une compréhension qui m'a peu à peu envahi : chacun de ces jeunes gens rassemblés autour du feu n'étaient qu'une composante d'une entité plus vaste, qui ne disparaîtrait ni avec leur mort, ni avec celle de leurs enfants.

J'ai senti le regard de Saule sur moi et je me suis retourné, prêt à lui dire que je commençais à comprendre ce qu'elle avait essayé de m'expliquer plus tôt, mais elle a souri, un peu moqueuse, et j'ai su qu'il n'y avait pas besoin que je prenne la parole. Nous étions tous deux légèrement à l'écart, près de braseros supplémentaires qui avaient été installés pour cette longue attente. Dans l'obscurité de la nuit, réchauffé par le feu et bercé par les appels d'une chouette insensible aux guerres humaines, je me suis senti transporté ailleurs, loin du métal froid de l'arme que je portais et qui tirait sur mes bras, loin de l'angoisse qui vrillait mon ventre et de la peur qui serrait mon cœur, dans un autre temps, où je serai tombé amoureux de Saule et où j'aurais tout fait pour la rendre amoureuse à son tour. Son visage, éclairé par les flammes, était étonnamment doux, car la lumière estompait sa grande cicatrice et gommait ses cernes noirs.

Saule me regardait, pensive, détaillant à nouveau sans gêne mon visage et mes gestes, et dans cette soirée au goût de fin du monde, surement pour faire fuir la peur qui rôdait autour de nous, j'ai pris la parole, et je lui ai raconté notre périple pour arriver ici. La perte des parents de Calme, et sa douleur, perpétuelle, incessante. Nos années à Marseille, grises et fades, nos problèmes avec la Mafia, et notre décision commune de venir vivre ici. J'ai hésité, un instant, au moment de parler de notre acte de propriété et de l'usurpation d'identité de mes parents pour prendre celle des parents de Calme. Mais le désespoir qui s'était emparé de moi ces derniers jours avait noyé toute l'énergie que j'aurais dû utiliser pour affirmer notre mensonge familial. J'étais las de me battre, las de mentir, et un peu las de vivre. Seule la présence de Saule à mes côtés me donnait l'envie de survivre à cette nuit, et je ne voulais pas que cette envie repose sur un mensonge. Alors je lui ai dit, sans même réfléchir aux conséquences d'un tel aveu, pour mes parents, Calme et moi. Et Saule n'a pas réagi, ou presque. Elle m'a demandé le vrai prénom de mes parents et m'a dit qu'elle et son père avaient eu raison de se méfier de nous. Mais elle n'a proféré aucune menace, et j'ai repris mon histoire, incapable de savoir si elle les réservait pour plus tard ou si elle n'aborderait plus jamais le sujet. Le sursis, pour cette nuit, me suffisait.

En reprenant mon récit, je me mis à beaucoup parler de ma presque-sœur, me rendant compte à quel point j'avais besoin que Saule comprenne sa douleur et sa tristesse ainsi que le lien si fort qui nous unissait depuis toujours... Je lui ai aussi parlé de mon impuissance à la voir jour après jour se couper progressivement du monde des humains, et se transformer peu à peu en animal.

A l'évocation de Calme le regard de Saule se fit pensif, et je vis dans ses yeux des questions qui n'osaient franchir ses lèvres. Alors, dans la douceur de cette nuit incertaine, j'ai fini par lui avouer que l'idée la perdre à tout jamais me terrorisait, et que je n'avais peut être pas d'autre choix que de la rejoindre, dans les bois, pour vivre avec elle et ne pas la laisser disparaître pour toujours. Car si elle disparaissait une partie de moi disparaîtrait avec elle, et que je n'étais pas sûr d'y survivre. De cet aveu suivit un silence, qu'elle finit par briser, d'une voix douce, délestée son ironie habituelle.

« Quand ma mère est morte, j'ai à peine eu le temps de la pleurer... Il y avait toujours d'autres choses à penser, à organiser, à planifier. De temps en temps, quand c'était un peu trop lourd, j'allais sur sa tombe, et, dans ma tête, je lui parlais... Mais je me souviens que quand elle est morte, j'ai ressenti une colère immense sur laquelle je me suis appuyée pour survivre. C'est cette colère qui m'a aidé à créer la Milice, et à ne jamais rien lâcher pour assurer la survie du village. Je ne peux pas comparer nos deuils, mais, à la disparition de ses parents, Calme n'a jamais dû trouver une manière d'apaiser sa douleur et sa haine...» Elle eut un petit rire coupable. « La forcer à participer à la Milice était une erreur, mais il y une place pour elle au village, j'en suis sûre. Avec toi, nous lui referons voir la beauté de vivre tous ensemble, lors des marchés, des fêtes de saison, ou de l'hiver, qui est long mais qui nous laisse le temps de prendre un peu plus soin les uns des autres. » Ses yeux, dans la pénombre, se mirent à briller d'un doux éclat. « Elle finira par comprendre, comme toi, que le village vit en symbiose, comme sa forêt, mais qu'il est plus beau encore. Que ses... pouvoirs peuvent nous aider et nous rendre plus forts, plus confiants. Imagine Elie, ce que pourrait devenir la vallée si nos champs étaient pour toujours à l'abri du gel, nos animaux épargnés des épidémies, nos hivers plus doux en éloignant la neige, comme dans le conte de ma grand-mère ! »

L'excitation de Saule était contagieuse, et, un temps, j'ai voulu y croire. J'imaginais Calme, de retour à la maison et dans notre famille, agissant au cœur du village, le rendant tous les jours un peu plus prospère. Je n'ai pas pu m'empêcher de lui sourire, et elle m'a souri en retour, radieuse. « Elle pourrait même renforcer nos frontières naturelles, grossir la rivière de la vallée, rendre les forêts qui l'enserrent infranchissables, commander aux ours et aux sangliers de repousser les étrangers… » Saule, exaltée, les yeux perdus dans les flammes, ne vit pas mon sourire mourir doucement sur mes lèvres et la désillusion envahir peu à peu mon regard. J'eu un petit rire amer à part moi. Jamais, je le savais, Calme n'accepterai de mettre ses pouvoir à disposition du village. Jamais nos blés ne muriraient plus vite et nos récoltes seraient plus abondantes, car nourrir la vallée signifiait accepter ses déviances. L'avenir, qui m'était apparu doux un instant, reprit un goût de tristesse et d'angoisse.

« Tu les observes, enfant-forêt. Serais-tu jalouse ?

- Non, je ne suis pas jalouse… et ce n'est pas moi, mais Grâce qui les regarde. Elle fait bien ce qu'elle souhaite.

- Tu ne trompes que toi-même avec de tels propos. Ton presque-frère a fait son choix, il est resté près d'eux. Il ne te rejoindra pas….

- Cela n'a pas d'importance, je ne lui demande plus.

- Pourtant, lui aussi entend la Forêt… pourquoi ne vient-il pas… ?

- … car son chant à elle est plus puissant que ma voix. »

Saule continuait de parler, de rêver d'un futur chimérique, m'y incluant souvent, pendant que le reste de la Milice s'assoupissait derrière nous autour des braseros. Personne ne se présenta au check-point, pas même une famille, une marchande, ou un colporteur, et j'eu l'impression de revenir quelques semaines en arrière, à mon premier jour de faction, à l'époque où garder la frontière était d'un ennui mortel. Saule finit par aller chercher une buche pour raviver le feu, et elle revint quelques minutes plus tard en me disant qu'elle avait vu une biche, visiblement enceinte, et qu'elle l'avait regardé longuement, avant de faire demi-tour et de s'enfoncer dans les bois, sans peur. Je ne lui ai pas répondu même si j'avais bien compris que c'était Grâce qui nous observait, et, à travers elle, certainement Calme. Gardant à part moi ce dernier secret, je repris la conversation, un peu plus chuchotée, toujours plus intime, faisant grandir en moi l'envie d'embrasser la jeune femme qui se tenait devant moi, et d'oublier dans le noir toute la peur de la nuit.

Pourtant l'aube a fini par doucement colorer le ciel, et la relève est arrivée, beaucoup trop vite à mon goût. J'aurais voulu que cette nuit de confidences ne s'arrête jamais, réalisant avec douleur qu'elle ne se reproduirait pas.

Saule m'a proposé de rentrer, de nous reposer un peu, et de l'aider ensuite à organiser le déconfinement de Massat. Selon elle, le groupe de pillards avait été décimé, et nous en aurions surement la confirmation par talkies le temps d'arriver à la mairie. Une bonne partie de la troupe est donc rentrée au village, se réveillant en marchant dans les lueurs de l'aube. J'ai eu l'impression de laisser derrière moi un fragment de ma terreur et de ma tristesse, et c'est presque joyeux que nous sommes arrivés sur la place centrale, comme à la sortie d'un mauvais rêve, chassé par le jour. La Milice s'est alors dispersée pour aller dormir, et Sammy m'a proposé de m'écrouler sur le matelas de sa chambre. J'ai regardé Saule, épuisée mais sereine et j'ai décliné son invitation. Il a jeté un coup d'œil à notre cheffe, m'a répondu avec son petit sourire goguenard qui lui allait si bien, et m'a laissé seul avec elle, assise sur les marches de la maison communale, son arme posée sur les genoux, à prendre des nouvelles de la nuit calme en sirotant un thé amer. En me versant une tasse, sa main a effleuré la mienne, et j'ai senti mon cœur battre un peu plus fort. Elle m'a regardé un instant avec un petit sourire flou, puis le masque de meneuse a graduellement repris sa place sur son visage.

« Je ne vais rien dire à mon père, pour tes parents. J'imagine que vous avez un plan pour vous procurer des faux papiers ? J'acquiesçais.

– La Mafia, à Marseille. On veut trouver un moyen de contacter le frère de ma mère pour qu'il s'en occupe pour nous. Avec un peu d'argent on peut tout faire faire là-bas, et mon oncle en a juste assez pour que ça ne soit pas un problème. Il nous fera fabriquer un livret de famille bidon. » Saule laissa passer un petit temps, un petit sourire à la fois moqueur et admiratif sur le visage.

– Notre préoccupation à tous les deux, finit-elle par dire, ça va être Calme alors. Si elle ne revient pas, on ira la chercher au début de l'hiver. » Une fois de plus, j'acquiesçais. Le monde, soudain, me semblait plus lumineux et léger. La vie, peut-être, allait valoir le coup, malgré l'angoisse de nos murs béants et des transformations irréversibles de ma presque-sœur...

Je laissais flotter mon regard sur les visages des femmes et hommes autour de la place forte, fatigués mais bien plus détendus que la veille. L'idée que Massat allait devoir affronter des renégats armés s'estompait petit à petit dans les esprits et je me suis senti respirer au même rythme que celui de leurs espoirs.

C'est là qu'on a entendu les coups de feu, et le cri, horrible, qui a suivi.

La peur s'empara d'Elie alors que son corps était traversé d'un froid glacial, paralysant. La seule pensée claire qui parvenait à se frayer un chemin dans son esprit tétanisé était que le coup de feu n'était pas réel, que Saule avait dit qu'ils étaient en sécurité désormais, et que tous les miliciens avaient été tués à St Girons. Un rugissement de flammes emplit l'espace sonore, recouvrant les cris et les tirs, désormais réguliers. Le bruit du feu et l'arrivée de villageois paniqués emportèrent avec eux la tétanie d'Elie, et il se retourna vers Saule, perdu. Elle s'était redressée, calme au milieu du chaos, rassurant uniquement par son charisme et sa posture ceux qui affluaient sur la place.

« Calmez-vous ! Cria-t-elle. On fait comme on a dit, on se rassemble tous devant la salle commune ! Est-ce que qu'il reste des armes ici ? » Quelques visages effrayés secouèrent la tête et elle avança sur la place, son fusil dans les mains, Elie à ses côtés.

« Qu'est-ce qu'on fait si la maison communale prend feu ? » demanda-t-il, en essayant de calmer sa panique et de se faire entendre au milieu du grondement du feu et de la pulsation effrénée de son cœur. « Saule, il y a plusieurs bâtiments qui brulent, dans trop d'endroits différents. Ils doivent être des dizaines, ça va être un massacre si on reste tous sur la place... Il faut fuir dans la forêt ! » Saule lui répondit, d'un ton sans appel.

« Si on se disperse, on va se faire tirer comme des lapins, exactement comme toi et ta famille à Lyon. Et si on déserte ils vont réduire le village à néant. Il faut qu'on fasse front. Je préfère qu'on brûle tous ici que de compter plus tard les cadavres dans les rues. » Elie finit par acquiescer sans être tout à fait convaincu.

Les coups de feu avaient cessé, mais les flammes rugissaient toujours, et de la fumée noire s'élevait du côté sud du village. Les habitants, apeurés, continuaient d'arriver sur la place en courant, puis, en voyant Saule faire front, ils ralentissaient leur course et se rangeaient derrière elle, attrapant une fourche ou un pieu stocké dans cette éventualité devant la maison communale. Son barricadement avait été rapide, et il ne restait qu'une petite ouverture dans laquelle se glissaient les quelques retardataires trop âgés ou fragiles qui n'avaient pas fui dans les montagnes la veille. Éric avait pris place derrière sa fille et Elie chercha du regard ses parents, qu'il ne vit pas. Il fut partagé entre le soulagement de les savoir là-haut, chez eux, surement encore en sécurité, et l'angoisse étrange et régressive d'être seul. Il envia Saule un instant, puis se rendit compte qu'elle se tenait ostensiblement devant son père, son arme en avant. C'était elle qui le protégeait, et sa présence derrière elle ne devait lui rajouter qu'un poids supplémentaire sur les épaules. Alors Elie, en soutien, se plaça à sa droite, désarmé, mais bien décidé à faire face à ceux qui brûlaient leur village, quitte à y laisser la vie. Il entendit Éric, derrière lui, prendre la parole, d'une voix étrangement calme.

« Je crois qu'ils ont foutu le feu à la coopérative. » Une angoisse pure traversa le regard de Saule et elle se retourna vers lui. « Nos réserves sont dedans ! » Son père lui posa la main sur l'épaule, et Elie se demanda si ce geste avait pour but de la rassurer ou l'empêcher de se précipiter vers le grand hangar. « Tu as raison Saule, la rassura Elie, la gorge serrée. Il faut qu'on fasse front. Ils font comme à Lyon. Ils créent la panique pour faire sortir les gens de chez eux et les tirer dans les rues... » Et il pensa à Calme, heureux qu'elle fut loin, dans les bois, loin de la violence des hommes. Elle n'aurait jamais supporté de revivre l'enfer où elle avait perdu ses parents. Elle serait devenue folle.

« Les monstres sont de retour. Toute la forêt hurle.

– Calme ta flamme petite Sylve, cela ne te concerne pas.

– Ils attaquent mon village, ils vont tuer mon presque-frère.

– Ce n'est pas ton village. Et ce n'est plus ton frère. Il appartient aux hommes, il mérite de mourir.

– Silence ! Je refuse qu'il meure. Je tuerai ceux qui le menacent !

– Mais tu es loin, enfant... arriveras-tu à temps ? »

Quelques villageois parvenaient encore sur la place, terrorisés, le visage parfois noir de suie, mais sains et saufs. Sammy arriva avec son père et sa mère, qui furent mis à l'abri dans la salle commune, trop précieux au village pour risquer leur vie. Elie vit le déchirement et les larmes dans leurs yeux quand ils passèrent l'ouverture et laissèrent leur fils dehors. Il tenta de les rassurer d'un sourire maladroit, et, une fois disparus, il se tourna vers Saule.

« Je les ai vu arriver depuis la fenêtre de ma chambre, une trentaine environ. Ils se sont dispersés avec des cocktails Molotov à la main. Je les ai pas croisés ensuite, ils doivent se planquer quelque part en attendant qu'on se disperse tous pour éteindre les feux, et en profiter pour prendre la place.

– On ne va pas leur donner cette joie. On ne bouge pas ! cria Saule à l'intention des centaines de personnes désormais regroupées derrière elle.

– Mais Saule, la coopérative brûle, avec toute notre nourriture pour l'hiver, intervint Kate.

– Je sais. On trouvera une solution. Mais il faut faire front, tous ensemble. La priorité c'est le village. Le reste n'a pas d'importance.

– On n'a pas nos armes, elles sont restées au checkpoint, lui murmura Sammy. On va se faire tous abattre.

– J'en ai une moi. » Elle éleva la voix. « Sammy n'a vu que des cocktails Molotov. On ne sait s'ils sont armés. Ce n'est peut-être que du bluff pour nous disperser.

– Et les coups de feu qu'on a entendus ?

– Personne ne bouge j'ai dit ! On avisera quand ils arriveront. Je ne nous amène pas tous à l'abattoir, je vous le promets, s'ils sont trop nombreux et armés on s'inclinera. Mais on ne cède pas à la panique et on reste tous ensemble. »

Elie entendit le silence s'abattre dans son dos et les rangs se réaffirmer. Saule l'avait emporté. L'attente commença, insupportable dans la tension que traversait chaque habitant du village. Le rugissement des flammes ne faiblissait pas, renforçant la torture de cette immobilité forcée. Tout le monde n'aspirait qu'à partir en courant chercher des seaux d'eau au ruisseau presque sec pour tenter d'arrêter le feu qui détruisait des décennies de labeur. La situation frôlait le supplice, et Elie s'attendait à tout moment à ce que quelqu'un ne rompe les rangs, provoquant une hémorragie incontrôlable dans leur bloc humain.

Mais tous tenaient bons, derrière Saule et Elie.

Sur le fond des flammes ils entendirent alors des bottes battre tranquillement le pavé et se rapprocher d'eux. De la fumée qui serpentait à présent dans les rues du village émergea la troupe tant redoutée. Elie, par reflexe, commença à les compter, mais s'arrêta à vingt-six quand l'homme de tête se dégagea du groupe, un sourire moqueur sur le visage, pour prendre la parole.

« Et bien. Vous êtes tous là... Vous n'allez pas éteindre les incendies ?

– Non. On n'a pas voulu se faire tirer un par un dans les rues. » Elie avait pris la parole, s'avançant légèrement. Sa voix ne tremblait pas, et il se sentait étrangement calme. Comme s'il pouvait enfin affronter l'incarnation de ceux qui les avaient terrorisés des années plus tôt à Lyon et se venger symboliquement de la mort des parents de sa presque-sœur.

L'homme armé soupira, surjouant la déception « Et merde on est tombés sur un village de petits malins. Bon. On traverse une période compliquée et on en est réduits à prendre des bleds comme le vôtre. C'est sympa pour nous de vous être tous rassemblés, ça va m'éviter d'avoir à répéter ce que je vais vous dire. » Il laissa passer un petit temps dans un silence de plomb, visiblement très fier de son effet dramatique. « Et bien, malgré la tristesse que cela va provoquer chez vous, sachez qu'on va pas rester, on vous prend juste assez de bouffe pour tenir quelques semaines, le temps de se traverser tranquille les Pyrénées avant l'hiver et de profiter du bordel en Catalogne pour se mettre bien. » Saule lui répondit en s'avançant sur la place au même niveau qu'Elie.

« On n'a rien à vous donner. On a eu une série de catastrophes il y a quelques jours. On a aucune réserve. L'homme sourit, amusé.

– Alors je ne te demande absolument pas vos réserves. Je vous demande votre bouffe, c'est tout.

– Vous venez de tout cramer.

– Pardon ? » Elie vit Saule grimacer involontairement avant d'annoncer : « Notre stock. Vous avez mis le feu à la coopérative. La plupart de notre nourriture était dedans.

–Toute... » L'homme explosa alors d'un rire énorme qui ne semblait pas s'arrêter. Les villageois, sur la place, arrêtèrent de respirer, perdus quant à l'interprétation de cette joie morbide et manifeste.

L'homme finit par reprendre son souffle et s'essuyer de petites larmes de rire au coin des yeux.

« Quel est le con qui a centralisé toute la bouffe ? » Quelques regards se tournèrent vers Saule. « Et bien, tu es ce qu'on appelle une belle cheffe de guerre. » A ce moment-là un craquement retentit et des cris horribles, presque humains, se mirent à saturer l'espace sonore, recouvrant le bruit des flammes.

« Les cochons... murmura Sammy, c'est la porcherie qui brûle. Et les écuries sont juste à côté... » Le meneur de la milice sourit. « Bon apparemment il vous reste de quoi grailler. À moins que le temps que vous alliez nous chercher les bestioles ça soit devenu du bacon. » Il se tourna vers Saule. « Gamine, tu vas me chercher quelques porcelets, et des chevaux aussi, c'est une bonne idée. Et puis je suis sûr que dans votre piteuse maison barricadée derrière vous y'a de la bouffe aussi. Tu me ramènes tout ça vite fait. » Saule s'avança d'un mètre, levant son arme.

« Vous n'avez pas le... » L'homme tira sans sommation aucune, sans même viser précisément, et Saule s'effondra au sol. Eric se précipita à côté d'elle pendant qu'Elie, les yeux agrandis de terreur et de haine fixait l'homme qui venait de tirer, n'osant baisser le regard pour voir l'état de son amie. Plus personne, derrière lui, ne bougeait. Le silence et la terreur devinrent opaques.

« Je vais vous expliquer comment ça se passe maintenant. Vous fermez vos gueules, vous partez à cinq six vers les écuries fissa et vous me ramenez tout ce qui est encore en vie. Des gars à moi vont vous accompagner pour être sûrs que vous faites les choses comme il faut. Et j'en veux deux trois qui font un tour dans votre café communal pitoyable derrière vous et qui me ramènent tout ce qui peut se becter. Si jamais dans cinq minutes il n'y a pas assez à manger pour moi et mes copains pour les semaines à venir, c'est pas compliqué je prendrai deux ou trois d'entre vous pour les bouffer en cas de coup dur. Je ne rigole pas. On l'a déjà fait et c'est pas dégueu. » L'effroi, derrière Elie, devint palpable, et il entendit plusieurs cris de panique. « Bon super, maintenant que j'ai votre attention, qui prend la relève pour organiser les trucs, vu que j'ai descendu la gamine ? » Personne ne prit la parole, et Elie fut le premier surpris quand il entendit sa voix, maladroite mais ferme, s'élever au milieu du silence.

« Sammy, tu prends trois personnes et tu vas chercher tous les chevaux, les ânes et les cochons. Kate, Ninel, vous rentrez dans la maison communale et vous sortez toute la nourriture mise de côté pour les repas d'aujourd'hui et de demain. Qui, parmi vous, a des stocks conséquents chez lui ? » Quelques personnes s'avancèrent. « Très bien, vous allez les chercher, vous revenez aussi vite que possible. » L'homme lui sourit, visiblement ravi, et Elie soutint son regard tentant de ne pas trembler. « Je vous demande la permission d'amener Saule à l'intérieur de la maison derrière moi pour qu'on la soigne rapidement.

– Et je vous accorde cette permission avec joie jeune homme, lui répondit le chef, prenant une voix ampoulée qui fit rire ses camarades. Même si Saule c'est un prénom à la con. », conclu-t-il avec sa voix naturelle, achevant de faire mourir de rire ses miliciens. Elie ne répondit pas à la provocation. Il se moquait éperdument d'être la risée de ces hommes et de ces femmes, il voulait juste mettre Saule à l'abri avec la mère de Sammy, qui pourrait peut-être la soigner. Il osa laisser son regard glisser sur son corps à ses pieds, mais il ne vit que son uniforme trempé de sang noir et sa tête renversée, et il détourna aussitôt les yeux. Éric emmena sa fille sans même lui adresser un regard, et la cache fut ouverte pour leur laisser le passage, ainsi qu'à Kate et Ninel à la recherche de nourriture.

Le temps, à ce moment-là, s'étira.

La foule, sur la place, s'était clairsemée après qu'une partie des villageois et des miliciens ne se fut éparpillée dans les rues attenantes à la recherche de nourriture. Elie resta seul face à ceux qui n'avaient pas bougé, et il dut encaisser les rires et les plaisanteries des renégats désœuvrés, qui semblaient trouver la situation tout à fait naturelle. Pourtant Elie voyait bien leurs uniformes rapiécés et sales, leurs traits fatigués et les blessures, fraiches pour certains et mal cicatrisées pour d'autres, qui leur barraient le visage et les parties découvertes de leurs peaux. Ils étaient tous armés, mais les armes étaient vieilles et rafistolées, et Elie en vint à se dire qu'une bonne partie ne devait plus être fonctionnelle. Il ne voyait par ailleurs aucune sacoche de munitions et envisagea que les chargeurs étaient pour la plupart vides. Le chef l'observait les détailler, et il sourit.

« Tu te demandes si nous sommes si dangereux que nous en avons l'air n'est-ce pas ? » Elie ne répondit pas et garda le visage aussi inexpressif que possible. « C'est ça notre force. Personne ne sait exactement ce dont on est capable, et les gens imaginent toujours le pire. On a peut-être jamais bouffé personne. Mais peut-être que si. Et maintenant vous nous imaginez tous en train de ronger un fémur, alors du coup, dans le doute, vous allez nous filer votre bouffe et crever de faim cet hiver, mais ça vous connaissez, vous maitrisez. Ca fait moins peur. Elie pensa soudainement à ses compagnons laissés derrière lui au check-point.

– Comment êtes-vous entrés dans la vallée? Vous avez tiré sur des gens ?

– Pss à peine. C'est con, elle est hyper facile à défendre votre vallée, vous êtes vraiment des branques. Ça donne presque envie de s'y installer pour faire face à l'armée... » Elie se tendit immédiatement. « T'inquiète pas gamin. Il est pourri ton bled ça nous intéresse pas du tout. Après nos exploits ça serait trop déprimant de finir ici. Non non, on va se trouver une ville un peu sympa en Catalogne où on a des copains, et où les gens seront très contents d'avoir un peu d'ordre et de rigueur au milieu de leur guerre civile. »

Kate et Ninel finirent par ressortir de la maison communale, suivies de quelques villageois, les bras chargés de sacs plein de miches de pain, de légumes, de jambons secs et de fromages. Ils posèrent le tout devant la milice, puis se postèrent derrière Elie. D'autres habitants arrivèrent, les bras eux aussi chargés de pots de miel, de sachets de blé et de céréales, et de quelques paniers de fruits. Le silence tomba à nouveau sur la place, se retransformant rapidement en supplice au fur et à mesure que les flammes s'élevaient de plus en plus haut dans le ciel et que la fumée envahissait l'espace. La panique, derrière Elie, grandissait, et il sentait les habitants sur le fil, prêts à partir en courant éteindre l'incendie qui ravageait leur vie, quitte à se faire abattre en tentant de sauver leur village.

Le bruit des sabots sur les pavés des rues rompit la tension qui s'accumulait et Elie entendit même quelques personnes soupirer de soulagement. Sammy émergea de la fumée avec des ânes et des chevaux, et ils chargèrent au plus vite les montures, en y attachant maladroitement les porcelets que les pillards avaient décidé d'emporter. Quand ils furent correctement bâtés, le chef se tourna vers les chevaux restants, et, avec un sourire mauvais, leur tira dessus. Ils s'effondrèrent dans des hennissements d'agonie pitoyables.

« On est pas des salauds vous voyez, on vous laisse du steak de cheval. » Il se retourna vers les villageois, et Elie vit que l'utilisation de son arme avait allumé une flamme dans ses yeux que seule la violence pourrait éteindre. Il devina, avant même que l'envie ou l'idée n'émerge dans l'esprit du pillard, que le massacre, inévitable, allait avoir lieu. L'homme allait provoquer la foule jusqu'à ce qu'elle ne rompe les rangs, qu'elle ne se jette sur lui dans une tentative désespérée ou qu'elle ne s'éparpille dans le village pour éteindre les feux, après avoir vu un bâtiment de trop s'effondrer. Il pourrait ainsi amorcer ce qu'il semblait attendre depuis le début, et qui lui avait été ravi par Saule et son rassemblement sur la place : une curée sanglante et barbare, ne laissant que quelques survivants horrifiés.

Le corps d'Elie se tendit, et il avança volontairement dans la direction du chef, espérant de toute son âme qu'il ne lui tire dessus, que cela apaise ses envies de meurtre ou vide au moins ses chargeurs. Le milicien braqua son arme vers lui et sourit, mauvais.

« Qu'est-ce que tu veux microbe ?

– Vous n'allez pas partir. Vous allez faire un massacre, je le vois dans vos yeux. » Un murmure traversa la foule derrière lui et Elie ne put s'empêcher de rentrer la tête dans les épaules, dans un réflexe reptilien qu'il eut le détachement incongru de qualifier de stupide. Tous ses nerfs, tendus, attendaient une rafale qui ne venait pas, et il eut le temps de se maudire d'avoir exprimé à voix haute son intuition, provoquant peut-être de lui-même le mouvement de foule redouté qui appellerait une pluie de balles.

Pourtant, derrière lui, l'immobilité perdurait. Le chef des pillards semblait se délecter de cette suspension, jouissant de la tension extrême qu'il pouvait rompre à son bon vouloir, d'un tir ou d'une phrase. La fumée de l'incendie envahissait à présent la majeur partie de la place, et les craquements sinistres de bâtiments s'écroulant de plus en plus proches rendaient infernale l'attente figée des villageois, sursautant au moindre bruit sans pouvoir s'élancer au secours de Massat. Un effondrement supplémentaire provoqua pourtant un mouvement dans le groupe des renégats, et l'un d'eux s'avança vers son chef, qui avait un sourire carnassier sur le visage.

« On décolle ? Ça va être compliqué de sortir du bled à force si tout prend feu...

– Ouais, t'as raison... Mais je me tâte à embarquer le gamin là, il me plait. Ou à les dézinguer tous. Ah la la que je suis indécis... »

L'homme à côté de lui haussa les épaules, se sentant visiblement peu concerné par les atermoiements de son chef.

« Fais ce que tu veux mais ça serait bien qu'on se grouille... »

Elie, toujours immobile, n'osait même plus respirer. Dans sa tête tout se précipitait, et il analysait les chemins possibles et les conséquences de chaque décision, n'en trouvant aucun avec un dénouement heureux pour le village. Il pensa un moment proposer de les suivre, comme le chef semblait pour une raison obscure vouloir l'emmener avec eux, mais il sentit que l'homme en face de lui ferait le contraire de ce qu'il annoncerait. L'impuissance totale dans laquelle il se trouvait lui donnait envie de hurler, et il banda ses muscles, prêt à se jeter sur le pillard, pour mettre définitivement un terme, quel qu'il soit, à cette situation insupportable.

NON !

L'ordre fusa, d'une puissance telle qu'Elie vacilla, et le chef des renégats mésinterpréta son mouvement de recul.

« Bon en fait non il flippe le gamin, j'en veux plus. Allez, tirez dans le tas et on décanille, ça leur évitera de vouloir nous poursuivre dans la forêt ou de crever de faim cet hiver. » Il sourit, mauvais. « Vous voyez je pense à votre avenir, je suis quand même sympa. » Il leva alors son arme, imité seulement par deux autres de ses miliciens, et Elie eut le temps de se dire qu'il avait eu raison, que bien peu d'entre eux étaient en mesure d'utiliser leurs fusils. Il ferma alors les yeux en attendant le coup de feu fatal. Dans le silence qui s'éternisait, il entendit pourtant, discrets, des pas venir d'une ruelle enfumée.

Un souffle puissant balaya alors la place, propulsant villageois et miliciens au sol. Elie heurta violemment les pavés inégaux de la place, et rouvrit immédiatement les yeux à la recherche d'un bâtiment effondré qui aurait provoqué la chute collective. Son regard détailla les maisons alentours, intactes, et c'est finalement sur une petite rue encombrée de fumée qu'il s'arrêta.

Il y vit Calme émerger doucement des lourds nuages noirs.

Ses changements la rendaient méconnaissables. Ses membres s'étaient allongés, et sa peau était désormais brune, recouverte intégralement d'un duvet châtain, qui prenait un ton roux dans la lumière des flammes, encerclant désormais la place ; ses cheveux, noirs, épais, lui arrivaient à mi-cuisse, et ses yeux, d'un noir profond eux aussi, ne semblaient plus pouvoir voir le monde des hommes. Il était impossible de reconnaître dans cette incarnation sylvestre la petite fille arrivée quelques semaines plus tôt au milieu du marché, timide et fragile.

Elie se releva en tremblant, prenant conscience que sa presque-sœur était désormais perdue à jamais.

Ne t'inquiète pas, mon frère, je suis toujours moi.

Calme passa devant lui après un bref regard et se dirigea vers un des chevaux qui continuait d'agoniser dans des cris pitoyables. Elle s'accroupit à côté de lui, l'apaisant en lui murmurant des mots à l'oreille, et le cheval finit par mourir, dans un souffle.

« C'est quoi ce truc ? » demanda, sonné, le chef des miliciens qui se remettait péniblement debout à son tour. « C'est lui qui nous a foutu par terre ? ». Il regardait Calme avec de grands yeux, et Elie y décela une pointe de peur. Sa presque-sœur se releva et se tourna vers lui.

Qu'ont-ils fait aux chevaux ? T'ont-ils fait du mal ?

Elie lui désigna les miliciens. « Ils leur ont tiré dessus. Ils ont mis le feu aux écuries, aux étables. Je ne suis pas blessé, mais le village brûle, Calme, et les maisons, les animaux et les humains avec lui. Et ils ont tiré sur Saule.»

Le milicien l'interrompit. « Ho ! Tu vas me répondre gamin ? C'est quoi ce truc ? » Il sourit, mauvais. « Ça se mange ? » Au regard soudain terrifié d'Elie son sourire s'étira, et il pointa son arme en direction de Calme, le chien armé.

Tes parents ? Où sont-ils ? Ils sont blessés eux aussi ?

Elie ne lui répondit pas, les yeux rivés sur le canon du fusil, et, à un mouvement du chef de la milice, il se précipita en avant de toute la puissance de ses muscles, bandés depuis ce qui lui paraissait être des siècles, soulagé d'enfin agir après ces minutes torturées d'immobilité forcée. Tout son corps et son esprit étaient dirigés dans l'unique but de protéger Calme, toujours, quoiqu'il puisse arriver. Ce réflexe de protection était inscrit en lui comme une fonction vitale, et il se rendit compte qu'il n'avait grandi que pour cela, pour la protéger, que toute sa vie n'avait été orientée que pour cet instant précis, celui où il prendrait la balle destinée à sa presque-sœur. Comme Saule était peut-être morte pour son village, il allait mourir pour Calme.

Le coup de feu retentit, explosant à ses oreilles, mais il ne sentit pas d'impact, et il crut un instant qu'il avait amorcé son geste trop tard, et que Calme avait été touchée. Projeté par sa propre force, il s'écroula lourdement par terre et se releva immédiatement pour se précipiter vers elle, s'attendant à la découvrir agonisante au sol. Il s'arrêta pourtant dans son mouvement en la découvrant debout, indemne, les yeux plein de haine, des feuilles et des branches lui poussant le long du corps. Terrifié, il entendit alors des cris de panique derrière lui, et il se retourna, persuadé que les miliciens avaient décidé de s'en prendre aux villageois.

Il se trompait.

Encore en partie au sol après avoir été projetés par Calme, les habitants de Massat ne faisaient que contempler avec une fascination teintée d'horreur la colère de la Forêt.

La majeure partie des pillards était désormais immobilisée par des ronces qui avaient poussé entre les pavés défoncés de la place et qui enserraient leurs bottes usées, s'infiltrant entre les coutures, provoquant des cris de peur de douleur et d'incompréhension, résistantes aux couteaux avec lesquels les hommes et les femmes tentaient de se dégager. De la fumée de plus en plus dense, doucement, apparurent alors des loups, qui se rapprochèrent des captifs en de longues circonvolutions curieuses et affamées, les babines retroussées dans un sourire amusé. Un des miliciens à l'arme encore fonctionnelle ouvrit alors le feu sur les bêtes, qui se jetèrent toutes d'un seul mouvement sur lui, recouvrant de leurs grognements et de leurs corps son cri de terreur.

Dans la périphérie de son regard, Elie vit les villageois profiter de la diversion pour rompre enfin les rangs et s'éparpiller dans le village, mais il ne pouvait détacher ses yeux du massacre orchestré par Calme, incapable de savoir si les habitants fuyaient dans la forêt ou courraient chercher de l'eau pour éteindre les incendies, totalement hypnotisé par la violence de sa presque-sœur.

Le milicien attaqué par les loups hurla pendant quelques secondes avant de tomber dans le silence, après qu'un membre de la meute lui eut magnanimement tranché la carotide. L'autre milicien armé pointait lui aussi son arme en direction des bêtes, dans un mouvement hésitant pour venir en aide à son compagnon agonisant, mais une femelle se retourna vers lui, le regard menaçant et les yeux teintés d'une douce ironie, et il reposa son arme.

Les ronces, encerclant leurs bottes, continuaient de grimper le long des jambes, s'infiltrant sous les pantalons rapiécés, redoublant les hurlements de peur et de douleur. Elie s'approcha alors de Calme qui faisait face au roncier vivant, détaillant avec angoisse les branches et les plantes qui poussaient directement sur sa peau.

« Calme, qu'est-ce que tu fais ? Qu'est-ce qu'il t'arrive ? »

Je prends soin de toi petit frère. Je punis ceux qui ont levé la main contre ton village.

Un hurlement nouveau fit se retourner Elie et il découvrit la meute de loups s'attaquer à un autre pillard, emprisonné à présent jusqu'à la taille par les ronces.

« Calme, arrête, empêche les loups d'attaquer ! La milice ne peut plus bouger, elle ne peut plus nous faire de mal ! »

Vraiment ?

Et Elie discerna dans son visage-écorce un sourire ironique.

Si je la relâche, elle s'enfuira sans vous blesser ? Elle ne se vengera pas plus haut dans les hameaux, ou chez tes parents ? Elle ne recommencera pas en Espagne ?

Elie hésita à répondre, horrifié par ce qu'il était en train de contempler, souhaitant de toute son âme l'arrêt du massacre par sa si gentille et frêle sœur, mais incapable de la contredire.

« Gamin !, hurla le chef de la milice, arrête-là je t'en prie ! On repartira sans vous toucher, promis, on vous laissera toute la nourriture, on vous laissera même nos armes si vous voulez ! Mais arrête-là ! » Il eut un mouvement de tête vers une très jeune femme quelques mètres derrière lui. « On a des jeunes nous aussi avec nous ! Nath a à peine seize ans ! Vous n'allez quand même pas donner en pâture une enfant à des loups ! »

Elie regarda la jeune femme et découvrit en effet avec horreur qu'elle était à peine sortie de l'enfance, et les larmes qui coulaient sur ses joues sales rajeunissant encore son visage poupin. Il franchit le dernier mètre qui le séparait de Calme et lui prit délicatement la main, essayant d'accrocher dans ses yeux l'étincelle qui avait fait d'elle sa presque-sœur. « Calme, je t'en prie... arrête... »

En regardant fond de ses yeux noirs, gigantesques, il la retrouva, noyée dans la haine et la solitude. La profondeur de son désespoir le frappa de plein fouet, et il ne put que l'envelopper de ses bras, la serrer fort et lui murmurer son amour, dans une tentative désespérée pour la ramener dans le monde des hommes et l'arracher de sa terreur qui nourrissait sa violence. Mais la peau de sa sœur était désormais faite de bois, et il ne put lui transmettre la chaleur de son corps ni le battement de son cœur. Alors il baissa les barrières mentales qu'il avait maintenues dressées pour toucher enfin sa presque-sœur, et il fut violemment emporté par un flot de tristesse et de peur qui le détacha de toutes ses autres sensations.

Il se retrouva alors courant dans les rues de Lyon, au milieu de la foule, une terreur pure lui broyant les organes. Au milieu des gens en panique, il se vit lui-même tel qu'il était des années plus tôt, son visage si jeune et son corps si frêle, le bras de sa mère entourant ses épaules. Il comprit qu'il était à la place de Calme, et que son regard, frénétique, cherchait en vain ses parents. La tristesse de la retrouver encore et toujours perdue dans ce cauchemar le terrassa.

Tu es toujours là petite sœur ? Tu n'en es jamais partie ?

Jamais.

Malgré les kilomètres et le temps ?

Malgré l'amour et la patience.

Calme, je t'en prie, laisse-moi te ramener. Laisse-moi te sortir de cet enfer. Arrête de courir, prends-moi la main, sortons pour toujours de ton cauchemar.

Je ne sais pas comment faire. Je suis beaucoup trop loin. Regarde, la sève remplace mon sang, et ma peau est écorce.

Elie découvrit alors la rigidité de son corps, et le froid de la sève qui prenait possession de ses membres. Mais les hurlements des hommes et les cris du feu frappaient de plus en plus fort à la périphérie de son esprit, et il détacha un instant son attention de sa sœur pour rouvrir les yeux sur la place.

Les loups n'avaient pas attaqué de nouveaux renégats, désormais trop enfouis sous les ronces qui montaient jusqu'à leur poitrine, mais ils continuaient de roder autour d'eux, se léchant les babines. Les pillards appelaient au secours les villageois qui désertaient la place, organisant dans la débâcle le sauvetage de Massat, pendant que la cloche de l'église toute proche se mit à sonner à la volée, appelant au secours les hameaux alentours.

Mais l'appel de l'esprit de Calme était trop fort pour Elie, et il détourna son regard du village ne feu pour le replonger profondément en elle, découvrant avec surprise la caresse des plantes qui prenaient racine dans sa chair et la chaleur de l'écorce qui recouvrait sa peau. Il put admirer de l'intérieur la beauté et la puissance de ce corps, prenant conscience de la vulnérabilité du sien, si mou et fragile.

Il entendit alors une voix qu'il connaissait s'adresser directement à lui, en le secouant, lui criant que le débit de l'eau du ruisseau était trop faible pour éteindre les incendies, mais cette information lui arriva de manière étrangement détachée, comme si cela ne le concernait que de très loin, alors que les flammes rugissaient autour de lui. Il sentit son bras se dégager de cette emprise humaine, refusant de sortir du monde de feuilles et de bois de sa sœur. Qu'importe la folie des hommes, se dit-il, si je deviens arbre ? La voix de Calme résonna alors puissamment en lui.

Tu es trop en moi, tu t'éloignes trop des hommes ! Ne me suis pas ! Remonte, remonte, petit frère.

Et Elie se sentit brutalement poussé en dehors de Calme, au moment même où il pensait se fondre pour toujours dans son esprit, pour l'entourer de ses bras et la sortir de sa gangue de peur et de tristesse, pour l'emmener pour toujours loin de cette course effrénée dans les rue de Lyon, pour devenir arbre avec elle.

Il émergea sur la place, hurlant sans s'en rendre compte de cette séparation forcée, au milieu des hurlements et du brasier, où un des pillards tirait au hasard, les bras levés, menaçant de son arme les habitants du village qui passaient à sa portée pour qu'ils lui viennent en aide. Quelques personnes gisaient au sol, blessées, et les suppliques des villageois s'additionnaient à celles des renégats, emmurés vivants par les ronces.

Elie, la main toujours sur le bras de Calme, regarda avec une fascination morbide les ronces achever leur poussée d'un mouvement fulgurant pour immobiliser le tireur, allant jusqu'à rentrer dans sa bouche ouverte d'un cri de terreur pure. Il finit par détourner les yeux de son supplice et découvrit le reste des miliciens eux aussi entièrement recouverts d'épines, bougeant de moins en moins, agonisant en silence, de peur d'ouvrir la bouche et de subir le même sort...

« Arrête, Calme, je t'en prie, arrête », murmura Elie face à l'horreur brutale de ces hommes et femmes dévorés vivants par la forêt. «Calme, je t'en prie, reste avec moi, ne te transforme pas... » Il la tira à lui pour tenter de la soulever du sol, mais son corps résista, déjà trop enraciné dans la terre à travers les pavés défoncés de la place.

Il aperçut dans ses yeux un reste d'humanité, teinté de peur, d'amour et de tristesse, puis un coup de feu unique et puissant la propulsa brutalement en arrière et l'arracha de ses bras.

Il tourna la tête et eut le temps de voir un sourire mauvais entre deux épines du roncier le plus proche. Le chef de la milice avait réussi à tirer un dernier coup de feu, et il partit dans un rire mauvais pour son tir réussi. Les ronces, alors, pénétrèrent dans sa bouche, et il se mit à hurler avant de se taire brusquement. Les autres miliciens subirent le même sort, et le grondement du brasier fut recouvert par les cris d'agonie. Puis le silence tomba, et Elie réussit à sortir de l'hypnotique horreur dans laquelle il était plongé.

Il se précipita vers Calme effondrée au sol, et lui posa délicatement la tête sur ses genoux, terrifié à l'idée qu'elle ne soit déjà partie. Il ne sentait rien d'elle, à peine un souffle et un battement de cœur irrégulier. La balle avait laissé un tout petit impact dans le bois épais qui recouvrait son corps, et du sang en coulait lentement, teintant son écorce d'un rouge profond. Il se pencha tout contre son oreille pour lui parler doucement.

« Calme, ouvre les yeux, s'il te plait. S'il te plait, ne meurs pas... La mère de Sammy va te soigner, tu es juste blessée... »

Calme ouvrit ses yeux noirs, aveugles, et ses lèvres bougèrent sans produire un seul son. Alors Elie détruisit totalement les barrières mentales qu'il avait relevées quand elle l'avait poussé hors d'elle, prêt à mourir englouti dans l'esprit de sa sœur si cela signifiait lui parler encore. Ce fut comme s'il était à nouveau plongé dans un autre univers, aux sons et aux voix nouvelles. Pour la seconde fois de sa vie, il entendit la Forêt telle que Calme la percevait, malgré son éloignement au cœur de ce village. Le battement continu de son cœur, puissant et apaisant, la beauté de ses milliers de voix, inquiètes de sa vie qui mourrait, et la puissance de son souffle, qui soutenait le sien. Mais aussi la voix de sa presque-sœur se détachant doucement de la symphonie sylvestre.

Pardon Elie... pardonne moi. Je suis allée trop loin, personne ne peut me guérir...

Pourquoi as-tu fais ça ? J'aurais pu les tuer moi aussi, avec l'arme de Saule. Tu aurais dû rester dans la forêt, en sécurité...

Il la serra fort contre son cœur, continuant de lui murmurer à travers son esprit.

...tu avais raison, le monde des hommes est moche il ne te méritait pas... mais ne pars pas... ou alors emmène-moi, pour qu'on reste ensemble pour toujours... Je te l'ai promis un millier de fois, que jamais rien ne nous séparera, aide moi à tenir cette promesse... s'il te plait...

Calme sourit.

« La Forêt te protégera désormais, personne ne pourra plus jamais te faire de mal. Elle est là, partout autour de toi, elle prendra ma place. Écoute...

– ...je suis là enfant-forêt, j'ai entendu ton cri...

– ...oui... tu es là près de moi... Mange, mange Forêt. Nourris-toi de leurs peurs de leurs cœurs de leurs corps. Nourris-toi de mon âme et nourris à ton tour celui qui est mon frère, mon aimé, mon amour.

– Tu te meurs petite, économise ton souffle.

– Je le sais et qu'importe, en ton sein dans ses yeux sublimée pour toujours, je ne cesserai d'exister et peut-être à mon tour,

Avenir désiré...

– ...je deviendrai forêt. »

Elie avait bercé sa presque-sœur dans ses bras, laissant doucement s'écouler sa vie. Quand il ne sentit plus les battements de son cœur, il releva la tête et il fit face au brasier gigantesque qu'était devenu le village, prenant conscience de la chaleur qu'il dégageait et des bruits d'effondrement tout proches. Il aperçut alors une chaine de villageois tenter d'éteindre l'incendie avec des seaux d'eau à moitié vides et il ne put s'empêcher de serrer un peu plus le corps frêle de sa Sylve entre ses bras. Alors, dans un ultime souffle, après un dernier regard aveugle vers son presque-frère, Calme ferma les yeux et fit s'abattre sur Massat un torrent de pluie, et les gouttes se mêlèrent aux larmes d'Elie, traduisant en partie sa souffrance indicible.

Les villageois s'arrêtèrent peu à peu de courir et se rassemblèrent sur la place, à distance des ronciers qui avaient arrêté leur croissance, contemplant leur village détruit. Les loups étaient repartis, sans un bruit, sans s'attaquer à quiconque, et Elie remercia en silence Calme de les avoir renvoyés.

Elle était toujours allongée à même le sol, sa tête reposant sur les genoux d'Elie, et il caressait doucement son visage, que la pluie venait laver de la boue et du sang. Les plantes de ses cheveux, peu à peu, disparurent, et ils passèrent du brun profond au blond diaphane qui avait été sien. Sa peau, petit à petit, perdit sa gangue de bois, et c'est finalement la Calme de son enfance qu'Elie se mit à serrer contre son cœur.

Les habitants de Massat se regroupèrent autour de lui, contemplant en silence la petite fille qu'ils avaient aperçue des semaines plus tôt sur la place du village, un jour de marché joyeux et ensoleillé. Ils n'osaient pas le dire, mais ils attendaient des ordres, et Elie chercha par reflexe Saule du regard, sans parvenir à la trouver. Lentement, il se mit à se souvenir, et il se rappela le coup de feu et le sang noir qui suintait de son corps.

En pensant à elle, en se mettant à espérer que sa blessure n'était pas mortelle et qu'elle allait s'en remettre, le brouillard qui avait recouvert son esprit pour l'empêcher d'être emporté par la douleur se dissipa doucement, et il émergea définitivement sur la place, seul au milieu de tous, sa presque-sœur toujours dans ses bras. Il aperçut ses parents, à quelques mètres de lui, qui pleuraient, effondrés de douleur, et il fut incapable de savoir depuis combien de temps ils étaient présents à ses côtés.

Massat le regardait en silence, les visages noircis de suie, les cheveux trempés de pluie, et la peur dans les yeux.

« Tout a brûlé » murmura quelqu'un dans la foule. « Qu'allons-nous devenir ? »

Elie prit alors conscience que c'était à lui que l'on s'adressait. Que le village attendait sa réponse à lui, soudainement propulsé meneur en l'absence de Saule et de son père. Alors qu'il allait répondre qu'il n'en savait rien, il entendit son chant, son souffle, son cœur. La Forêt, tout d'un coup, se mit à lui parler.

Ne t'inquiète pas presque-frère. Ta sœur te l'a promis, nous prendrons soin de toi et de ton village.

Elie, appelé par la voix inaudible aux autres, se tourna vers la cime des arbres qui bordaient le village, et où, il le sentait, la forêt se préparait pour l'hiver.

« Nous n'allons pas mourir, murmura Elie. La Forêt veille sur nous. »

Il serra sa sœur dans ses bras, et amorça un mouvement pour se relever, pour la porter ailleurs, loin de ce village qu'elle détestait tant. Mais sous son corps grandissaient de petites racines qui écartaient doucement les pavés de la place. Elie hésita un instant à les arracher, malade à l'idée que sa sœur repose au centre d'un monde qu'elle avait si volontairement fui, mais déjà les innombrables pousses plongeaient dans la terre...

Laisse petit frère, laisse son corps reposer où les hommes l'ont tué. Qu'elle rappelle à tes semblables sa puissance et son sacrifice.

Sans ses barrières mentales, détruites pour toujours à l'agonie de sa sœur, Elie fut alors submergé par les voix de la Forêt, et il comprit que la mort de Calme ne l'avait pas condamné à retourner sourd dans le monde des hommes.

La petite est perdue... elle deviendra arbre... regardez, les nuages partent, le soleil va revenir... il faut repartir en chasse... recueillez-vous d'abord... le soleil, le soleil est là !... Silence, nous pleurons notre enfant... il nous faudra nous souvenir... regardez ! Regardez comme mes fleurs s'ouvrent à la venue du soleil !... Le vent, qu'il est doux ce soir... nous devrons protéger ces humains... pouah, ils n'apportent que le malheur et le meurtre... taisez-vous les cochons, vous obéissiez bien à ses ordres... à elle oui, pas aux leurs...

Silence. Laissez son frère en paix, l'heure n'est pas à la querelle. Pensez plutôt à elle.

Alors les voix se turent pour ne laisser place qu'au chant de la Forêt, qui chantait pour Elie sa douleur indicible.

Après l'avoir bercé une dernière fois, il allongea délicatement le corps de Calme sur la place du village, laissant les racines s'enfoncer au plus profond de la terre, ancrant pour toujours sa sœur dans ce monde qui lui était devenu si étranger. Il caressa son visage sans vie et sa peau redevenue diaphane, débarrassée de son écorce et de sa fourrure animale. Pourtant, juste au-dessus de son cœur, là où la balle avait traversé son corps, Elie découvrit une petite pousse, brillante de pluie et de soleil.

Alors il sourit.

Sa sœur deviendrait arbre.

L'hiver avait été rude, portant avec lui la menace perpétuelle de la famine et du froid, et le printemps fut accueilli avec joie : précoce, il laissait présager un été riche et chaud. Il allait falloir quelques années pour que Massat ne se relève complètement de l'incendie qui avait ravagé une grande partie du village, mais, grâce à la forêt qui avait fourni en surabondance pendant les mois les plus froids champignons, gibier et racines, le village avait survécu, et l'espoir, peu à peu, renaissait.

L'arrivée inattendue de l'armée de Toulouse, surgissant sur la place du village deux jours après l'attaque des miliciens, avait permis de sécuriser les bâtiments incendiés, consolidant ceux qui pouvaient être sauvés, détruisant ceux qui avaient été trop dévorés par les flammes. De la nourriture était venue à plusieurs reprises de la ville, apportant une diversité bienvenue aux denrées sylvestres. La situation, en France et dans le monde, semblait timidement s'améliorer. Après des années de guerre, la Chine et la Russie étaient sur le point de signer un cesser le feu, et les Etats Unis avaient abandonné leurs tentatives d'invasions en Amérique du Sud. L'espoir d'une reprise de commerce international grâce à la reconversion des navires de guerre solaires Chinois était désormais possible...

En reconnaissance au sacrifice de Calme, la maison d'Elie avait été reconstruite rapidement, dans un effort commun. C'était désormais entre quatre murs et sous un toit qu'il vivait avec son père et sa mère, passant ses journées entre le potager en devenir de ses parents, sur lequel ils comptaient baser leur survie alimentaire, et de longues excursions dans les montagnes, le regard portant toujours plus loin, vers cette Espagne pleine de troubles, mais où la troupe de l'Agit, peut-être, sillonnait ses routes incertaines.

La Milice fut dissoute après l'attaque de Massat. Elle ne résista pas à la désertion de ses membres, rappelés dans leurs familles pour tenter de survivre à l'hiver, et à la présence d'un bataillon de l'armée resté sur place pour sécuriser la vallée et dissuader d'éventuels renégats d'y converger. Désœuvrés, les militaires prirent rapidement le relais des services proposés par les miliciens de Saule, sans contrepartie aucune. Certains de ses anciens membres réfléchissaient désormais à s'y enrôler : la paye était honnête, les repas copieux et les soins assurés. C'était beaucoup plus que ne pouvait offrir la vallée.

La disparition de la Milice fut un coup violent pour sa meneuse, à peine remise de sa blessure. Ne s'excusant pas ses erreurs lors de l'attaque, Saule gardait contre Calme et Elie une rancœur non avouée, celle d'avoir sauvé le village à sa place. Les sentiments troubles qui la liaient à Elie ne survécurent pas, eux non plus, à son sentiment d'impuissance et d'échec. Ils ne se croisaient que rarement, au village, quand Elie venait chercher sa mère à la mairie, où Saule passait ses journées à assister son père. Il était question qu'elle se présente aux élections municipales à sa place, à l'automne prochain, même si Sven, de son côté, avait lui aussi annoncé briguer le poste de maire. Sammy, quant à lui, était parti au lycée à

St Girons. Il espérait obtenir rapidement son bac, et revenir enseigner aux enfants de la vallée. Il manquait beaucoup à Elie, qui occupait ses journées seul, loin du joyeux compagnonnage de l'été.

Le soir, après ses corvées, dans les derniers rayons de soleil doux de l'été à venir, il se rendait, parfois, sur la place du village. Les ronciers avaient été cisaillés, et, si leur sève se révéla rouge, les villageois furent soulagés de n'y trouver aucun cadavre. Ils furent jetés dans un coin de la forêt, où les habitants évitaient désormais de se rendre. La place, débarrassée de ses végétaux macabres, avait retrouvé une partie de l'insouciance de ses jours de marché.

En son centre y pousse un jeune arbre, encore fragile mais resplendissant de promesses. Des pampilles de verre et des breloques de métal ornent ses branches, apportées en offrandes à la Sylve salvatrice. Des légendes commencent déjà à naître sur Calme et son sacrifice, soulageant pour toujours Elie de la peur que sa presque-sœur ne disparaisse à jamais de la mémoire des hommes.

Installé tout contre l'arbre, Elie, dans le silence de la nuit, attend patiemment Grâce, qui sort parfois des bois et pénètre le village, son petit marchant dans ses pas.

Alors il ferme les yeux et écoute les voix la forêt. Souvent le jeune arbre prend la parole, et Elie se laisse bercer par le plaisir simple de le sentir grandir.

Quand il sera plus fort, quand son tronc sera capable de résister au gel de l'hiver et au vent du printemps, Elie commence à le comprendre : il repartira sur les routes pour franchir les montagnes.

Cet ouvrage a été achevé d'imprimer
pour le compte des éditions Aux forges de Vulcain
par XXXX,
en XXXX 2023.

Imprimé en France
Dépôt légal : XXXX
N° d'édition : XXXX - N° d'impression : XXXX